日本の古典をよむ 7

土佐日記 蜻蛉日記 とはずがたり

菊地靖彦・木村正中・伊牟田経久・久保田淳［校訂・訳］

小学館

為家《ためいえ》本 土佐日記

藤原定家《ふじわらのていか》の子の為家が、嘉禎《かてい》二年（一二三六）に貫之《つらゆき》自筆本を書写したもの。原本の姿を伝える貴重な資料である。国宝。大阪青山大学・短期大学蔵

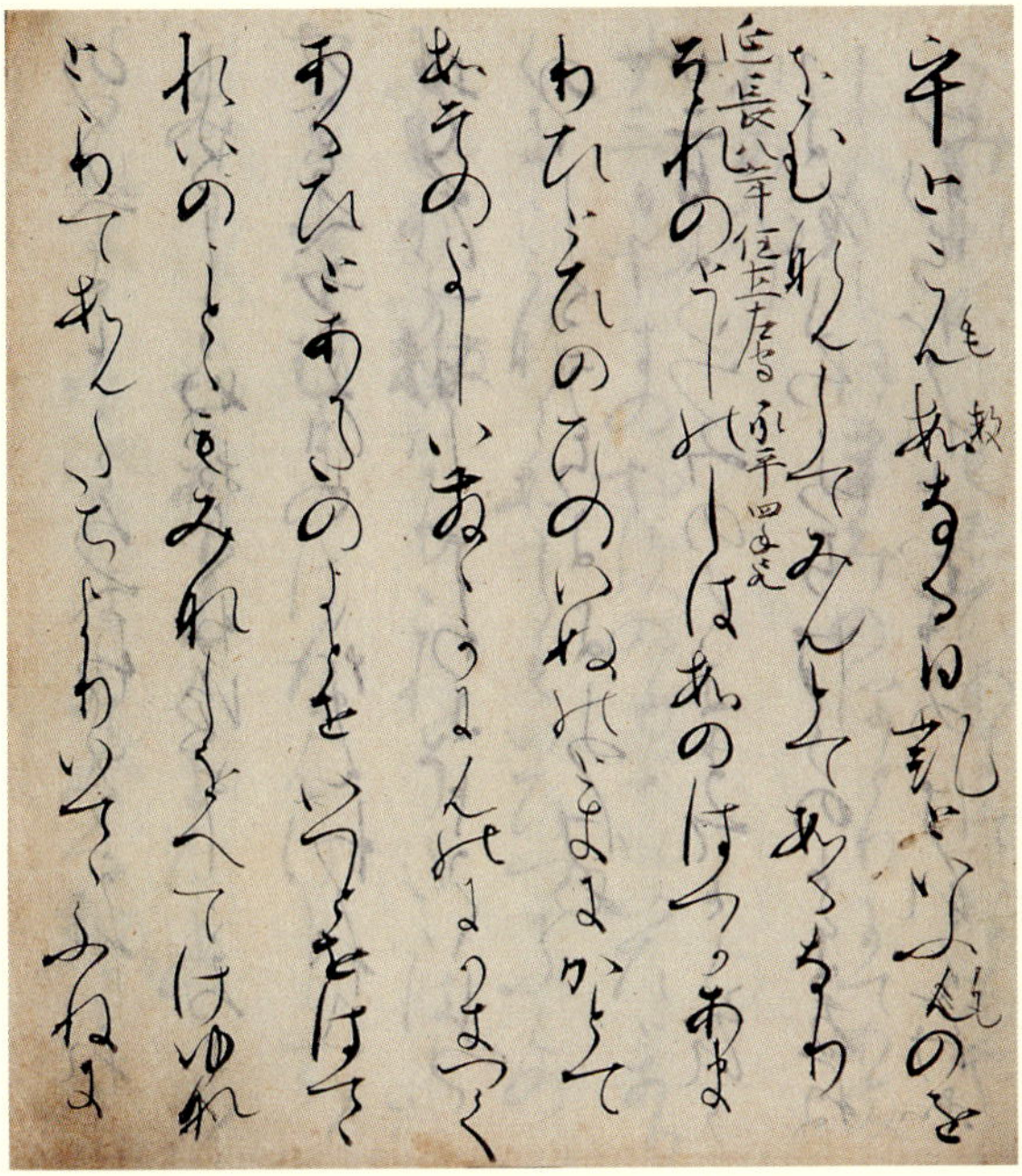

冒頭二行の本文を記す。

をとこもすなる日記といふものを
をむなもしてみんとてするなり。
（以下、一四頁参照）

この前年に父の定家が貫之自筆本を書写した「定家本」については、次頁「書をよむ」にて詳述。

書をよむ

誕生期の女手《おんなで》の姿を幻視する

石川九楊《いしかわきゅうよう》

をとこもすなる日記といふものををむなもして
みんとてするなり　（前頁参照）

この人口に膾炙《かいしや》した『土佐日記』冒頭の一節は、表面上は筆者紀貫之《きのつらゆき》が自らを女に仮託して書いたかのように読みとれる。が、そこには真意が隠されていた。「をとこもす」には「男文字《おとこもじ》（漢字）」、「をむなもし」には「女文字《おんなもじ》（女手《おんなで》＝平仮名《ひらがな》）」の意が隠されていることを、日本語学の小松英雄は鮮やかに明るみに出した。東アジア漢字文明圏においては、「男」は大陸の、「女」は周辺地方の比喩《ひゆ》である。朝鮮半島のハングルも女手と呼ばれたように、女文字は地方文字の謙譲風誇称でもある。漢文の日記とやらを、ついに新しい女手による女手文（和文）体でつくったぞという高らかな宣言が、この一文の真意である。

九世紀末から十世紀初頭にかけて、日本でつくられた女手は、前段階の万葉仮名《まんようがな》や音仮名《おんがな》と形が異なるだけでなく、漢字との臍帯《さいたい》を繋《つな》いでいるか否かという点で、異った範疇《はんちゅう》に属する新文字であった。漢字の意味から解き放たれた女手では、それ以前の仮名とは次元を違え、自由に伸び伸びと思いを歌や文につむぎ出すことが可能になった。『古今和歌集』仮名序にいう、「やまとうた」つまり女手歌は「人の心を種として、万《よろづ》の言《こと》の葉《は》とぞなれりける。世の中にある人、ことわざ繁《しげ》きものなれば、心に思ふことを、見るもの聞くものにつけて、言い出《いだ》せるなり」（傍線筆者）とは、この事実を指す。その女手の力が九三五年頃、『土佐日記』を生んだのである。

では、新生の女手はどのような姿で生れたのだろうか。残念ながらこれと言いきれる遺品はない。が、その姿を幻視できる書跡がある。貫之筆『土佐日記』を藤原定家《ふじわらのていか》がそっくり臨写したとされる「定家本土

1

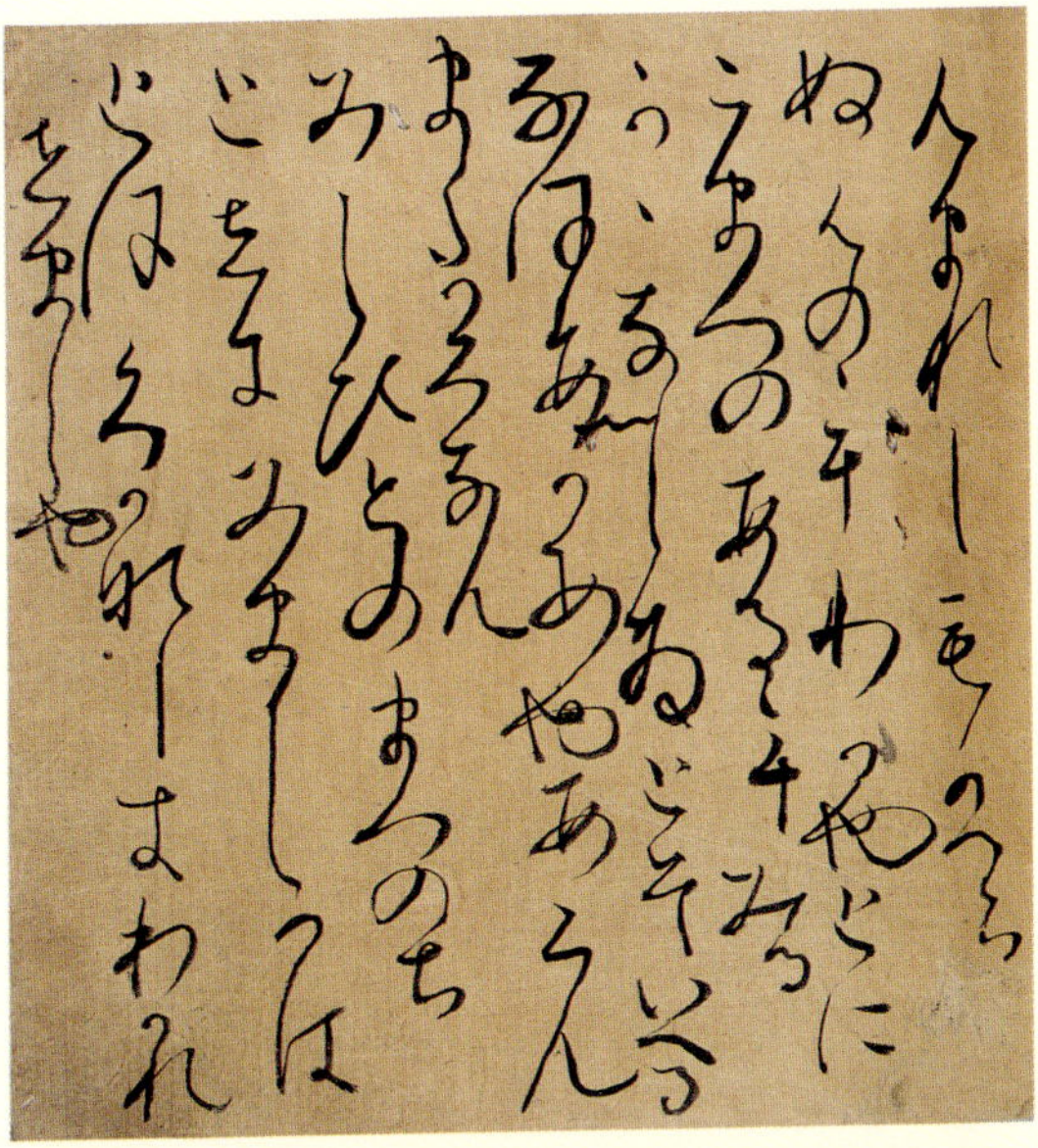

んまれしもかへら
ぬものをわがやどに
こまつのあるをみる
が、なしさとぞいへる
なほあかずやあらん
またかくなん
みしひとのまつのち
とせにみましかば
とほくかなしきわかれ
せましや

2

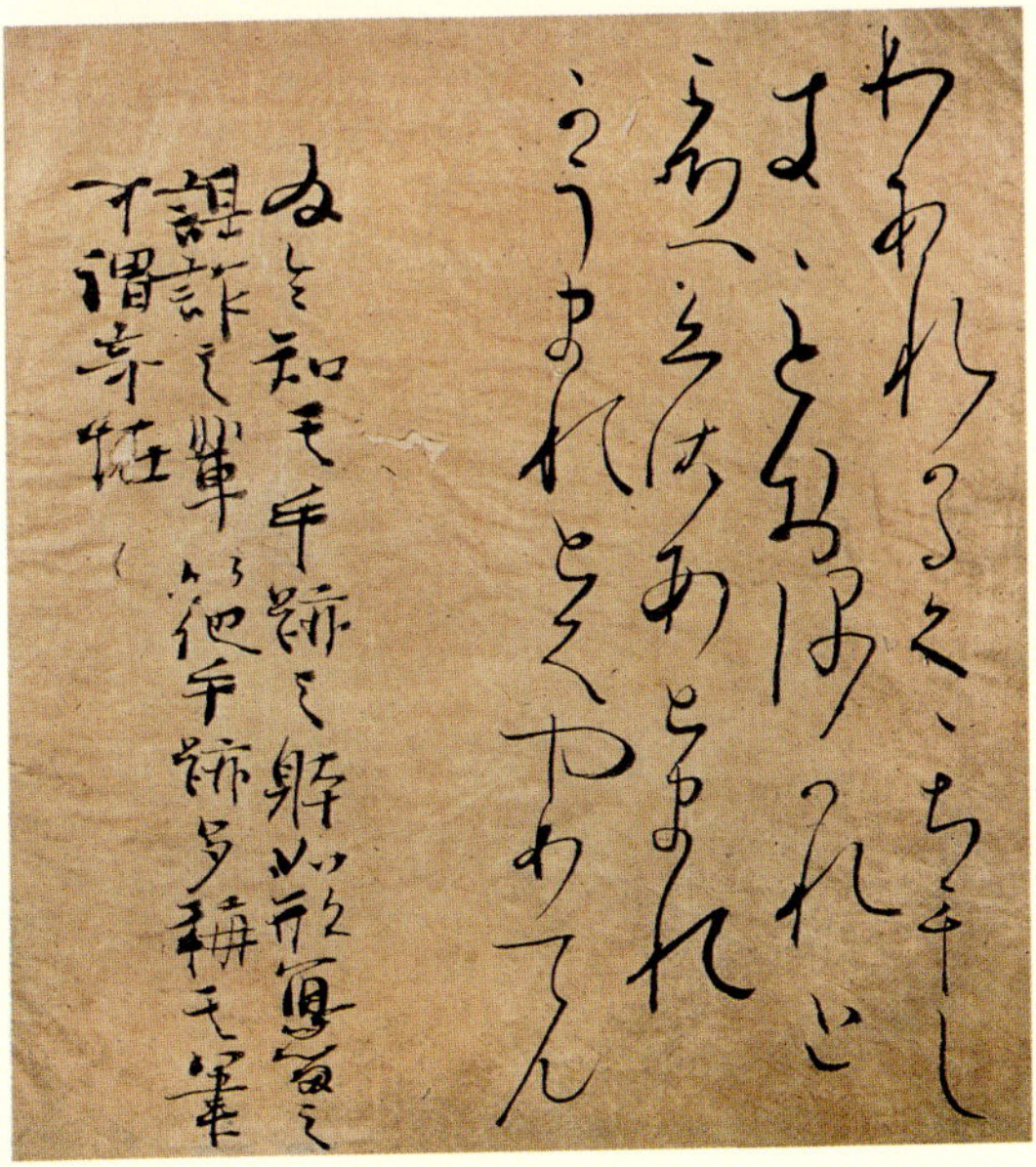

わすれがたく、ちをし
きことおほかれど
えつくさずとまれ
かうまれとくやりてん

為令知其手跡之躰如形写留之
謀詐之輩以他手跡多称其筆
可謂奇怪
（其の手跡の躰を知らしめんが為に形の如く之を写し留む。謀詐の輩、他の手跡を以て多く其の筆と称するは、奇怪と謂ふべし）

1・2 ――「定家本土佐日記」より

文暦２年（1235）奥書・前田育徳会蔵
定家が貫之の筆跡を臨模した巻末の二葉。

佐日記」巻末部分(1・2)と、貫之の時代を少し下る九六六年頃の書蹟《しょせき》、大津の石山寺《いしやまでら》に伝わる「虚空《こくう》蔵菩薩念誦次第紙背仮名書状《ぞうぼさつねんじゅしだいしはいかなしょじょう》」(3)である。

1・2は臨写とはいえ、定家的なヴァイアスが加わり、しかも臨模ゆえに筆速は渋っているが、目を細めて大まかに見ると、貫之の続字《つづけじ》等は忠実に再現されているようで、貫之の書が浮かびあがってくる。

女手は、欧文の綴字《つづりじ》のごとく、文字の連続を可能にした筆記体の仮名であり、連綿と連続こそが女手の本性である。しかし貫之の時代にはまだ、「も(毛)」「を(乎)」「く(久)」「き(支)」「と(止)」などは、漢字の草書体段階と言ってよい形が残り、また、「ま(末)」の第一筆、「に(尓)」の第二筆などの横画が長く、幅広く書かれ、草書体=草仮名《そうがな》の風をいくぶんか留めていたようだ。

字画の省略が進行し、続字が拡張していくと、字形にも変化が生じてくる。純表音文字へと変化した仮名は、アルファベットと同様、音韻に対応する形状へと姿を変えていく。「あ」は開放的な〇、「い」は｜ないしは‖、「う」は∪ないしは∩、「え」はᒿ、「お」は○といったように。その変容半ばの姿が見られるのが3である。続字はいっそう拡張され、さらに伸びやかな書風と書体を確立している。ここでの続字は、まだ不完全ながらも語単位の「分かち書き」で書こうとする力に従ったもので、漢字の借用から、文字(文体を形成する文字)へと飛躍した姿を見せる。流麗な文字は流麗な文学を生む。この文書の約三十年後、ついに『源氏物語』は生れた。『古今和歌集』も『土佐日記』も『源氏物語』も、女手で書かれたのではない、女手でつくられたのである。

ところで、定家の校訂による「定家本土佐日記」冒頭部(4)は、「を(乎)とこもす(春)といふ日記といふ物をゝ《を》むなもし(志)て心《こころ》みむとてするなり」と書かれている。他の諸本との文の違いの理由はいまだ明らかではないが、「をとこもす(男文字)」と「をむなもし(女文字)」の箇所に異同はない。

(書家)

3

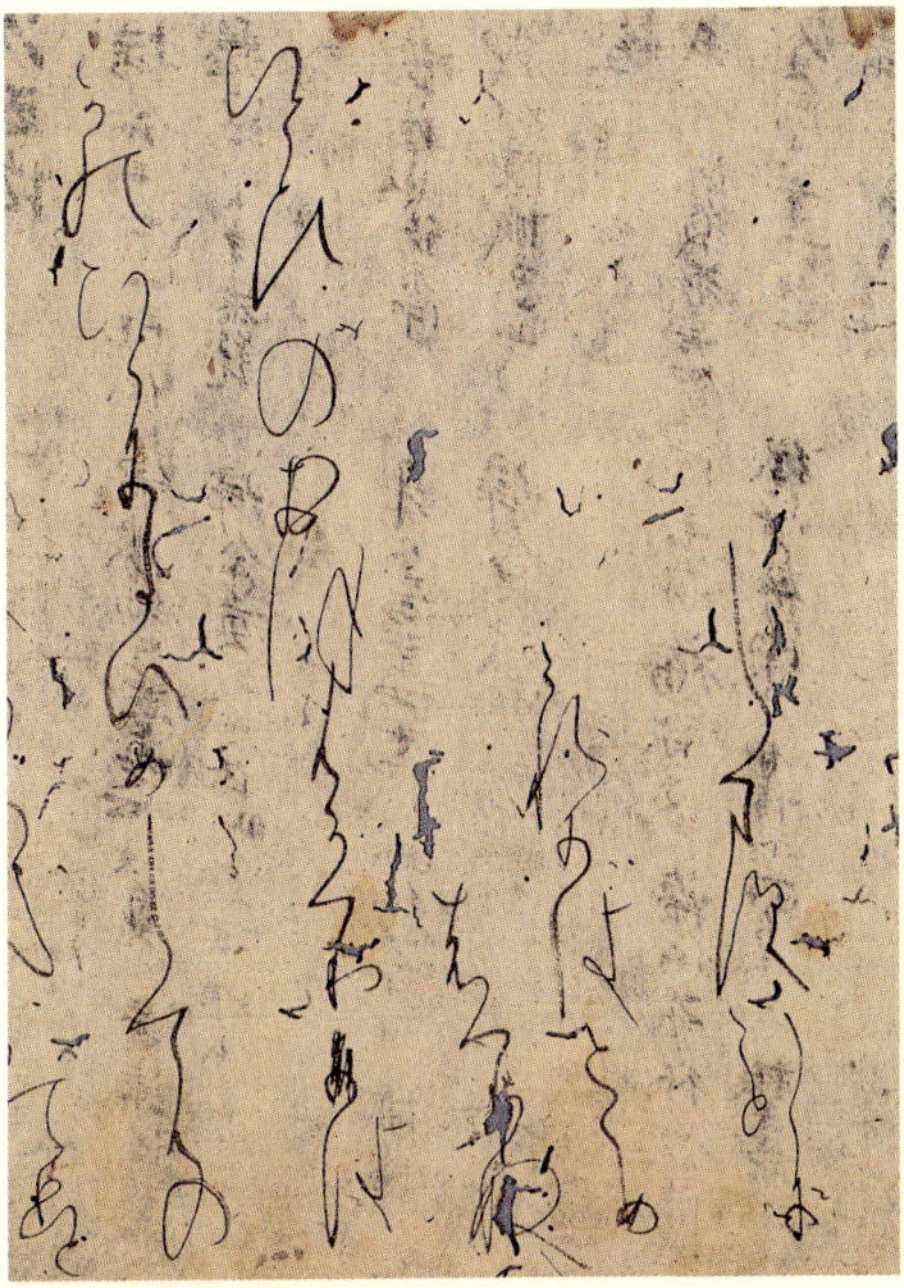

しますく〱に
こと
これにはとゞめ
はべりぬ
ひとひのおほんかへりには
かのひとにたいめしてもの

4

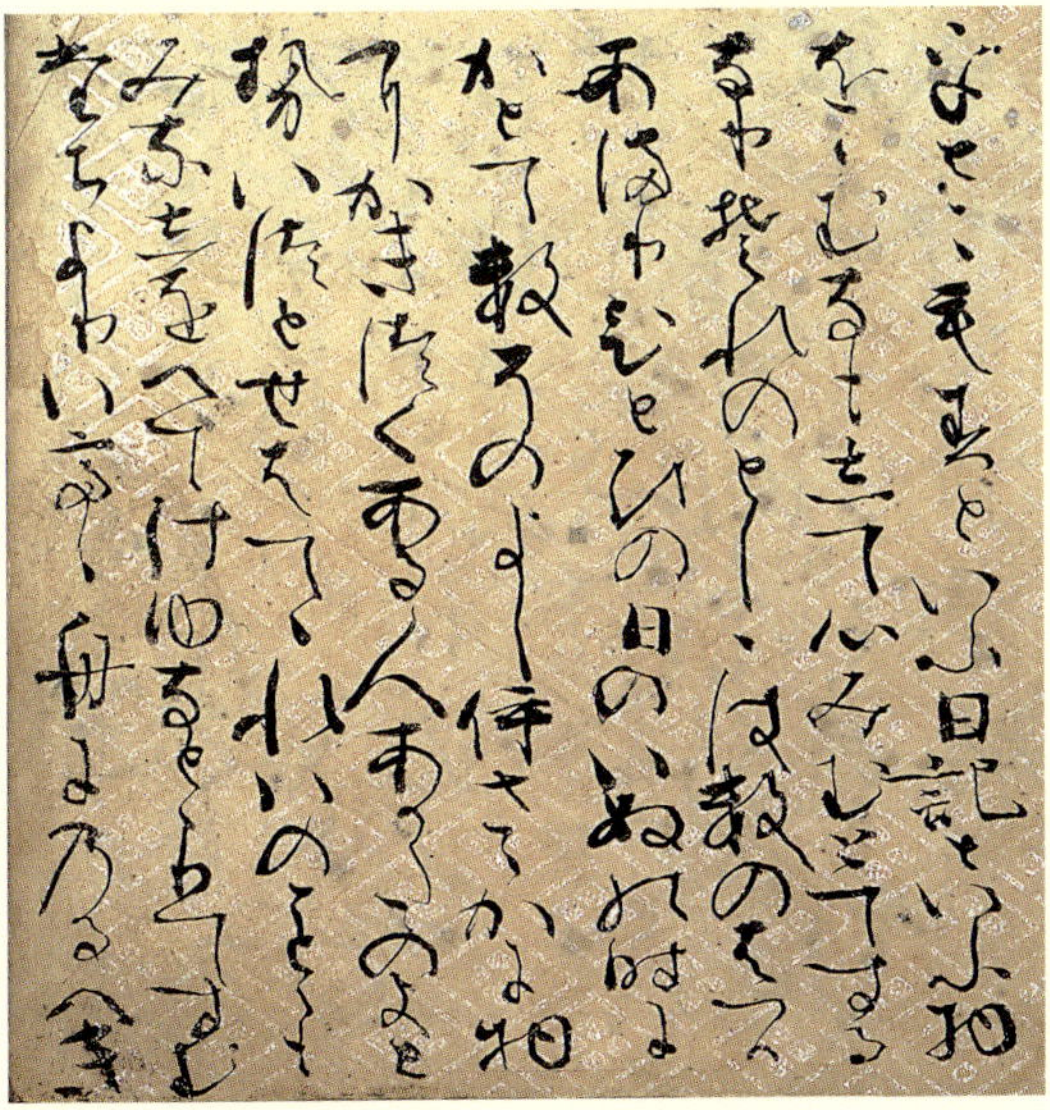

をとこもすといふ日記といふ物
を、むなもして心みむとてする
なりそれのとし、はすのはつか
あまりひとひの日のいぬの時に
かどですそのよしいさゝかに物
にかきつくある人あがたのよと
せいつとせはて、れいのことゞも
みなしをへてげゆなど、りてすむ
たちよりいで、舟にのるべき

3――「虚空蔵菩薩念誦次第紙背仮名書状」
部分・966年・石山寺蔵

4――「定家本土佐日記」冒頭
前田育徳会蔵

美をよむ

恩愛の境界を別れて

佐野《さの》みどり

中世の物語には、天下の孤本というか、唯一の伝本しか存在しないものがある。この十四世紀の浪漫《ろうまん》的な白描絵巻《はくびょうえまき》もその一つで、詞書《ことばがき》冒頭の「豊明《とよのあかり》のよなよなは」から、「豊明絵草紙《とよのあかりえそうし》」と呼ばれている。

物語の内容は――若くして中納言に昇った貴公子が、美しい妻を迎え、子に恵まれた幸せな生活を送っていたが、妻は病に倒れ亡くなってしまう。世を捨て、山中の妻の墓近くに庵《いおり》を結んだ中納言のもとに、ある日、後事を託した息子の少将が訪れ、末の若君の死を告げる。中納言はいっそう念仏に専念し、ついに阿弥陀《あみだ》の来迎《らいごう》のもと往生するのであった――。

この物語が他の往生物語と一線を画しているのは、少女漫画のごときロマンチックな絵物語となってい

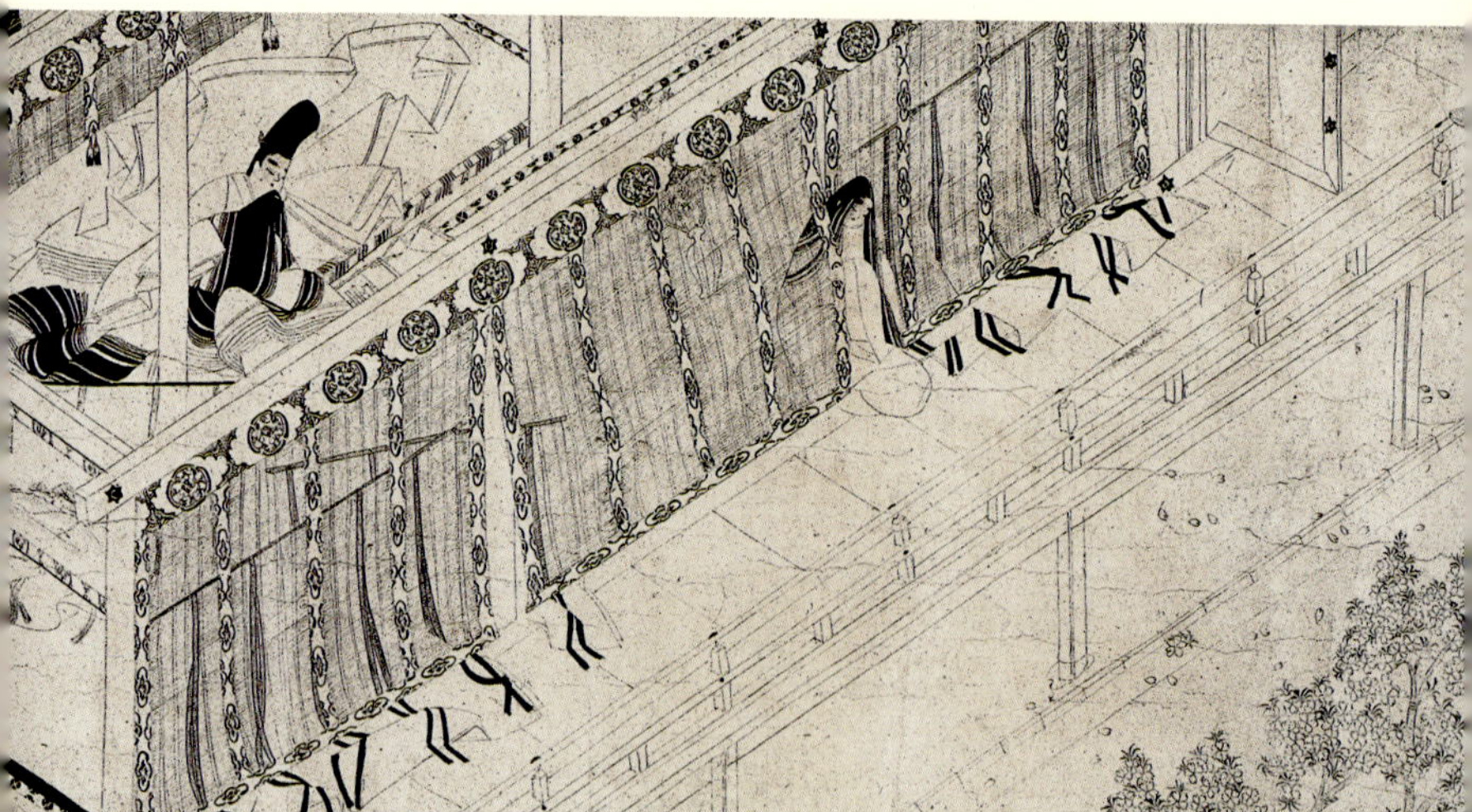

ることである。幸せな家庭生活を営んでいた中納言が妻の死を契機に仏道に深く帰依《きえ》し遁世《とんぜい》して念仏往生する、という造型も、王朝物語の主人公の延長にある理想の男性像といえるだろう。そのような浪漫性と白描やまと絵のスタイルが結びつき、往生物語というよりは、王朝の恋物語のように感じられる。

とりわけ、中納言一家の幸せな生活を描く第一段(1)。満開の桜を見ようと御簾《みす》から身を乗り出す女房。帳台で描きかけの絵を眺めている男女は、新婚の中納言夫妻であろうか。その左には四季の景物を描いた襖《ふすま》で仕切られた部屋部屋。幼子と花や木の実で遊ぶ女房たち。割愛したが、画面のさらに左には、庭の秋草を前に虫の音にあわせ管絃《かんげん》の遊びに興ずる男女の姿が描かれている。右から左へと視線を動かすにつれ、春から秋へ、そして新婚の二人はいつしか子供たちに恵まれと、時間も経過していく。

うってかわって、第四段(2)では、風騒ぐ山中の庵で末子の死を聞き涙に暮れる中納言が描かれる。

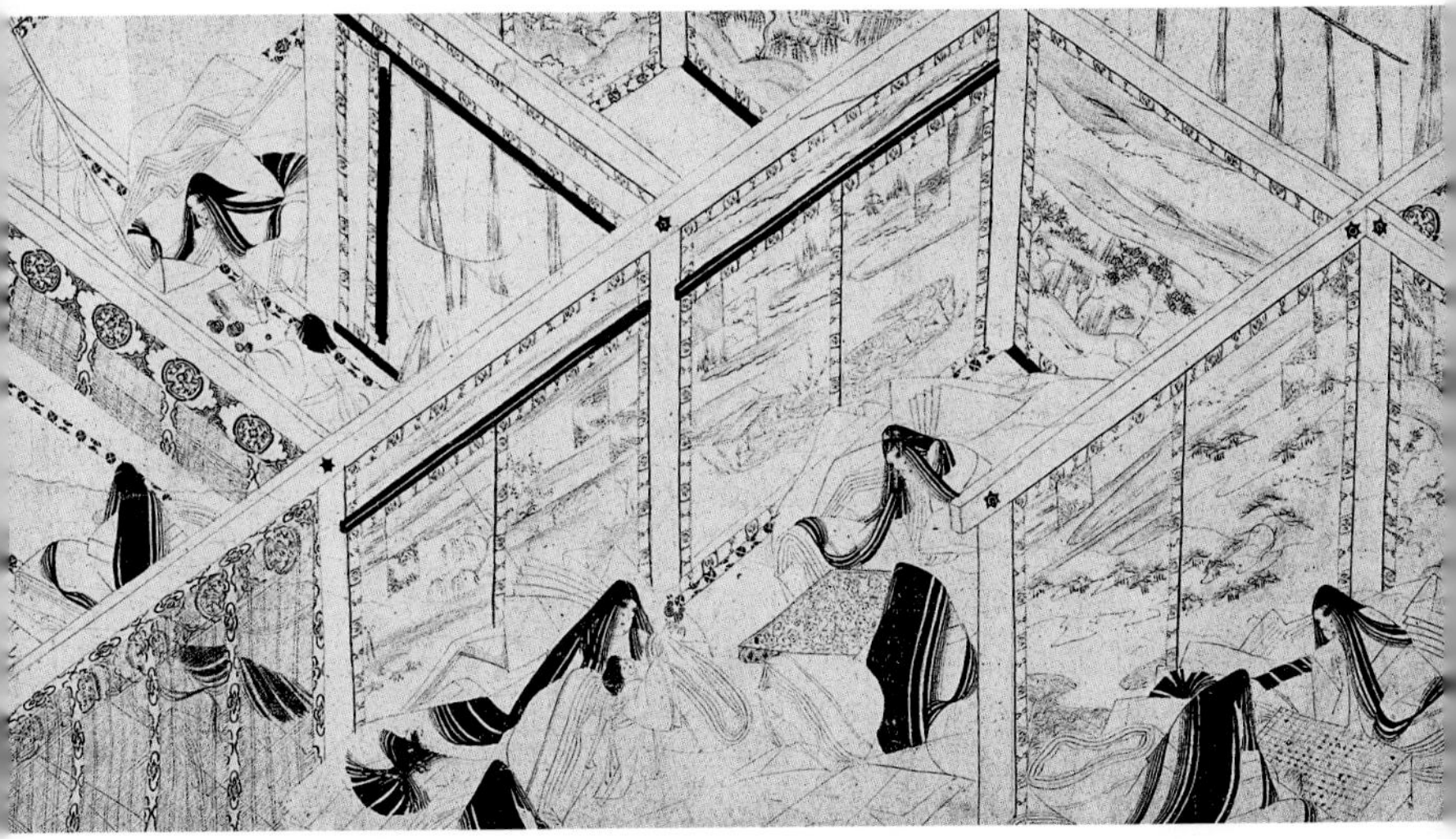

「豊明絵草紙」
部分・鎌倉時代・
前田育徳会蔵

1 ── 中納言の幸せな生活(第一段より)
愛妻とうちとける中納言(右上)。時間の経過が同じ画面に描かれてゆき、左上には子供と遊ぶ女房の姿も見える。

全段を通じて、わずか唇《くちびる》に差した朱以外は墨しか用いずに情感豊かに描き出すこの画家は、女性であろう。冒頭の絵をともに愉しむ男女の姿には、『源氏物語』の源氏と若紫《わかむらさき》、あるいは匂宮《におうみや》と浮舟《うきふね》の情景が想起される。また秋の場面も、鈴虫帖や野分《のわき》帖のイメージを揺曳《ようえい》させており、白描の源氏絵を描きなれていた宮廷の女性画家像が浮かぶ。

この絵巻の詞書の文章に『とはずがたり』と少なからぬ一致や近似がみられることが中村義雄氏によって指摘され、物語作者として『とはずがたり』の作者・後深草院二条《ごふかくさいんにじょう》の可能性が指摘されている。また二条は、乾元《かんげん》元年（一三〇二）の冬に備後国和知《びんごのくにわち》に立ち寄った折、襖絵に彩管《さいかん》を揮《ふる》うほど絵にも巧みであった。となると、絵までも二条の作かもしれない。

深く愛していた妻と死別し、念仏三昧《ざんまい》の末に極楽往生を遂げるという主人公の造型に、「恩愛の境界を別れて、仏弟子となりなむ」（一九三頁）と吐露した二条の、深き思いをみたいと思う。（美術史家）

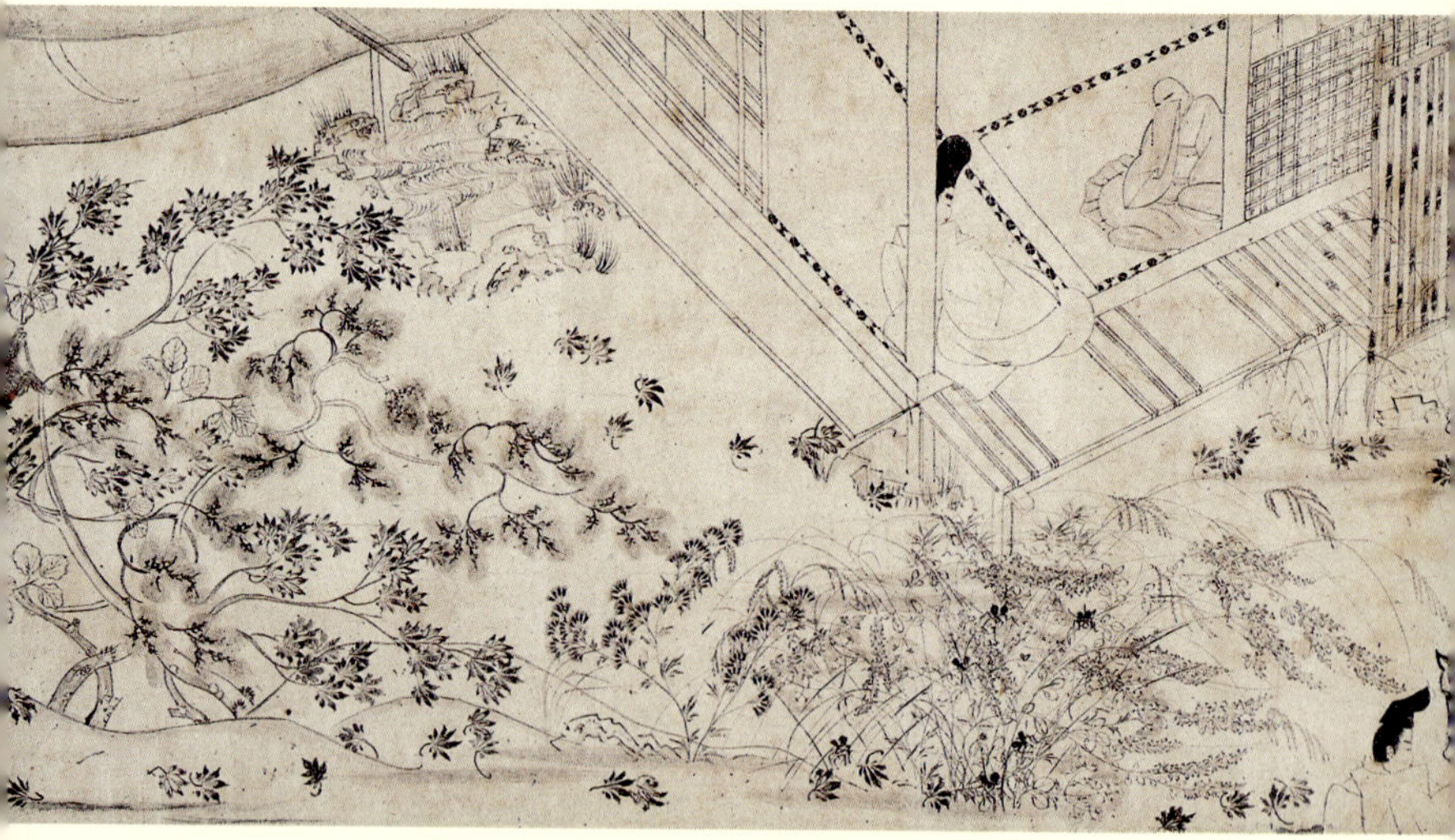

2

2——末子の死に涙する中納言（第四段より）

庭の草木が乱れて悲しみを表している。右端の馬の顔や左の木に描かれた猿の絵の拙さが愛らしい。

土佐日記
蜻蛉日記
とはずがたり

装丁　川上成夫
装画　松尾たいこ
本文デザイン　川上成夫・千葉いずみ
解説執筆・協力　吉野瑞恵（駿河台大学）
コラム執筆　佐々木和歌子
編集　土肥元子
編集協力　松本堯・兼古和昌・原八千代
校正　中島万紀・小学館クォリティーセンター
写真提供　内藤貞保・牧野貞之・宮内庁京都事務所
南国市教育委員会・小学館写真資料室
図版製作　蓬生雄司・須貝稔

はじめに――日記を書くこと、そして自己を語ること

本書に収録した作品は、古代から中世にかけて書かれた三つの日記です。ひとつは赴任先の土佐《とさ》から都に戻る平安時代の男性歌人、紀貫之《きのつらゆき》の日記、ひとつは摂関家の御曹司《おんぞうし》と結婚した平安時代の中流貴族女性、藤原道綱母《ふじわらのみちつなのはは》の日記、もうひとつは上皇に寵愛《ちょうあい》された鎌倉時代後期の宮廷女性、後深草院二条《ごふかくさいんのにじょう》の日記です。この三つの作品は、近代になって「日記文学」というジャンルに組み入れられることになりましたが、書かれた時代も違いますし、それぞれが個性的で、同じジャンルの作品として統一的に論じるのが難しいのです。

それでは、この三つの作品がなぜ「日記文学」とされるのかを解説しつつ、その世界をかいま見てみましょう。『土佐日記』は、形式の面では私たちが考える「日記」に近い作品です。都への五十五日間の旅のありさまが日次記《ひなみき》（毎日の記録）の形で記されているので、「日記」と名付けられていても違和感がありません。形式面ではいかにも「日記」というこの作品も、単なる旅の記録ではありませんでした。巻末解説で紹介しますが、執筆意図にはさまざまな説があり、一筋縄ではいかない作品なのです。歌人として高名な貫之の日

記であるからには、巧妙に仕組まれた作品であるのは当然なのかもしれません。また、日記といえば男性貴族の漢文日記が主流だった時代に、仮名《かな》で日記を書くということ自体が画期的でした。生れたばかりの平仮名が定着してきたのは、ちょうどこの頃《ころ》のことです。『蜻蛉《かげろう》日記』は作者みずからが「日記」と称しているにもかかわらず、始まりからして日記らしくありません。「人にもあらぬ身の上まで書き日記《にき》して」と、自ら執筆意図を表明する序文に続く上巻の冒頭部分には、夫となる藤原兼家《かねいえ》との和歌のやりとりが延々と綴《つづ》られているからです。ここだけを見ると、日記というよりは歌集のようです。自然描写がうつくしい、中巻の寺社詣《もうで》の記事は、紀行文のようでもあります。このように、『蜻蛉日記』は、日次記という体裁をとっておらず、しかも巻を追うにつれ文体がどんどん変化していく作品です。全体としてみると、兼家との二十年あまりの思うにまかせぬ結婚生活を綴ったこの作品は、「日記」というよりは、自叙伝と言ったほうがぴったりくる感じです。『蜻蛉日記』は、事実を書き記すという日記の基本条件を踏襲しつつ、日次記という体裁を取り払った新しい形式と内容の日記でした。心に思うことを仮名の散文で自在に記す文体が確立していなかった時代に、『蜻蛉日記』の作者は、さまざまな文体を模索しながらこの作品を生み出していったといえるでしょう。『土佐日記』が切り拓《ひら》いた仮名日記の可能性は、ここに至ってより豊かになったのです。

『とはずがたり』は、自らの半生を語るというその内容から、近年になって日記文学というジャンルに組み入れられた作品です。この作品は、『蜻蛉日記』以上に構成意識がはっきりしており、よくできた物語のような印象を与えます。女性の自叙伝という点では『蜻蛉日記』と共通してもいます。兼家というひとりの男に苦しめられながらも、彼から離れられなかった『蜻蛉日記』の作者の半生と比べると、奔放で危険な恋に彩られた『とはずがたり』の作者の半生はドラマチックです。二条という女房名で後深草院に仕えていた作者は、後深草院の寵愛を受けながら、院の異母弟である高僧や、高位の貴族たちとも関係をもち、『とはずがたり』にはそのありさまが物語的な潤色をほどこしつつ描かれているからです。『土佐日記』や『蜻蛉日記』の書かれた時代からはすでに三百年以上経ち、朝廷は実権を失い、南北朝の分裂のもとになる皇統の対立も起こっていました。『源氏物語』の行事の模倣に熱中する場面からは、過去の栄光にすがるしかない宮廷のありさまが伝わってきます。一方で、『とはずがたり』には、二条が後深草院に疎《うと》んじられて宮廷から去ることになった後に、これまでの生活を捨てて出家をして、鎌倉まで旅をし、幕府の重鎮たちとも交流をする様子が描かれています。この潔さと行動力は、『とはずがたり』の魅力のひとつです。それでは、それぞれの作品がなぜ書かれたのかを想像しつつ、味わいの異なる三つの日記文学の扉を開いてみて下さい。

（吉野瑞恵）

目次

蜻蛉日記

とはずがたり

凡例

◎本書は、新編日本古典文学全集『土佐日記・蜻蛉日記』および『建礼門院右京大夫集・とはずがたり』（小学館刊）の「土佐日記」「蜻蛉日記」「とはずがたり」の中から、著名な部分を選び出し、全体の流れを追いながら読み進められるよう編集したものである。

◎すべて本文は、現代語訳を先に、原文を後に掲出し、便宜的な見出しを付した。

◎現代語訳でわかりにくい部分には、（ ）内に注を入れて簡略に解説した。

◎収録箇所のうち、一部を中略した場合は、原文の中略箇所に（略）と記した。

◎「土佐日記」の原文には、音便などで表記されない発音を、原文の右傍に片仮名で補った。

◎本文中に文学紀行コラムを設け、巻末に「人物関係図」「服飾図・調度・乗物図」を掲載した。

◎巻頭の「はじめに――日記を書くこと、そして自己を語ること」、および各作品の「あらすじ」、巻末の「解説」は、吉野瑞恵（駿河台大学）の書き下ろしによる。

私たちの先人の計り知れぬ努力によって、今日まで読み継がれ、守り伝えられてきた貴重な文化的財産、日本の古典の中には、現在では当然配慮の必要がある語句や表現が、当時の社会的背景を反映して使用されている場合があります。そうした古典が生れ、育まれてきた時代の意識をそのまま読者に伝え、歴史的事実とその古典を取りまく社会的状況への認識を深めていただくのが、古典を正しく理解することにつながると考え、本シリーズでは原文のままを収録することといたしました。

（編集部）

土佐日記

菊地靖彦［校訂・訳］

土佐日記

あらすじ

『土佐日記』は、土佐国司《とさこくし》の一行が、赴任先の土佐を出発し、都に戻るまでの二か月近くの旅を描いている。作者は紀貫之《きのつらゆき》である。

「男もすなる日記《にき》といふものを、女《をむな》もしてみむとてするなり」という有名な一節からこの日記は始まる。帰京する国司の一行に、筆者である女性が混じっているという設定である。作者と筆者は別であり、『土佐日記』は事実そのままを記録したものではなく、かなりの虚構が混じっていることに注意する必要があるだろう。

承平《しょうへい》四年（九三四）十二月二一日に国司の館を門出した一行は、時には風雨のためにひとところに長く停泊することを余儀なくされ、時には海賊に襲われることを恐れながら、船での旅を続ける。二月十六日にようやく京にたどりつくのだが、家に戻ると、あたりのありさまはすっかり変わってしまっていた。そして、「忘れがたく、口惜《くちを》しきこと多かれど、え尽くさず。とまれかうまれ、とく破《や》りてむ」という一節で、この日記は終わる。

この短い日記の中に多くの歌が入っていることには注目すべきだろう。貫之と思われる前国司の歌のほかに、筆者とされている女性の歌や、子供の歌、船人の歌などさまざまな人々の歌が、旅のそれぞれの場面にふさわしく詠《よ》まれている。土佐で子供を亡くしたことを悲しむ歌もたびたび登場する。亡き子を思いだして悲しみに堪《た》えられず詠まれた歌には、「（歌や漢詩を詠むのは）思ふこと堪へぬ時のわざとか」とあり、無事に京に戻り、人々の歌を記す時には、「京のうれしさのあまりに、歌もあまりぞ多かる」とあるように、歌と人の思いとが直結していることを作者は強調している。

また、阿倍仲麻呂《あべのなかまろ》の「天《あま》の原《はら》ふりさけみれば春日《かすが》なる三笠《みかさ》の山に出《い》でし月かも」（日記中では初句を「青海原」に改変）や、在原業平の「世の中に絶えて桜のなかりせば春の心はのどけからまし」（日記中では三句目を「咲かざらば」に改変）など、貫之自身が『古今和歌集』に採録した名歌が想起されることもある。この日記が六十歳をこえた高名な歌人の作品であることが、あらためて実感される。

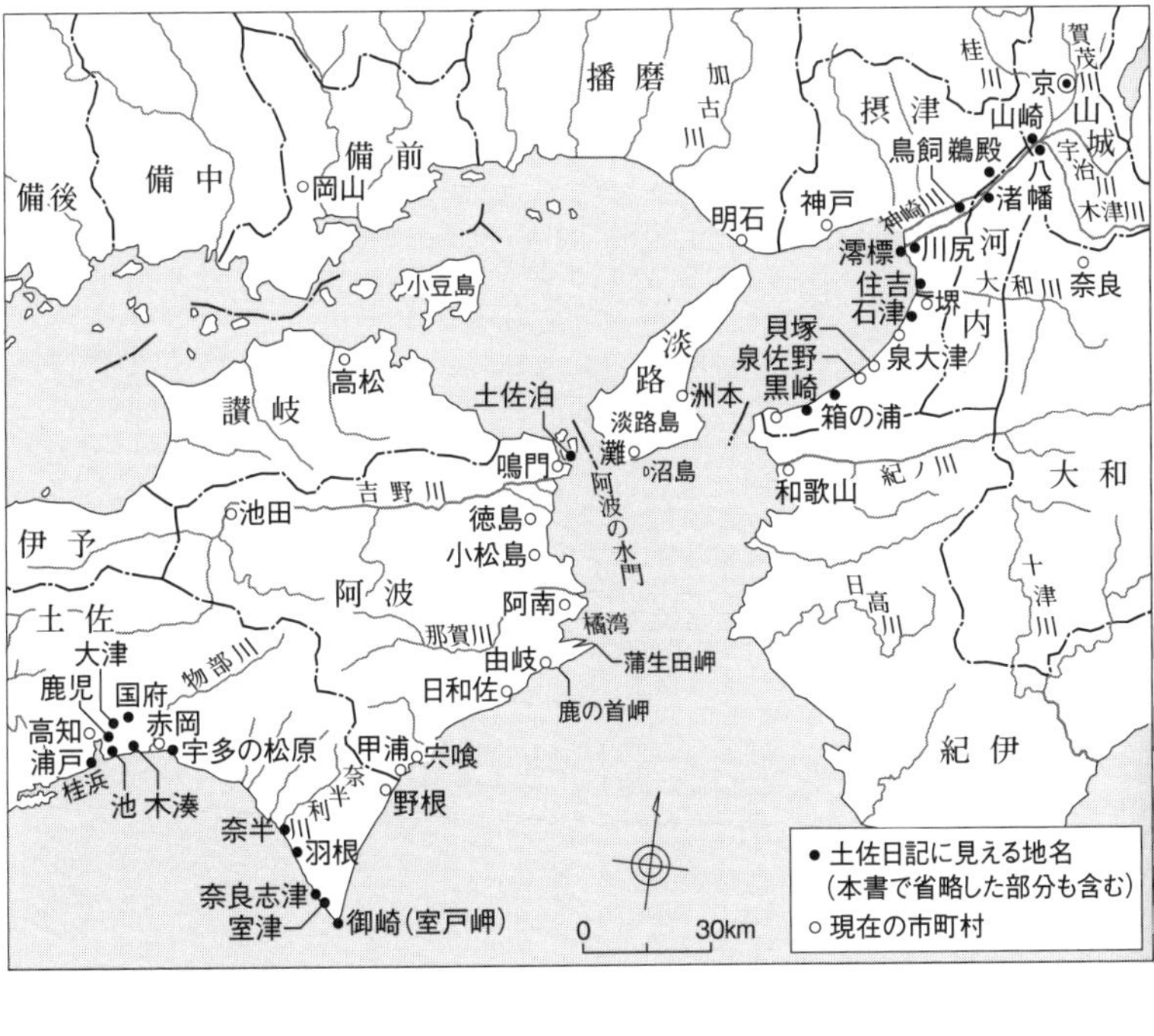

一 序

男も書くと聞いている日記というものを、女であるわたし（紀貫之自身）も試みてみようと思って書くのである。

某年（承平《じょうへい》四年〈九三四〉のこと）の十二月の二十一日、戌《いぬ》の時（午後八時頃《ごろ》）に門出する。その旅のことを、少しばかり書きつける。

男もすなる日記《にき》といふものを、女《をむな》もしてみむとてするなり。それの年の師走《しはす》の二十日《はつか》あまり一日《ひとひ》の日の、戌《いぬ》の時に門出《かどで》す。そのよし、いささかにものに書きつく。

二 人々との別れ

ある人（貫之自身）が、国司としての四、五年の任期を終えて、引き継ぎなどもみな終え、解由状《げゆじよう》（任務終了の証明書）なども受け取り、住んでいた館《やかた》（高知県南国市比江付近）から出て、乗船するはずの所（高知市大津か）へ移る。かれこれ、知っている者、知らない者、みんなが見送りをする。長年ことに親しく付き合った人々が別れがたく思って、一日中なにかれとやって、騒いでいるうちに夜も更《ふ》けてしまった。

二十二日に、さしあたり和泉国《いずみのくに》（大阪府南部）まで無事であるようにと願を立てた。藤原のときざねが、船路の旅なのに馬の鼻向け（餞別《せんべつ》。馬を餞別に贈ったことから）をする。上、中、下の身分の差なくみんな酔っ払って、とてもおかしなことに、あざる（腐る）はずもない潮海《しおうみ》のそばであざれ（ふざけ）あっている。

二十三日。八木のやすのりという人がいる。この人は、国司庁でもけっして重く用いた者でもないのである。それなのにこの人が、立派な態度で餞別をする。前国司の人柄のせいであろうか、任国の人々の気持の常として、もういまさら用はないとして来ないものなのに、誠の心ある者は、まわりに気兼ねせずに来たのである。これは、餞別にもらった物によって褒めるわけではない。

二十四日。国分寺の僧殿が、わざわざ餞別にいらっしゃった。そこに居合せた身分の上の者も下の者も、子供までもが酔っ払って、一という文字すら知らない者が（千鳥足になって）その足をまあ、十という文字に踏んで遊ぶ。

二十五日。なんと新国司の館《やかた》から、招待の手紙を持って来たのである。こちらはみな招待されて行き、日がな一日、夜は夜もすがら、あれこれと音楽の催しみたいなことをして、夜が明けたのであった。

二十六日。やはりこの日も新国司の館でもてなしがあり、騒ぎ通して、従者にまで授け物があった。漢詩を声高く朗詠《ろうえい》した。和歌を、主人も客も、その他の人も詠《よ》み合ったことであった。漢詩は、（女であるわたしは）ここに書くことができない。和歌は、主人である新国司が詠んだのは、

みやこ出《い》でて君にあはむと来《こ》しものを来《こ》しかひもなく別れぬるかな

――都を出発してあなたにお会いしようと楽しみに来たのに、来たかいもなく、すぐにお別れしてしまうことだ

ということであったので、帰京する前国司が詠んだのは、

しろたへの波路を遠く行《ゆ》き交《か》ひてわれに似べきはたれならなくに

――白波の立つ海路を遠く行き違いにやってきて、わたしのようになるのは誰《だれ》あろう、あ

なたですよね

他の人々の歌もあったけれど、ここに記すほどたいしたものもなかったようだ。いろいろ語り合って、前国司も今の国司もいっしょに庭に降りて、今の主人も前の主人も手を取り交して、酔いにまかせて調子のいい言葉を言い合って、館を一方は出、他方は入ったのであった。

ある人、県《あがた》の四年《よとせ》五年《いつとせ》果てて、例のことども皆し終《を》へて、解由《げゆ》など取りて、住む館《たち》より出《い》でて、船に乗るべきところへわたる。かれこれ、知る知らぬ、送りす。年ごろよくくらべつる人々なむ、別れがたく思ひて、日しきりにとかくしつつ、ののしるうちに夜更《よふ》けぬ。

二十二日に、和泉《いづみ》の国までと平らかに願《ぐわん》立つ。藤原《ふぢはら》のときざね、船路《ふなぢ》なれど馬《むま》のはなむけす。上《かみ》、中《なか》、下《しも》、酔《ゑ》ひ飽《あ》きて、いとあやしく、潮海《しほうみ》のほとりにてあざれあへり。

二十三日。八木《やぎ》のやすのりといふ人あり。この人、国にかならずしもいひ使ふ者にもあらざ《ン》なり。これぞ、たたはしきやうにて、馬《むま》のはなむけしたる。守《かみ》がらにやあらむ、国人《くにびと》の心の常《つね》として、いまはとて見えざ《ン》なるを、心ある者は、恥ぢずになむ来《き》ける。これは、物によりて褒《ほ》むるにしもあらず。

二十四日。講師《こうじ》、馬《むま》のはなむけしに出《い》でませり。ありとある上《かみ》、下《しも》、童《わらは》まで酔《ゑ》ひ痴《し》れて、一文字《いちもんじ》をだに知らぬ者、しが足は十文字《じふもんじ》に踏みてぞ遊ぶ。

二十五日。守《かみ》の館《たち》より、呼びに文《ふみ》持て来た《ン》なり。呼ばれて到《いた》りて、日《ひ》一《ひと》日《ひ》、夜《よ》一夜《ひとよ》、とかく遊ぶやうにて明けにけり。

二十六日。なほ守《かみ》の館《たち》にて饗宴《あるじ》しののしりて、郎等《らうどう》までに物かづけたり。漢詩《からうた》、声あげていひけり。和歌《やまとうた》、主《あるじ》も客人《まらうど》も、こと人もいひあへりけり。漢詩《からうた》はこれにえ書かず。和歌《やまとうた》、主《あるじ》の守《かみ》のよめりける、

みやこ出《い》でて君にあはむと来《こ》しものを来《こ》しかひもなく別れぬるかな

となむありければ、帰る前《さき》の守のよめりける、

しろたへの波路を遠く行《ゆ》き交《か》ひてわれに似べきはたれならなくに

こと人々のもありけれど、さかしきもなかるべし。とかくいひて、前《さき》の守、

――今のも、もろともに降《お》りて、今の主《あるじ》も、前《さき》のも、手取り交《かは》して、酔《ゑ》ひ言《ごと》にこころよげなる言《こと》して、出で入りにけり。

三 出立

二十七日。大津から浦戸（高知市の浦戸湾の出口にあった港か）をめざして漕《こ》ぎ出す。このようなことをしている一行の中に、ある人は、京で生れた女の子が任国で突然亡くなったものだから、この日頃《ひごろ》の出発準備を見ても何も言わない。京へ帰るにつけて、女の子がいないことばかりを悲しみ恋しがる。居合せた人々も悲しくてたまらない。そこで、ある人が書いてさし出した歌は、

みやこへと思ふをもののかなしきはかへらぬ人のあればなりけり

――いざ都へと思うにつけても、何かしら悲しいのは、共に帰らぬ人があるからであった

また、ある時には、

あるものと忘れつつなほなき人をいづらととふぞかなしかりける

――今もいるものと、いなくなってしまったことをつい忘れ忘れして、死んだあの子をどこにいるのかしらと尋ねてしまうのは、悲しいことだ

と言っているうちに、鹿児《かこ》の崎《さき》(高知市大津の鹿児山か)という所に、国司の兄弟や、また別の誰彼《だれかれ》が、酒などを持って追って来て、磯辺《いそべ》に降りて座り、別れがたいということを言う。新国司の館《やかた》の人々の中で、このやってきた人々こそは、誠の心の篤《あつ》い人々であるように言われもし、ちょっとそう見えもする。このように別れを惜しみ、その人々が、まるで漁師が網をみんなで力を合せてかつぎ出すようにして、この海辺で合作した歌は、

惜《を》しと思ふ人やとまると葦鴨《あしがも》のうち群《む》れてこそわれは来にけれ

――お発《た》ちになるのが惜しいと思っている人が、もしかしてとどまってくださるかと、葦《あし》鴨《がも》が群れるように大勢してわたしたちは来たのです

と言って控えているので、たいそう褒めて、去って行く人が詠《よ》んだのは、

棹《さを》させど底《そこ》ひも知らぬわたつみの深き心を君に見るかな

――棹さして知ろうにも深さのわからない海のように深い心をあなたに見ることです

と言っているうちに、楫取《かじとり》は「もののあはれ」というものも知らず、自分が酒をくらい終わったものだから、早く出航しようとして、「もう潮が満ちて来た。これでは風も吹いて来るぞ」と騒ぐので、一行は船に乗ってしまおうとする。この時に、居合せた人々が時節に合せて漢詩、それもこの別れの時にふさわしいのを朗詠《ろうえい》する。また、ある人は、ここが西国であるにもかかわらず東国甲斐《かい》(山梨県)の民謡などを歌う。「このようにすてきに歌うと、(故事にあるように)船屋形の塵《ちり》も感動して飛び散り、空行く雲も動きを止めて漂うだろう」と、男たちは言っているようである。今宵は浦戸に泊る。藤原のときざね、橘《たちばな》のすえひら、その他の人々が追いかけて来た。

二十八日。浦戸から漕《こ》ぎ出して、大湊《おおみなと》(南国市前浜か)をめざす。この折に、以前この国の国司であった人の子息、山口のちみねが、酒や、けっこうな食物などを持って来て、船に差し入れた。航行しながら飲んだり食べたりする。

二十九日。大湊に泊っている。この国の医官が、わざわざ屠蘇《とそ》や白散《びゃくさん》(ともに漢方薬)に、酒を添えて持って来た。まあ志が篤《あつ》いというところか。

元日。やはり同じ港にいる。白散を、ある者が、ほんの夜の間だけのことと船屋形にさし挟んでおいたら、風に吹かれてだんだんずれてしまって海に落ちてしまい、飲めなくなってしまった。正月だというのに芋茎《いもし》（乾した里芋の茎）や荒布《あらめ》（海藻の一種）も、歯固め（長寿を祈念して正月三が日に食する大根・瓜《うり》・押鮎《おしあゆ》など）もない。こういった物がない地なのである。あらかじめ求めてもおかなかった。ただ、押鮎（塩押しにした鮎）の口をしゃぶるだけである。このしゃぶる人々の口を、押鮎は、もしかして何とか思うことがあるのだろうか。「今日は都のことばかり思いやられる」「民家の門のしめ縄についた鯔《ぼら》の頭や柊《ひいらぎ》（正月にしめ縄につけて厄除《やくよ》けにした）はどうしているかなあ」と言い合っているようである。

二十七日。大津《おほつ》より浦戸《うらど》を指して漕《こ》ぎ出《い》づ。かくあるうちに、京《きやう》にて生まれたりし女子《をむなご》、国にてにはかに亡《う》せにしかば、このごろの出で立ちいそぎを見れど、何ごともいはず。京へ帰るに、女子のなきのみぞ悲しび恋ふる。ある人々もえ堪《た》へず。このあひだに、ある人の書きて出《い》だせる歌、

みやこへと思ふをもののかなしきはかへらぬ人のあればなりけり

また、ある時には、

あるものと忘れつつなほなき人をいづらととふぞかなしかりける

といひけるあひだに、鹿児《かこ》の崎《さき》といふところに、守《かみ》の兄弟《はらから》、またこと人これかれ、酒なにと持て追ひ来て、磯《いそ》に下《お》りゐて別れがたきことをいふ。守の館《たち》の人々の中に、この来たる人々ぞ、心あるやうには、いはれほのめく。かく別れがたくいひて、かの人々の、くち網《あみ》も諸持《もろも》ちにて、この海辺《うみべ》にてになひ出だせる歌、

惜《を》しと思ふ人やとまると葦鴨《あしがも》のうち群《む》れてこそわれは来にけれ

といひてありければ、いといたくめでて、行《ゆ》く人のよめりける、

棹《さを》させど底《そこ》ひも知らぬわたつみの深き心を君に見るかな

といふあひだに、楫取《かぢとり》もののあはれも知らで、おのれし酒をくらひつれば、早く往《い》なむとて、「潮満《しほみ》ちぬ。風も吹きぬべし」とさわげば、船に乗りなむとす。この折《をり》に、ある人々、折節《をりふし》につけて、漢詩《からうた》ども、時に似つかはし

きいふ。また、ある人、西国《にしぐに》なれど甲斐歌《かひうた》などいふ。「かくうたふに、船《ふな》屋形《やかた》の塵《ちり》も散り、空行く雲も漂《ただよ》ひぬ」とぞいふなる。今宵《こよひ》、浦戸《うらど》に泊まる。藤原《ふぢはら》のときざね、橘《たちばな》のすゑひら、こと人々、追ひ来たり。

二十八日。浦戸より漕《こ》ぎ出《い》でて、大湊《おほみなと》を追ふ。このあひだに、はやくの守《かみ》の子、山口のちみね、酒、よき物ども持て来て、船に入れたり。ゆくゆく飲み食ふ。

二十九日。大湊に泊まれり。医師《くすし》ふりはへて、屠蘇《とうそ》、白散《びやくさん》、酒加へて持て来たり。志《こころざし》あるに似たり。

元日。なほ同じ泊《とまり》なり。白散を、ある者、夜《よ》の間《ま》とて、船屋形《ふなやかた》にさしはさめりければ、風に吹きならさせて、海に入れて、え飲まずなりぬ。芋茎《いもし》、荒布《あらめ》も、歯固《はがた》めもなし。かうやうの物なき国なり。求めしもおかず。ただ、押鮎《おしあゆ》の口をのみぞ吸ふ。この吸ふ人々の口を、押鮎、もし思ふやうあらむや。「今日《けふ》はみやこのみぞ思ひやらるる」「小家《こへ》の門《かど》のしりくべ縄《なは》の鯔《なよし》の頭《かしら》、柊《ひひらぎ》ら、いかにぞ」とぞいひあへ《ン》なる。（略）

そのまま風と波のため出航できず、大湊《おおみなと》に停泊したまま一月八日となった。

八日。さしさわりがあって、やはり大湊である。今夜、月は海に没した。これを見て、業平《なりひら》の君の、「飽かなくにまだきも月の隠るるか山の端《は》逃げて入れずもあらなむ（見飽きてもいないのに、もう月は山に隠れるのか。山の端が逃げて月を入れないでほしい）」（古今集）という歌が思い出される。もし海辺で詠《よ》むとしたら、「……波立ちさへて入れずもあらなむ（波が邪魔をして月を入れないでほしい）」とでも詠んだろうか。今、この歌を思い出して、ある人が詠んだ歌は、

てる月の流るるみれば天《あま》の川出《がはい》づる港は海にざりける

――照る月が西に流れて海に入るのを見ると、天の川も、地上の川がそうであるように、出る河口は海だったんだなあ

とかいうことである。

九日の早朝、大湊から奈半《なは》の港をめざそうと漕《こ》ぎ出した。この人もあの人もかわるがわる、国の境まではということで見送りに来る人がたくさんいる中で、藤原のときざね、

橘《たちばな》のすえひら、長谷部《はせべ》のゆきまさなどは、国司の館《やかた》を出立なさった日からずっと、ここかしこにと追っかけて来る。この人々こそ、誠の心ある人なのである。この人々の深い志はこの海の深さにも劣らないであろう。ここから今こそ漕ぎ離れて行く。これを見送ろうとして、この人々は追いかけて来たのである。このようにして漕いで行くにつれて、海辺にとどまっている人も遠くなってしまった。海辺からは船の人も見えなくなってしまった。海辺にも言いたいことがあるだろう。船にも思うことはあるが、どうしようもない。こういうわけではあるけれど、せめてはこの歌を独り言に口ずさんで、やめにした。

思ひやる心は海をわたれどもふみしなければ知らずやあるらむ

——海辺の人々を思いやる心は海を渡っていくが、実際に踏み渡るわけでも、文《ふみ》があるわけでもないのだから、こちらの気持を彼らはわからずにいるだろう

八日。さはることありて、なほ同じところなり。今宵《こよひ》、月は海にぞ入る。これを見て、業平《なりひら》の君の、「山の端《は》逃げて入れずもあらなむ」といふ歌なむ思ほゆる。もし海辺《うみべ》にてよままましかば、「波立ちさへて入れずもあらな

む」ともよみてましや。今、この歌を思ひ出《い》でて、ある人のよめりける、

てる月の流るるみれば天《あま》の川出《がは》づる港は海にざりける

とや。

九日のつとめて、大湊《おほみなと》より、奈半《なは》の泊《とまり》を追はむとて、漕《こ》ぎ出でけり。これかれ互ひに、国の境《さかひ》のうちはとて、見送りに来る人あまたが中に、藤原《ふぢはら》のときざね、橘《たちばな》のすゑひら、長谷部《はせべ》のゆきまさ等《ら》なむ、御館《みたち》より出で給《たう》びし日より、ここかしこに追ひ来る。この人々ぞ、志《こころざし》ある人なりける。この人々の深き志はこの海にも劣らざるべし。これより、今は漕ぎ離れて行《ゆ》く。これを見送らむとてぞ、この人どもは追ひ来ける。かくて漕ぎ行《ゆ》くまにまに、海のほとりにとまれる人も遠くなりぬ。船の人も見えずなりぬ。岸にもいふことあるべし。船にも思ふことあれど、かひなし。かかれど、この歌をひとりごとにして、やみぬ。

思ひやる心は海をわたれどもふみしなければ知らずやあるらむ

土佐日記の風景 1

土《と》佐《さ》国《こく》衙《が》跡

泰然と太平洋を眺める坂本龍馬《りょうま》の銅像がたたずむ桂浜《かつらはま》で知られる、高知県の浦戸湾。そこから国分川をさかのぼった南国市比江の地に、かつての土佐の国府が開かれていた。いまはのどかな田園が広がり、北方には四国山地がうらうらと寝そべっている。国府の名残といえば「土佐国衙《こくが》跡」と伝える石碑（写真）と、すこし西側に建てられた「紀子旧跡碑」――紀貫之《きのつらゆき》の国司時代の館があったことを示す石碑。足かけ五年の歳月をこの地で過ごした貫之は、承平四年（九三四）に「住む館より出でて」、浦戸湾から都へ向かうのである。

貫之旧宅の石碑を建てたのは江戸時代の土佐藩士、尾池春水《おいけはるみ》。日記文学の嚆矢《こうし》となった旅の記録が土佐を出発点とすることは土地の人々にとって大きな誇りであったに違いなく、石碑には「あふぐ世にやどりしところ末遠《すゑとほ》くつたへむためと残すいしぶみ」という歌が刻まれている。近くに立つ高浜虚子《きよし》の句碑には「土佐日記懐にあり散る桜」――わずかな紙幅ながら、人間への愛着と不信の織り交ざるこの旅の記が長く日本人の懐中で愛されてきたことをしっとりと伝えている。旧宅跡から南西一キロほどのところに、国府とともに栄えた土佐国分寺がある。貫之が旅立つとき、「講師」なるこの寺の僧が餞別《せんべつ》に訪れており、貫之も在任中は国分寺に足を運んだことだろう。真言宗寺院となった現在は四国霊場八十八カ所の二十九番霊場としてにぎわい、お遍路さんの鈴の音が響く境内となっている。

四 御崎《みさき》を廻《まわ》って和泉《いずみ》へ

十二日に室津《むろつ》（高知県室戸市）に着いた。早く御崎（室戸岬）を廻りたいと思うが、風波ともに高く、停泊したまま日が過ぎる。

二十日の夜の月が出た。京とは違い山の端《は》もなくて、海の中から月が出て来る。こういう光景を見てのことであろうか、昔、阿倍仲麻呂《あべのなかまろ》という人（霊亀《れいき》二年〈七一六〉遣唐留学生となり玄宗《げんそう》皇帝に仕え、帰国の機会を得るも遭難して果たせず、在唐五十四年でかの地で没した）は、唐に渡って、帰国する時に乗船するはずの場所（中国の蘇州《そしゅう》）で、かの国の人々が餞別《せんべつ》をし、別れを惜しんで、あちらの漢詩を作ったりなどした。それでも飽き足りなかったのであろう、二十日の夜の月が出るまでいたのである。その月は海から出た。これを見て仲麻呂さんが、「わが国ではこのような歌を神代より神もお詠《よ》みになり、今は身分の上、中、下にかかわらずすべての人も、このように別れを惜しみ、喜びごともあり悲しみごともある時には詠むのです」と言って詠んだ歌は、

青海原《あをうなばら》ふりさけみれば春日《かすが》なる三笠《みかさ》の山に出《い》でし月かも

――青々と広がる海上をずっとながめやると、そこに見える月はかつて故国春日《かすが》にある三笠の山に昇ったのと同じ月なんだなあ（古今集）

と詠んだのである。かの国の人は聞いてもわからないだろうと思えたのだが、歌の意味を、漢字でそのおおよそを書き出してこちらの言葉を習得している人（通訳）に説明したら、意味がわかったのであろうか、たいへん意外なことに賞賛した。唐と日本とは、言葉は違うけれども、月の光は同じことなのであるから、おそらく人の心も同じなのであろう。さて、今、その昔を思いやって、ある人が詠んだ歌は、

みやこにて山の端《は》に見し月なれど波より出でて波にこそ入れ

――都では山の端に見た月であるけれど、ここでは波から出てまた波に入ることだ

二十一日。朝六時頃《ごろ》に船を出す。みんな、他の人々の船も出航する。これを見ると、まるで春の海に秋の木の葉が散ったようである。並々ならぬ祈願の効験があってか、風も吹かず、すばらしい天候になって、漕《こ》いで行く。さて、わたしたちに使ってもらおうとして、ついて来る子供がいる。その子がうたう舟歌は、

なほこそ国の方《かた》は見やらるれ　わが父母《ちちはは》ありとし思へば　かへらや
――やっぱり国の方が振り返られることだ。自分の父母がいると思えばさ。帰ろうよ

とうたうのが、しみじみと心を打つ。このようにうたうのを聞きながら漕いで来ると、黒鳥《くろとり》という鳥（クロガモか）が、岩の上に集まっている。その岩の裾《すそ》のところには、波が白く打ち寄せている。それを見て楫取《かじとり》の言うには、「黒い鳥のもとに、白い波が寄せる」と言う。この言葉は、何ということもないが、ちょっと洒落《しゃれ》たことを言っているように聞えたのである。楫取の分際《ぶんざい》にはふさわしくないので、気にとめるのである。このように言い言いして行くと、船君《ふなぎみ》（船の長《おさ》＝前国司）が波を見て言うことには、「任国を出て以来、海賊が報復してくるだろうという風評を心配するうえに、海がまた恐ろしいので、頭もみんな白くなってしまった。七十歳とか、八十歳とかいうものは、なんと海の上にあるものだったのだなあ。

わが髪の雪と磯辺《いそべ》の白波といづれまされり沖つ島守《しまもり》
――雪のようなわたしの頭髪と、磯辺《いそべ》の白波と、どちらがまさって白いかね、沖の島守よ

楫取よ、どっちか言いなさい」。

二十日《はつか》の夜《よ》の月出《い》でにけり。山の端《は》もなくて、海の中《なか》よりぞ出で来る。かうやうなるを見てや、昔、阿倍仲麻呂《あべのなかまろ》といひける人は、唐土《もろこし》にわたりて、帰り来《き》ける時に、船に乗るべきところにて、かの国人《くにびと》、馬《むま》のはなむけし、別れ惜《を》しみて、かしこの漢詩《からうた》作りなどしける。飽《あ》かずやありけむ、二十日の夜《よ》の月出《い》づるまでぞありける。その月は、海よりぞ出でける。これを見てぞ仲麻呂のぬし、「わが国に、かかる歌をなむ、神代《かみよ》より神もよん給《た》び、今は上《かみ》、中《なか》、下《しも》の人も、かうやうに、別れ惜しみ、喜びもあり、悲しびもある時にはよむ」とて、よめりける歌、

青海原《あをうなばら》ふりさけみれば春日《かすが》なる三笠《みかさ》の山に出でし月かも

とぞよめりける。かの国人《くにびと》、聞き知るまじく、思ほえたれども、言《こと》の心を、男文字《をとこもじ》にさまを書き出だして、ここのことば伝へたる人にいひ知らせければ、心をや聞き得たりけむ、いと思ひのほかになむ賞《め》でける。唐土《もろこし》とこの国とは、言異《ことこと》なるものなれど、月のかげは同じことなるべければ、人の心も同じことにやあらむ。さて、今、そのかみを思ひやりて、ある人のよめる歌、

みやこにて山の端《は》に見し月なれど波より出でて波にこそ入れ

二十一日。卯《う》の時ばかりに船出《い》だす。みな、人々の船出づ。これを見れば、春の海に、秋の木《こ》の葉しも散れるやうにぞありける。おぼろけの願《ぐわん》によりてにやあらむ、風も吹かず、よき日出で来て、漕《こ》ぎ行《ゆ》く。このあひだに、使はれむとて、つきて来る童《わらは》あり。それがうたふ舟歌《ふなうた》、

なほこそ国の方《かた》は見やらるれ　わが父母《ちちはは》ありとし思へば　かへらや

とうたふぞ、あはれなる。かくうたふを聞きつつ漕ぎ来るに、黒鳥《くろとり》といふ鳥、岩の上に集まり居《を》り。その岩のもとに、波白くうち寄す。楫取《かぢとり》のいふやう、「黒鳥のもとに、白き波を寄す」とぞいふ。このことば、何とにはなけれども、ものいふやうにぞ聞こえたる。人の程《ほど》にあはねば、とがむるなり。かくいひつつ行《ゆ》くに、船君《ふなぎみ》なる人、波を見て、「国よりはじめて、海賊報《かいぞくむく》いせむといふなることを思ふうへに、海のまた恐ろしければ、頭《かしら》もみな白《しら》けぬ。七十路《ななそぢ》、八十路《やそぢ》は、海にあるものなりけり。

わが髪の雪と磯辺《いそべ》の白波といづれまされり沖つ島守《しまもり》

楫取いへ」。

五 和泉《いずみ》から難波《なにわ》へ

船は海賊襲来の恐怖に怯《おび》えながら何とか阿波《あわ》海峡を渡り、和泉の灘《なだ》という所に着いたが、雨風がひどく、港に停泊したまま、二月四日となった。

四日。楫取《かじとり》が、「今日は風、雲の様子がはなはだ悪い」と言って、船を出さないことになった。けれども、終日風も吹かず、波も立たなかった。この楫取は、天候も予測できない馬鹿者《ばかもの》なのであった。この港の浜には、いろいろきれいな貝や石などが多かった。だから、ただもう亡き子ばかりを恋しく思い思いして、船にいる人が詠《よ》んだ歌は、

寄する波うちも寄せなむわが恋ふる人忘れ貝下《お》りて拾はむ

――寄せる波よ、どうか打ち寄せておくれ、恋しく思う人を忘れることのできるという忘れ貝をさ、そうしたら船を降りて拾うから

と言ったら、居合せた人が堪《た》えきれずに、船旅の気晴しということで詠んだ歌は、

忘れ貝拾ひしもせじ白玉《しらたま》を恋ふるをだにもかたみと思はむ

——亡き子を忘れてしまうという忘れ貝を拾おうとも思わない。白玉のような子を恋しがることだけでも、あの子の形見と思いましょう

と言ったのである。女の子のためには、親たるものは、考え方も幼稚になってしまうのであろう。「玉というほどの子でもなかったろうに」と、人は言うであろう。けれどもまた、「死んでしまった子は、器量がよかった」(当時の諺《ことわざ》か)と言うようでもある。そうは言ってもやはり、同じ所にむなしく日を過ごすことを嘆いて、ある女が詠んだ歌は、

手をひてて寒さも知らぬ泉にぞ汲《く》むとはなしに日頃《ひごろ》経《へ》にける

——手をひたして冷たさを感じるわけでもない名ばかりのこの和泉《いずみ》という所で、水を汲《く》むでもなく、むなしく日を過ごすことだ

五日。今日、ようやく、和泉の灘《なだ》から小津《おづ》の港(大阪府泉大津市か)をめざす。松原が遠くはるかに続いている。誰もかれもが堪えがたいので、一行を代表して詠んだ歌は、

行《ゆ》けどなほ行《ゆ》きやられぬは妹《いも》が績《う》む小津の浦なる岸の松原

――行っても行っても行きつくせないのは、小津の浦の、岸の松原だなあ

このように言いながらやって来るうちに、船君《ふなぎみ》が「船を早く漕《こ》げ、天候がいいんだから」と催促すると、楫取が水夫たちに言う、「船君が仰せられたぞ。『朝の北風が出て来ないうちに早く綱手を引け』となと言う。この言葉が歌のようであるのは、楫取がただなんとなく発した言葉なのである。楫取は、ことさら歌のような言葉を言おうとしているのでもない。聞く人が、「妙だな。歌めくように言ったようだな」というわけで、書き出してみたらなるほど、三十字余りであったのである。「今日は、波よ立つな」と、人々が終日祈ったかいがあって、風も吹かず波も立たない。今ちょうど、鷗《かもめ》が群れていて、遊んでいる所があった。京が近づいた喜びのあまりに、ある子が詠んだ歌は、

祈り来る風間《かざま》と思《も》ふをあやなくもかもめさへだに波と見ゆらむ

――風が吹かないように祈り続けてきて、今がその吹かぬ間だと思うのに、妙なことになんで鷗さえもが吹く風によって立つ白波と見えるのだろう

と言いながら行くうちに、石津《いしづ》という所（大阪府堺市の石津川河口付近）の松原はたいそう趣があって、浜辺がどこまでも続いている。また、住吉《すみよし》の辺り（大阪市住吉区の住吉神社の辺り）を漕いで行く。ある人が詠んだ歌は、

今見てぞ身をば知りぬる住江《すみのえ》の松より先にわれは経《へ》にけり

――今、松を見てあらためて我が身を知った。千歳経《ふ》る住江の松より多く、自分は齢《よわい》を重ねてしまった、と

その時、亡き子の母が、一日寸時も亡き子のことを忘れないので詠んだ歌は、

住江に船さし寄せよ忘草《わすれぐさ》しるしありやと摘《つ》みて行《ゆ》くべく

――住江に船を寄せてください。忘れ草というものが、はたして亡き子のことをすっかり忘れ去る効用があるかどうか、摘んで行ってみたいから

とさ。それはひたすらに亡き子を忘れてしまおうというのではなくて、恋しいという気持をしばらく休めて、またいずれ恋しく思う力にしよう、というのであろう。

このように言って、思いにふけりながらやってくるうちに、思いがけなく風が吹いて

きて、漕いでも漕いでも船は後ろに退《しりぞ》き退きして、危うく海にはまりこんでしまいそうである。楫取《かじとり》が言うには、「この住吉の明神は、例の神（怒りで波を立て、捧げ物を受けて鎮まる海神）ですよ。何か欲しいものがおありなのでしょう」とは、なんと当世ふうであることよ。そして、「御幣《ごへい》をさしあげてください」と言う。言うままに御幣を奉る。だがそのように奉っても、いっこうに風はやまず、ますます吹きつけ、ますます波立ち、風波は危険なほどまでになったので、楫取がまた言うには、「御幣ではご満足なさらぬので、御船も進まないのです。やはり、もっと神がうれしいとお思いになるような物をさしあげてください」と言う。それでまた、楫取の言うままに、今はしかたがないというわけで、「眼でさえ二つあるのに、これはただ一つしかない鏡を奉る」ということで、鏡を海に落とし込んだので、悔しい。そうしたら、とたんに海はまるで鏡の面のようになってしまったので、ある人の詠んだ歌は、

ちはやぶる神の心を荒るる海に鏡を入れてかつ見つるかな

――荒れ狂う神の本心を、荒れる海に鏡を入れることによって、鎮める一方では、しっかり見てしまったなあ

どうもこの神は、「住江《すみのえ》」とか「忘れ草」とか「岸の姫松」（いずれも住吉の神にかかわる歌語）などというような優雅な神ではないようなのだ。まのあたり、鏡に映して神の本心を見てしまった。そして楫取の心というものは、神の御心そのままなのであった。

四日。楫取《かぢとり》、「今日、風、雲の気色《けしき》はなはだ悪《あ》し」といひて、船出《い》ださずなりぬ。しかれども、ひねもすに波風立たず。この楫取は、日もえはからぬかたゐなりけり。この泊《とまり》の浜には、くさぐさのうるわしき貝、石など多かり。かかれば、ただ、昔の人をのみ恋ひつつ、船なる人のよめる、

寄する波うちも寄せなむわが恋ふる人忘れ貝下《お》りて拾はむ

といへれば、ある人の堪《た》へずして、船の心やりによめる、

忘れ貝拾ひしもせじ白玉《しらたま》を恋ふるをだにもかたみと思はむ

となむいへる。女子《をむなご》のためには、親、幼くなりぬべし。「玉ならずもありけむを」と、人いはむや。されども「死じ子《シン》、顔よかりき」といふやうも

あり。なほ、同じところに日を経《ふ》ることを嘆きて、ある女《をむな》のよめる歌、

手をひてて寒さも知らぬ泉にぞ汲《く》むとはなしに日頃経《ひごろへ》にける

五日。今日《けふ》、からくして、和泉《いづみ》の灘《なだ》より小津《をづ》の泊《とまり》を追ふ。松原、目もはるばるなり。これかれ、苦しければ、よめる歌、

行《ゆ》けどなほ行《ゆ》きやられぬは妹《いも》が績《う》む小津の浦なる岸の松原

かくいひつつ来るほどに、「船とく漕《こ》げ、日のよきに」ともよほせば、楫取、船子《ふなこ》どもにいはく、「御船《みふね》より、仰《おふ》せ給《た》ぶなり。朝北《あさぎた》の、出《い》で来《こ》ぬ先に、綱手《つなで》はや引け」といふ。このことばの歌のやうなるは、楫取のおのづからのことばなり。楫取は、うつたへに、われ、歌のやうなる言《こと》、いふとにもあらず。聞く人の、「あやしく。歌めきてもいひつるかな」とて、書き出だせれば、げに、三十文字《みそもじ》あまりなりけり。「今日《けふ》、波な立ちそ」と、人々ひねもすに祈るしるしありて、風波《かぜなみ》立たず。今し、かもめ群《む》れるて、遊ぶところあり。京《きやう》の近づく喜びのあまりに、ある童《わらは》のよめる歌、

祈り来る風間《かざま》と思《も》ふをあやなくもかもめさへだに波と見ゆらむ

といひて行《ゆ》くあひだに、石津《いしづ》といふところの松原おもしろくて、浜辺《はまべ》遠し。

また、住吉《すみよし》のわたりを漕ぎ行《ゆ》く。ある人のよめる歌、

今見てぞ身をば知りぬる住江《すみのえ》の松より先にわれは経《へ》にけり

ここに、昔へ人《むかしびと》の母、一日片時《ひとひかたとき》も忘れねばよめる、

住江に船さし寄せよ忘草《わすれぐさ》しるしありやと摘《つ》みて行《ゆ》くべく

となむ。うつたへに忘れなむとにはあらで、恋しき心地、しばしやすめて、またも恋ふる力にせむ、となるべし。

かくいひて、ながめつつ来るあひだに、ゆくりなく風吹きて、漕げども漕げども、後《しり》へ退《しぞ》きに退《しぞ》きて、ほとほとしくうちはめつべし。楫取のいはく、「この住吉の明神《みやうじん》は、例の神ぞかし。ほしき物ぞおはすらむ」とは、いまめくものか。さて、「幣《ぬさ》を奉《たてまつ》り給《たま》へ」といふ。いふに従ひて、幣奉《たいまつ》る。

かく奉《たいまつ》れれども、もはら風やまで、いや吹きに、いや立ちに、風波のあやふければ、楫取、またいはく、「幣《ぬさ》には御心《みこころ》のいかねば御船《みふね》も行《ゆ》かぬなり。なほ、うれしと思ひ給《た》ぶべきもの奉《たいまつ》り給《た》べ」といふ。また、いふに従ひて、いかがはせむとて、「眼《まなこ》もこそ二つあれ、ただ一つある鏡を奉《たいまつ》る」とて、海にうちはめつれば、口惜《くちを》し。されば、うちつけに、海は鏡の面《おもて》のごとなりぬれば、ある人のよめる歌、

ちはやぶる神の心を荒るる海に鏡を入れてかつ見つるかな

いたく、「住江《すみのえ》」「忘草《わすれぐさ》」「岸の姫松」などいふ神にはあらずかし。目もうつらうつら、鏡に神の心をこそは見つれ。楫取の心は、神の御心《みこころ》なりけり。

六 難波《なにわ》の川を遡《さかのぼ》り、京へ

二月六日、難波の川の河口に到着、九日、上流の京へと向かうが、川の水が涸《か》れていて舟行に難渋するので、船を引き引き遡っていく。

こうして、船を引きつつ上るうちに、渚《なぎさ》の院（大阪府枚方《ひらかた》市渚元町にあったという文《もん》徳《とく》天皇・惟喬親王《これたかのみこ》の離宮）という所を見ながら行く。その院は、昔のことを思いやりつつ見ると、まことに趣《おもむき》のある所である。後ろの岡《おか》には、松の木などがある。中の庭には、梅の花が咲いている。そこで、人々が言うことには、「これは、昔、有名だった所である」「故惟喬親王のお供をして来た、故在原業平《ありわらのなりひら》中将が、

世の中に絶えて桜の咲かざらば春の心はのどけからまし

——もしもこの世の中に桜の花が咲くということがなかったならば、花が咲くの咲かないのと心を煩わすこともなくて、春時の人々の心はどんなにかのどかであったろうに

という歌を詠《よ》んだ所なのだ」。

今、まさに今日ここに身を置く人が、この場にふさわしい歌を詠んだ。

千代経《へ》たる松にはあれどいにしへの声の寒さは変はらざりけり

——千年を経た松ではあるが、惟喬親王の悲運に同調して吹いた松風の音の身にしみ入るような響きは、今も変りはないことだ

また、ある人が詠んだ歌は、

君恋ひて世を経《ふ》る宿の梅《むめ》の花むかしの香にぞなほにほひける

——親王を恋しく思って幾世代をも経てきたこの宿の梅の花は、当時と同じ香に、匂《にお》って いることだ

と言い言いして、都が近づくのを喜び喜びして上る。

こうして、京に上る人々の中に、京から任国に下った時には、誰《だれ》もみな、子供はいなかったのだが、行った先で子供を産んだ者たちが、居合せた。その人々はみな、船の止る所で、子供を抱きながら、降り乗りする。これを見て、亡くなった子の母は、悲しさに堪《た》えられなくて、

なかりしもありつつ帰る人の子をありしもなくて来るがかなしさ

——行く時はいなくとも、帰る時には連れて帰る子、それが普通なのに、あったのに亡くして帰る、その悲しさよ

と言って泣いたのであった。亡き子の父もこの歌を聞いて、どんな思いで（またその思

いがどんな詩となるで）あろうか。こういう詩も、歌も、ただ好きだからとて作るというものでもなかろう。唐土《からくに》にしても、わが国にしても、（単なる好みなどということを超えて）思うことに堪えかねた時のこととかいうことである。今夜は、鵜殿《うどの》（大阪府高槻市鵜殿）という所に泊る。

十日。さしさわりがあって、上らない。

かくて、船引き上《のぼ》るに、渚《なぎさ》の院《ゐん》といふところを見つつ行《ゆ》く。その院、昔を思ひやりてみれば、おもしろかりけるところなり。しりへなる岡《をか》には、松の木どもあり。中の庭には、梅《むめ》の花咲けり。ここに、人々のいはく、「これ、昔、名高く聞こえたるところなり」「故惟喬親王《ここれたかのみこ》の御供《おほむとも》に、故在《あり》原業平中将の《はらのなりひらの》、

世の中に絶えて桜の咲かざらば春の心はのどけからまし

といふ歌よめるところなりけり」。

今、今日《けふ》ある人、ところに似たる歌よめり。

千代経《へ》たる松にはあれどいにしへの声の寒さは変はらざりけり

また、ある人のよめる、

君恋ひて世を経《ふ》る宿の梅《むめ》の花むかしの香にぞなほにほひける

といひつつぞ、みやこの近づくを喜びつつ上《のぼ》る。

かく、上《のぼ》る人々の中に、京《きやう》より下《くだ》りし時に、みな人、子どもなかりき、到《いた》れりし国にてぞ、子生《う》める者ども、ありあへる。人みな、船のとまるところに、子を抱きつつ、降り乗りす。これを見て、昔の子の母、悲しきに堪《た》へずして、

なかりしもありつつ帰る人の子をありしもなくて来るがかなしさ

といひてぞ泣きける。父もこれを聞きて、いかがあらむ。かうやうのことも、歌も、好むとてあるにもあらざるべし。唐土《もろこし》も、ここも、思ふことに堪《た》へぬ時のわざとか。今宵《こよひ》、鵜殿《うどの》といふところに泊まる。

一　十日。さはることありて、上《のぼ》らず。

七　帰着

十六日。今日の夕暮どき、京へ上る。そのついでに見ると、山崎の町並の小櫃《こびつ》の絵（小櫃に描いた絵看板か）も、曲りの大路の付近も、変っていない。もっとも、「商人の心はわからない」などと言うようである。

このようにして京へ行くに、島坂（京都府向日市《むこう》）という所で、ある人がもてなしをしてくれた。これはなくてもよいはずのことだ。出立して行った時よりは、帰って来る時のほうが、人はとかくいろいろするものである。これにも返礼をする。

夜になるのを待ってから、京には入ろうと思うので、急ぎもしないうちに、月が出た。桂川《かつらがわ》を、月が明るく照らす中を渡る。人々が言うには、「この川は『世の中はなにか常なるあすか川昨日の淵《ふち》ぞ今日《けふ》の瀬《せ》になる』（古今集）と詠《よ》まれる飛鳥川《あすかがわ》でないから、淵《ふち》も瀬もけっして変らないことだ」と言って、ある人が詠んだ歌は、

ひさかたの月に生《お》ひたる桂川底なる影も変はらざりけり

――月に生えているという桂、その名を負う桂川は、底に映る月の影も変ることがない

また、別の人が言ったのは、

天雲《あまくも》のはるかなりつる桂川袖《そで》をひててもわたりぬるかな

――旅中ずっと天雲のかなたのようにはるかに思えていた桂川を、今、袖を濡《ぬ》らしつつ渡ったことだ

また、ほかの人が詠んだ歌は、

桂川わが心にもかよはねど同じ深さにながるべらなり

――桂川はわたしの心の中に流れているわけではないけれど、わたしが恋しく思っていた思いの深さと同じ深さで、桂川も流れているようだ

京に着いたうれしさのあまりに、詠まれた歌も多すぎるほどだった。

夜も更《ふ》けてから来たので、見たかった数々の所も見えない。だが、京の土を踏んでうれしい。

家に到着して門に入ると、月が明るいので、たいへんよくあたりの有様が見える。聞いていたよりもずっと、言いようもなく、壊れてぼろぼろになっている。（家を預けたつもりで実は逆に）家に預けた人の心もすさんでいたのである。間には隣家とを隔てる中垣こそあっても、あたかも一つ屋敷のようであったので、隣では自ら望んで預ったのである。それでもこちらとしては、ついでがあるたびに物品も絶えずあげたのである。今夜は、「こんなことってなかろう」と、みんなに声高に言わせはしない。とても薄情だとは思うけれども、お礼はしようと思う。

さて、庭には池めいて窪《くぼ》まり、水のたまっている所がある。そのほとりには松もあった。この五、六年のうちに千年も過ぎてしまったのであろうか、半分はなくなっていた。反対に、新しく生《は》えたのもまじっている。あたり一面がみな荒れてしまったので、「ああ、しみじみと悲しいことだ」と人々は言う。

思い出さぬことこととてなく、恋しい思いでいっぱいである中に、この家で生れた女の子がいっしょに帰って来ないので、どんなに悲しいことか。同船だった人もみな、子供たちが寄り集まって騒いでいる。こうした中で、やはり、悲しみに堪《た》えられなくて、ひそかにこの心をわかってくれる人と言い合った歌は、

生《む》まれしも帰らぬものをわが宿に小松のあるを見るが悲しさ

——ここで生れた幼い人も帰らないのに、わが家にその間に育った小松があるのを見るのは、なんとも悲しいことだ

と言ったのであった。なお、これでは飽き足りなかったのか、また、このように詠んだのである。

見し人の松の千歳《ちとせ》に見ましかば遠く悲しき別れせましや

——亡くなったあの子を松の千歳《ちとせ》にあやかって長生きするものと見たかった。そうだったらなんでこんなに遠く、悲しい別れをするものか

忘れがたく、口惜《くちお》しいことは多いのだが、とても書き尽すことはできない。とにもかくにも、こんなものは早く破ってしまおう。

十六日。今日《けふ》の夜さつかた、京《きやう》へ上《のぼ》る。ついでに見れば、山崎の小櫃《こびつ》の絵も、曲《まが》りの大路《おほぢ》の方《かた》も変はらざりけり。「売り人の心をぞ知らぬ」とぞいふなる。かくて京へ行《ゆ》くに、島坂にて、人、饗応《あるじ》したり。かならずしもあるまじきわざなり。発《た》ちて行《ゆ》きし時よりは、来る時ぞ人はとかくありける。これにも返り事す。

夜《よる》になして、京には、入《い》らむと思へば、急ぎしもせぬほどに、月出《い》でぬ。桂川《かつらがは》、月の明《あか》きにぞわたる。人々のいはく、「この川、飛鳥川《あすかがは》にあらねば、淵瀬《ふちせ》さらに変はらざりけり」といひて、ある人のよめる歌、

ひさかたの月に生《お》ひたる桂川底なる影も変はらざりけり

また、ある人のいへる、

天雲《あまくも》のはるかなりつる桂川袖《そで》をひててもわたりぬるかな

また、ある人、よめり。

桂川わが心にもかよはねど同じ深さにながるべらなり

京のうれしきあまりに、歌もあまりぞ多かる。

夜更《よふ》けて来れば、ところどころも見えず。京に入りたちてうれし。家《いへ》に到《いた》りて、門《かど》に入るに、月明《あか》ければ、いとよく有様《ありさま》見ゆ。聞きしよりもまして、いふかひなくぞ、こぼれ破《やぶ》れたる。家《いへ》にあづけたりつる人の心も、荒れたるなりけり。中垣《なかがき》こそあれ、一つ家のやうなれば、望みてあづかれるなり。さるは、たよりごとに物も絶えず得させたり。今宵《こよひ》、「かかること」と、声高《こわだか》にものもいはせず。いとはつらく見ゆれど、志《こころざし》はせむとす。

さて、池めいて窪《くぼ》まり、水つけるところあり。ほとりに松もありき。五年《いつとせ》六年《むとせ》のうちに、千歳《ちとせ》や過ぎにけむ、かたへはなくなりにけり。今生《お》ひたるぞまじれる。おほかたの、みな荒れにたれば、「あはれ」とぞ、人々いふ。

思ひ出でぬことなく、思ひ恋しきがうちに、この家にて生まれし女子《をむなご》の、もろともに帰らねば、いかがは悲しき。船人《ふなびと》も、みな子たかりてののしる。かかるうちに、なほ、悲しきに堪《た》へずして、ひそかに心知れる人といへりける歌、

生《む》まれしも帰らぬものをわが宿に小松のあるを見るが悲しさ

とぞいへる。なほ、飽《あ》かずやあらむ、また、かくなむ、

見し人の松の千歳《ちとせ》に見ましかば遠く悲しき別れせましや

忘れがたく、口惜《くちを》しきこと多かれど、え尽くさず。とまれかうまれ、とく破《や》りてむ。

土佐日記の風景

②

紀貫之邸跡

言いようもないほど壊れてぼろぼろ——と、貫之が帰京後にため息をこぼした邸宅は、当時の内裏《だいり》の東の桜町、現在の仙洞《せんとう》御所の辺りに比定されている。「仙洞御所」とは譲位した天皇の隠居所のことを指し、今に残る仙洞御所は京都御所の東南にある。ここは江戸時代の後水尾《ごみずのお》天皇から光格《こうかく》天皇まで多くの天皇が後《のち》の御所を営んだ場所で、建物はすでになく、往時のおもかげを伝える池泉式の優美な庭園は、江戸初期の幕府作事《さくじ》奉行《ぶぎょう》であった小堀遠州《こぼりえんしゅう》によるもの。桜町《さくらまち》上皇が歌人の冷泉《れいぜい》為村《ためむら》に選ばせた「仙洞十景」のうち「茅萱時雨《ちがやのしぐれ》」の芝茶屋があった辺りに貫之の邸宅はあった。北池の阿古瀬淵《あこせふち》に六枚橋が架かる光景（写真上）を見下ろす丘の上に、「紀氏遺跡碑」（写真右下）が立つ。

明治八年に立てられたこの石碑の題字を揮毫《きごう》したのは、公家の三《さん》条西季知《じょうにしすえとも》。彼は尊王攘夷《そんのうじょうい》派として活動したために文久三年（一八六三）の政変で宮中から排除され、他の尊攘派の公家とともにひそかに長州に落ちて幽居生活を送った。いわゆる七卿《しちきょう》落ちである。維新後に復位入京を許され、明治天皇の歌道の指導にあたった。激動の時代のなかで、公家出身の季知は王朝文化を伝えることこそ役目と考えたのだろうか、初めての勅撰《ちょくせん》和歌集である『古今和歌集』の撰者を務めた貫之を高らかに顕彰した。人々の思いを受けて建てられた石碑は、庭の美しい石組のように、仙洞の光景になじんでいる。

蜻蛉日記

木村正中・伊牟田経久［校訂・訳］

蜻蛉日記

あらすじ

『蜻蛉日記』には、作者、藤原道綱母《ふじわらのみちつなのはは》の二十年にわたる半生が綴《つづ》られている。上巻は天暦《てんりゃく》八年（九五四）から、安和《あんな》元年（九六八）まで、中巻は安和二年から天禄《てんろく》二年（九七一）まで、下巻は天禄三年から天延《てんえん》二年（九七四）までを描く。下巻の最後で、作者は三十九歳ぐらいになっていると考えられる。

上巻　作者は、時の右大臣藤原師輔《もろすけ》の三男である兼家《かねいえ》から求婚される。和歌の贈答を繰り返したのちに結婚が成立し、兼家は作者の邸《やしき》に通ってくるようになる。翌年には息子（道綱）も誕生するが、兼家は町の小路に住む女に心を奪われ、作者のもとから足が遠のいてしまう。その頃《ころ》、作者は久しぶりにやってきた兼家を家に入れず、「なげきつつひとり寝《ぬ》る夜《よ》のあくるまはいかに久しきものとかは知る」という歌を贈る。町の小路の女は兼家の子を出産するものの、その後に寵愛《ちょうあい》を失ったばかりか子供まで死んでしまい、作者は胸がすく思いを味わう。頼りにしていた母が亡くなり、兼家との結婚生活も心やすらぐものではなかったが、病気の兼家を見舞いに行き、二人の間の愛情が深まるという出来事もあった。そのような日々を過ごす中、思うようにもならぬ身の上を嘆き、この日記を「あるかなきかのここちするかげろふの日記《にき》といふべし」とする跋文《ばつぶん》で上巻は終わる。

中巻　作者と兼家が結婚してから十五年あまりの月日が流れた頃、時の左大臣だった源高明《みなもとのたかあきら》が流罪になり、都は騒然となる。この悲劇に同情した作者は高明の妻に長歌を贈った。兼家は、近江《おうみ》という新たな女性に入れ込んで、作者のもとからふたたび足が遠のく。嘆いていてばかりいても仕方がないと決心した作者は、徒歩で石山詣《いしやまもうで》に出かける。石山寺に到着して、本堂を取り巻く自然のありさまを見ると、時には悲しみをかきたてられ、時には心を慰められるのだった。帰宅後も兼家の訪れは間遠で、元日にも作者の家の前を素通りしていくありさまである。兼家の仕打ちにたえかねた作者は、道綱をともなって西山の山寺(鳴滝《なるたき》の般若寺《はんにゃじ》か)に籠《こも》ってしまう。なかなか帰ろうとしなかった作者は、迎えに来た兼家に強引に連れ戻されることになる。ありとあらゆる物思いをしたと感慨にふけるうちに年はくれていく。

下巻　天禄三年になった。道綱一人しか子がなく、行く末を不安に思った作者は、兼家が源兼忠女《かねただのむすめ》に生ませた女の子を養女として引き取ることを考える。兼家に内緒でこの子を引き取った作者は、二人を引きあわせる。消息もわからなくなっていた我が子と対面した兼家は、涙をこぼすのだった。父のはからいで、作者が広幡中川《ひろはたなかがわ》の屋敷に転居してからは、兼家の訪れもない。そんな頃、右馬助《うまのすけ》に就任した道綱の上司にあたる藤原遠度《とおのり》(兼家の異母弟)が、作者の養女に求婚してくる。養女の幼さを考えて作者はとりあわなかったが、遠度はたびたび作者邸を訪れるようになり、兼家へのとりなしと一刻も早い結婚を訴える。兼家は八月に結婚することを許すが、その期日を目前にひかえたころ、遠度は人の妻を盗み出すという事件を起こして、養女の結婚話は立ち消えになった。賀茂《かも》の臨時祭《りんじのまつり》を見物に行った作者は、大勢の供を従えた兼家の車の威容に驚き、道綱が公卿《くぎょう》たちから大事に扱われているのを見て、面目をほどこすのだった。天延二年の年末、元日の準備をしながら物思いにふけっている場面で『蜻蛉日記』は幕を閉じる。

上巻

天暦八年（九五四）～安和元年（九六八）
作者推定十九～三十三歳

一 序

過去半生の時間がこんなにもむなしく過ぎて、まことに頼りなく、どっちつかずのありさまで暮している女《ひと》（作者）があった。容貌《かおだち》といっても人並でもなし、思慮分別もあるわけでなし、こんな役立たずの状態でいるのも当然だと思いながら、ただなんとなく毎日を過ごすつれづれのままに、世間に流布している古物語《ふるものがたり》の端々《はしばし》をのぞいてみると、ありきたりのいい加減な作り事でさえもてはやされるのだから、人並でない身の上でも日記として書いてみたら、なおのこと珍しく思われることだろう、この上もなく高い身分の人との結婚の真相はどんなものかと尋ねる人がいたら、その答えの一例にでもしてほしいと思うのだが、過ぎ去った長い年月のことは記憶が薄れてはっきりしないので、まあどうにかという程度のあやふやな記述《こと》も多くなってしまった。

かくありし時過ぎて、世の中にいとものはかなく、とにもかくにもつかで、世に経《ふ》る人ありけり。かたちとても人にも似ず、心魂《こころだましひ》もあるにもあらで、かうものの要《えう》にもあらであるも、ことわりと思ひつつ、ただ臥《ふ》し起き明かし暮らすままに、世の中に多かる古物語《ふるものがたり》のはしなどを見れば、世に多かるそらごとだにあり、人にもあらぬ身の上まで書き日記《にき》して、めづらしきさまにもありなむ、天下《てんげ》の人の品高きやと問はむためしにもせよかし、とおぼゆるも、過ぎにし年月《としつき》ごろのこともおぼつかなかりければ、さてもありぬべきことなむ多かりける。

二 兼家の求婚

さて、あっけなく終ってしまった恋歌のやりとりなどはともかくとして、権門《けんもん》の御曹《おんぞう》司《し》の右兵衛佐《うひょうえのすけ》（藤原兼家《かねいえ》）さまから、求婚の意を伝えさせようということがあった（天《てん》暦《りゃく》八年〈九五四〉のこと）。普通の人なら、しかるべき手づるを求めたり、さもなければお邸《やしき》づとめの適当な女房を間に立てたりして取り次がせるものなのに、この人といったら、わたしの父親にあたる人（藤原倫寧《ともやす》）に直接、冗談とも真顔ともつかずほのめかしたので、とんでもないことと答えたのに、そんなことにはおかまいなしで、馬に乗った使者をよこしてわが家《や》の門をたたかせる。どなたさまからなどと尋ねさせるまでもないくらいに事のはっきりとわかる騒ぎようなので、当惑の体《てい》で手紙を受け取り、ひとしきり大騒ぎする。見ると、紙などもこうした場合の凝《こ》ったものではなく、すみずみまで気を配ってみごとに書くものだとかねがね聞いていた筆づかいも、まるでそれらしくない無造作な書きぶりで、ほんとに女に出す手紙かしらと思われるくらい拙《つたな》いので、なんとも腑《ふ》に落ちない。書いてあった歌は、

音《おと》にのみ聞けばかなしなほととぎすこと語らはむと思ふ心あり

――お噂《うわさ》を伺っているだけでお逢《あ》いできないのは、まことにせつないことです。直接お目にかかって、親しくお話ししたいと思っています

とだけある。「どうしたものでしょう。お返事しなければいけないかしら」などと相談し合っていると、昔かたぎの母がいて、「やはりお返事を」と、恐縮して書かせるので、

語らはむ人なき里にほととぎすかひなかるべき声なふるしそ

――お相手になるような者も、このあたりにはおりませんのに、いくら繰り返し仰せられてもむだでございます

さて、あへなかりしすきごとどものそれはそれとして、柏木《かしはぎ》の木《こ》高《だか》きわたりより、かく言はせむと思ふことありけり。例の人は、案内《あない》するたより、もしはなま女などして、言はすることこそあれ、これは、親とおぼしき人に、たはぶれにもまめやかにもほのめかししに、便《び》なきことと言ひつるをも知らず顔《がほ》に、馬《むま》にはひ乗りたる人してうち叩《たた》かす。誰《たれ》など言はするには、おぼつかなからず騒いだれば、もてわづらひ、取り入れてもて騒ぐ。見れば、紙なども例のやうにもあらず、いたらぬところなしと聞きふるしたる手も、あらじとおぼゆるまで悪《あ》しければ、いとぞあやしき。ありける言《こと》は、

音《おと》にのみ聞けばかなしなほととぎすこと語らはむと思ふ心あり

とばかりぞある。「いかに。返りごとはすべくやある」など、さだむるほどに、古代《こだい》なる人ありて、「なほ」とかしこまりて書かすれば、

語らはむ人なき里にほととぎすかひなかるべき声なふるしそ

三 兼家との結婚

秋の頃《ころ》になった。添え書きの手紙に、「あなたがわたしに素直でなくことさらに形式ばって、えらそうに見受けられるのがつらくて、我慢しておりましたが、どうしたことでしょうか、

鹿《しか》の音《ね》も聞こえぬ里に住みながらあやしくあはぬ目をも見るかな

――鹿の鳴く音に目を覚ますといわれている山里でもない都のうちに住んでいながら、不

思議に眠れないのです――あなたに逢《あ》えぬつらい目にあっているからでしょうよ」

と言ってきた返事に、

「高砂《たかさご》のをのへわたりに住まふともしかさめぬべき目とは聞かぬを

――鹿で名高い高砂（兵庫県加古川市）の山の頂辺りに住んでいても、そんなに寝覚めがちになるとは聞いていませんが

ほんとに不思議ですわね」とだけ書いた。また、しばらくして、

逢坂《あふさか》の関やなになり近けれど越えわびぬればなげきてぞふる

――逢坂《おうさか》の関（京都市・大津市の境にあった）は、いったいなんなのでしょう。すぐ近くにありながら、越えられず――あなたに「逢う」ことも思うように実現せず――ずっと嘆き暮しているのです

返事は、

越えわぶる逢坂よりも音《おと》に聞く勿来《なこそ》をかたき関と知らなむ

——あなたが越えられずに嘆いておられる逢坂よりも、噂《うわさ》に聞く勿来《なこそ》（福島県いわき市勿来町付近にあった）のほうが、もっと越えにくく堅固な関と御承知いただきたいものです。わたしの所は、その勿来の関でございます

などと詠《よ》んだが、このような他人行儀な文通を繰り返した末に、何事（結婚を暗示）のあった翌朝であったろうか、

夕ぐれのながれくるまを待つほどに涙おほゐの川とこそなれ

——あなたに逢うことのできる夕暮になるのを待っている間に、思わず知らず泣けてきて、涙がとめどもなくこぼれてくることだよ

返事、

思ふことおほゐの川の夕ぐれは心にもあらずなかれこそすれ

——いいえ、わたしこそ、もの思うことの多い夕暮どきには、われ知らず泣けてくるので

ございます

また、三日目頃の朝に（男が三日続けて通うことで婚姻が成立するのが当時の習俗）、

しののめにおきける空は思ほえであやしく露と消えかへりつる

――夜明け方に起きて、あなたと別れて帰る時の気持といったら、何が何やらわからず、ただ妙に、あの露のように、身も消えてしまいそうなせつない思いであったよ

返事、

さだめなく消えかへりつる露よりもそらだのめするわれはなになり

――はかなく消えてしまう露のようだったとおっしゃいますが、そのあてにならぬ露のようなあなたを頼みにさせられているわたしは、いったいなんだということになるのでしょう

秋つかたになりにけり。添へたる文《ふみ》に、「心さかしらづいたるやうに見えつる憂《う》さになむ、念じつれど、いかなるにかあらむ、

鹿《しか》の音《ね》も聞こえぬ里に住みながらあやしくあはぬ目をも見るかな」

とある返りごと、

「高砂《たかさご》のをのへわたりに住まふともしかさめぬべき目とは聞かぬを

げにあやしのことや」とばかりなむ。また、ほど経《へ》て、

逢坂《あふさか》の関やなになり近けれど越えわびぬればなげきてぞふる

返し、

越えわぶる逢坂よりも音《おと》に聞く勿来《なこそ》をかたき関と知らなむ

などいふまめ文、通ひ通ひて、いかなるあしたにかありけむ、

返し、

夕ぐれのながれくるまを待つほどに涙おほゐの川とこそなれ

思ふことおほゐの川の夕ぐれは心にもあらずなかれこそすれ

また、三日《みか》ばかりの朝《あした》に、

しののめにおきける空は思ほえであやしく露と消えかへりつる

返し、

さだめなく消えかへりつる露よりもそらだのめするわれはなになり

四 父との別れ

その年の十月、父藤原倫寧《ともやす》が陸奥守《むつのかみ》となって任国へ出立することとなった。

時節は人の感傷を誘う頃《ころ》であり、あの人（兼家）とはまだ馴染《なじ》んだといえるほどでもないし、逢《あ》うたびごとに、わたしはただ涙ぐんでいるばかり、ほんとに心細く悲しいことは、たとえようがない。そんな様子を見て、あの人も、とてもしんみりと、決して見捨てたりはしないというふうなことを、しきりに心をこめて話してくれるようだが、あの人の心はいつまでもその言葉どおりであるはずがないと思うものだから、ただひたすら悲しく心細いことばかりが胸に浮んでくる。

いよいよこれでお別れと、みな出立する日になって、旅立つ父もせきかねるほどに涙にくれているし、あとに残るわたしもまた、それどころかさらに言いようもない悲しみに沈んでいるので、「予定の時刻がくるってしまいますよ」とせかされるまで、父は出て行くことができず、かたわらにあった硯箱《すずりばこ》に手紙を巻いて入れて、またほろほろと涙をこぼしながら出て行ってしまった。しばらくは、それを開けて見る気にもなれない。姿が見えなくなってしまうまで外を眺めていたが、気をとりなおして、にじり寄り、何が書いてあるのかと思って開けて見ると、

君をのみ頼むたびなる心にはゆくすゑ遠く思ほゆるかな

――このたびの行く先はるかな旅の出立にあたりましては、あなたさまだけを頼みとし、おすがり申しあげております。なにとぞ、行く末長く、娘をお願い申しあげます

と書いてある。夫たるあの人に見てもらいたいというのであろうとまで思うと、ひどく

悲しくなって、もとのように手紙を置いておき、それからしばらくたった時分に、あの人が訪れて来た様子である。わたしが顔もあげずに思い沈んでいると、「どうしてそんなに悲しんでいるの。こんな別れはざらにあることなのに、こんなにまで嘆いているのは、わたしを信頼していないのだろう」などと取りなし慰め、硯箱の手紙を見つけて、「ああ、こんなにも」と言って、父が門出《かどで》のために移っている所へ、

　われをのみ頼むといへばゆくすゑの松の契《ちぎ》りも来てこそは見め

――わたしだけを頼みにしているとのお言葉、たしかに承りました。なにとぞ、いつまでも変ることのないわたしども夫婦の契りを、御帰京のあかつき、御覧いただきますよう

と書きおくった。

　時はいとあはれなるほどなり、人はまだ見馴《みな》るといふべきほどにもあらず、見ゆるごとに、たださしぐめるにのみあり、いと心細く悲しきこと、ものに似ず。見る人も、いとあはれに、忘るまじきさまにのみ語らふめれど、人の心はそれにしたがふべきかはと思へば、ただひとへに悲しう心細

きことをのみ思ふ。

いまはとて、みな出《い》で立《た》つ日になりて、ゆく人もせきあへぬまであり、とまる人はたまいて言ふかたなく悲しきに、「時たがひぬる」と言ふまでも、え出でやらず、かたへなる硯《すずり》に、文《ふみ》をおし巻きてうち入れて、またほろほろとうち泣きて出でぬ。しばしは見む心もなし。見出ではてぬるに、ためらひて、寄りて、なにごとぞと見れば、

君をのみ頼むたびなる心にはゆくすゑ遠く思ほゆるかな

とぞある。見るべき人見よとなめりとさへ思ふに、いみじう悲しうて、ありつるやうに置きて、とばかりあるほどに、ものしためり。目も見あはせず、思ひ入りてあれば、「などか。世の常のことにこそあれ。いとかうしもあるは、われを頼まぬなめり」などもあへしらひ、硯《すずり》なる文《ふみ》を見つけて、「あはれ」と言ひて、門出《かどで》のところに、

われをのみ頼むといへばゆくすゑの松の契《ちぎ》りも来てこそは見め

――となむ。

五 町の小路の女

父を見送った頃《ころ》に懐妊したか、天暦《てんりゃく》九年（九五五）の八月末、作者は道綱《みちつな》を出産した。

さて、九月頃になって、あの人（兼家）が出て行ったあとに、そこに置いてあった文《ふ》箱《ばこ》を何の気もなしに開けてみると、ほかの女にやろうとした手紙が入っている。あまりのことに、たしかに見たということだけでも悟らせようと思って、書きつける。

うたがはしほかに渡せるふみ見ればここやとだえにならむとすらむ

――疑いたくもなりますわ、よその女《ひと》におやりになるお手紙のあるのを見ますと、こちらへのおいでは、もう途絶えてしまうのでしょうか

そんなことなど思っているうちに、案の定、十月の末頃に、三晩続けて姿を見せぬ時がある。来ると、何くわぬ顔で、「しばらくあなたの気持をためしている間に」などと、思わせぶりなことを言う。

わたしの家から、夕方、「宮中にのっぴきならぬ用事があるのだった」と言って出て行くので、不審に思い、人にあとを付けさせてみると、「町の小路のどこそこに車をお止めになりました」と報告してきた。思ったとおりだ、まったくやりきれないと思うけれども、言いやるすべもわからずにいるうちに、二、三日ほどして、夜明け前に門をたたく時があった。お出《い》でらしいと思うが、やりきれない気分で、開けさせずにいると、例の女の家とおぼしきあたりへ行ってしまった。翌朝になっても、このまま黙ってすますわけにはいくまいと思って、

なげきつつひとり寝《ぬ》る夜《よ》のあくるまはいかに久しきものとかは知る

——嘆きながら独り寝をする夜の明けるまでが、どんなに長くつらいものか、おわかりでしょうか——門を開ける間さえ待ちきれぬあなたでは、おわかりになりますまいね

と、いつもよりは改まって書いて、色変りした菊に挿《さ》して持たせてやった。返事は、「夜が明けるまで待つことになっても、門を開けてくれるまでは様子をみようと思ったのだが、急な召使が来合せたのでね。言われることは、いかにももっともだ。

げにやげに冬の夜《よ》ならぬ真木《まき》の戸もおそくあくるはわびしかりけり

――ほんとに、言われるとおり、冬の夜はなかなか明けずつらいものだが、冬の夜でもない真木の戸も、なかなか開けてもらえないのはつらいものと思い知ったよ」

その頃はまだしも言い訳を言っていたが、のちには、どういう気持なのか理解に苦しんだくらい、平然として通うありさま、せめてしばらくは気づかれないように、宮中に、とでも言っておいてくれるのが当然なのに、そんな無神経さが、いよいよやりきれなく思われてならなかった。

さて、九月《ながつき》ばかりになりて、出《い》でにたるほどに、箱のあるを手まさぐりに開《あ》けて見れば、人のもとに遣《や》らむとしける文《ふみ》あり。あさましさに、見てけりとだに知られむと思ひて、書きつく。

うたがはしほかに渡せるふみ見ればここやとだえにならむとすらむ

など思ふほどに、むべなう、十月《かみなづき》つごもりがたに、三夜《みよ》しきりて見えぬ時あり。つれなうて、「しばしこころみるほどに」など、気色《けしき》あり。
これより、夕さりつかた、「内裏《うち》にのがるまじかりけり」とて出《い》づるに、心得で、人をつけて見すれば、「町《まち》の小路《こうぢ》なるそこになむ、とまりたまひぬる」とて来たり。さればよと、いみじう心憂《こころう》しと、思へども、いはむやうも知らであるほどに、二三日ばかりありて、あかつきがたに門《かど》をたたく時あり。さなめりと思ふに、憂くて、開《あ》けさせねば、例の家とおぼしきところにものしたり。つとめて、なほもあらじと思ひて、
なげきつつひとり寝《ぬ》る夜《よ》のあくるまはいかに久しきものとかは知る
と、例よりはひきつくろひて書きて、移ろひたる菊にさしたり。返りごと、「あくるまでもこころみむとしつれど、とみなる召使《めしつかひ》の来あひたりつればなむ。いとことわりなりつるは。
げにやげに冬の夜《よ》ならぬ真木《まき》の戸もおそくあくるはわびしかりけり」
さても、いとあやしかりつるほどに、ことなしびたる、しばしは、忍び

——たるさまに、内裏《うち》になど言ひつつぞあるべきを、いとどしう心づきなく思ふことぞ、かぎりなきや。(略)

年が改まり、兼家は公然と女のもとに通うようになる。時折、作者の邸《やしき》を訪れる兼家に、作者は不快感を抱く。そして同じく兼家の妻でありながら訪れの途絶えた時姫《ときひめ》(藤原中《なか》正《まさ》の娘)と歌を贈答する。このような状態のまま、天暦《てんりやく》十一年(九五七)の夏となった。

あの時めく女の所では出産予定の頃《ころ》になって、吉《よ》い方角を選んであの人(兼家)も一つ車に乗り込み、京じゅう響きわたるぐらいに車を連ねて、とても聞くにたえないまで騒ぎたてて、所もあろうにこの門の前を通《とお》って行くではないか。わたしはただ茫然《ぼうぜん》と言葉もなく黙りこんでいるので、そんな様子を見る人たちが、身近に使う侍女をはじめ皆「ほんとに胸が張り裂けるようですね。道はいくらでもあるのに」などと大声で言いたてているのを聞くと、いっそ死ぬことができたらと思うが、命は思いのままになるものではないから、それがかなわぬなら、ぎりぎりのところ、せめて、まったく姿を見せずにいてほしい、ほんとにつらいと思っていると、三、四日ほどして手紙がある。

あきれた、冷酷なと思い思い見ると、「この頃こちらで臥《ふ》せっておられる人があって、参上できなかったが、昨日《きのう》、無事にお産をすまされたようだ。その穢《けが》れの身では御迷惑かと思ってね」と書いてある。あきれた、なんてことだ、と思う気持はこの上もない。ただ「お手紙いただきました」とだけ言ってやった。その使いに家の者が尋ねると、「男のお子さまで」と答えるのを聞いて、いよいよ胸がつまってしまう。三、四日ほどして、当の本人がいとも平然と姿を見せる。何の用で来たのかと相手にもしないものだから、まったくとりつくしまもなく帰って行くということがたびかさなった。

この時のところに子産《う》むべきほどになりて、よきかたえらびて、ひとつ車にはひ乗りて、一京響《ひときやう》きつづけて、いと聞きにくきまでののしりて、この門《かど》の前よりしも渡るものか。われはわれにもあらず、ものだに言はねば、見る人、使ふよりはじめて、「いと胸いたきわざかな。世に道しもこそはあれ」など、言ひののしるを聞くに、ただ死ぬるものにもがなと思へど、心にしかなはねば、いまよりのち、たけくはあらずとも、たえて見えずだにあらむ、いみじう心憂《こころう》しと思ひてあるに、三四日ばかりありて文《ふみ》あり。

あさましうつべたましと思ふ思ふ見れば、「このごろここにわづらはることありて、えまゐらぬを、昨日《きのふ》なむ、たひらかにものせらるめる。穢《けが》らひもや忌《い》むとてなむ」とぞある。あさましうめづらかなることかぎりなし。ただ「給《たま》はりぬ」とて、やりつ。使ひに人問《と》ひければ、「男君《をとこぎみ》になむ」と言ふを聞くに、いと胸塞《むねふた》がる。三四日ばかりありて、みづからいともつれなく見えたり。なにか来たるとて見入《みい》れねば、いとはしたなくて帰ること、たびたびになりぬ。

六 母の死

町の小路の女と兼家の仲は、女の出産後、冷えていくが、作者との仲は思うにまかせぬまま、康保《こうほう》元年（九六四）の秋、病気平癒《へいゆ》の祈禱《きとう》のため山寺を訪れていた作者の母が亡くなった。

それにしても、母親が生きている間はどうにか過ごしていたのだが、その母も、長患いの末に、秋の初め頃、亡くなってしまった。まったくどうしようもなくわびしい気持といったら、世間の普通の人の比ではない。たくさんの肉親たちの中で、このわたしは、死におくれまい、共にあの世へと、気も転倒するばかりだったが、実際そのとおりに、どうしたことか、手足がただもうすっかり引きつって、息も絶えそうになった。そうなりながらも、いろいろ後事を託すべきあの人（兼家）は京にいたし、山寺でわたしはこんなめにあったので、まだ幼いわが子（道綱）をそばに呼んで、やっと語り聞かせたことは、「わたしは、このままむなしく死ぬのでしょうよ。お父上に申しあげてほしいことは、『わたしのことは、どうなってもおかまいくださいますな。おばあさまの法事を、ほかの方々のなさる以上にお弔いください』と申しあげてね」と言い、「どうしよう」と言ったきり、口もきけなくなってしまった。

長い月日を患った末にこうなった母のことは、今はしかたないものとあきらめて、わたしのほうに人々はかかりきりで、「どうしよう。どうしてこんなにも」と、泣いていたうえにまた取り乱して、前よりもひどく泣く人が大勢いる。口はきけないが、まだ意識ははっきりしており、目は見える、そこへ、わたしを心配してくれている父が寄って来て、「親は亡き母上だけではないよ。どうしてこんなにまでおなりなのだ」と言って、薬湯《やくとう》をむりに口へ注ぎこむので、それを飲んだりしているうち、体もしだいに回復していく。さて、やはり、どう考えてみても、生きているような気がしないのは、この亡くなった母が、患っていた日頃、ほかのことは何も言わず、ただ言うことといったら、わたしがこのように頼りない生活を続けていることをいつも嘆いていたので、「ああ、あなたはこの先どうなさるおつもりだろう」と何度も苦しい息の下から言われたのを思い出すと、とても生きているとは思えないほどの気持になるのであった。

あの人（兼家）が聞きつけて訪れて来た。わたしは、意識がはっきりしないので何もわからず、侍女が会って、「これこれの御様子でいらっしゃいました」と話すと、あの人は涙をこぼし、穢《けが》れも厭《いと》わず入って来ようとする様子だったので、「とんでもないことでございます」などと引きとめ、それで立ったまま見舞っていった。その時分のあの人の態度は、じつにしみじみと愛情がこもっているように見受けられた。

さいふいふも、女親《めおや》といふ人あるかぎりはありけるを、久しうわづらひて、秋のはじめのころほひ空《むな》しくなりぬ。さらにせむかたなくわびしきことの、世の常《つね》の人にはまさりたり。あまたある中に、これはおくれじおくれじと惑《まど》はるるもしるく、いかなるにかあらむ、足手《あして》などただすくみにす

くみて、絶え入るやうにす。さいふいふ、ものを語らひおきなどすべき人は京にありければ、山寺にてかかる目は見れば、幼き子を引き寄せて、わづかに言ふやうは、「われ、はかなくて死ぬるなめり。かしこに聞こえむやうは、『おのがうへをば、いかにもいかにもな知りたまひそ。この御後《のち》のことを、人々のものせられむ上にも、とぶらひものしたまへ』と聞こえよ」とて、「いかにせむ」とばかり言ひて、ものも言はれずなりぬ。

日ごろ月ごろわづらひてかくなりぬる人をば、いまはいふかひなきものになして、これにぞ皆人《みなひと》はかかりて、まして「いかにせむ。などかくは」と、泣くが上にまた泣き惑《まど》ふ人多かり。ものは言はねど、まだ心はあり、目は見ゆるほどに、いたはしと思ふべき人寄りきて、「親はひとりやはある。などかくはあるぞ」とて、湯をせめて沃《い》るれば、飲みなどして、身などなほりもてゆく。さて、なほ思ふにも、生きたるまじきここちするは、この過ぎぬる人、わづらひつる日ごろ、ものなども言はず、ただ言ふこととては、かくものはかなくてあり経《ふ》るを夜昼《よるひる》嘆きにしかば、「あはれ、いかにしたまはむずらむ」と、しばしば息《いき》の下にもものせられしを思ひ出《い》づるに、かうまでもあるなりける。

人聞きつけてものしたり。われはものもおぼえねば、知りも知られず、人ぞ会ひて、「しかじかなむものしたまひつる」と語れば、うち泣きて、穢《けが》らひも忌《い》むまじきさまにありければ、「いと便《びん》なかるべし」などものして、立ちながらなむ。そのほどのありさまはしも、いとあはれに心ざしあるやうに見えけり。

七 兼家の病気

母の一周忌を終え、姉が夫の任国へと旅立ち、作者の周辺は寂しくなる。康保《こうほう》三年（九六六）三月、兼家は作者の邸《やしき》で病に倒れ、急ぎ自邸へと運ばれる。自分で看病したいと嘆く作者に、ようやく小康を得た兼家から、闇《やみ》に紛れてこちらにおいで、との手紙が届く。女が男の邸を訪れるという異常な体験の中で、作者と兼家は甘美な時を過ごす。

さて、夜が明けてしまったので、わたしが「侍女などお呼びください」と言うと、あの人（兼家）は「なあに、まだまっ暗だろうよ。もうしばらくこのままで」と言って引きとめ、そうこうしているうちに明るくなったので、召使の男たちを呼んで蔀《しとみ》を上げさせ、外を眺めた。「ごらんよ、庭に植えた草花はどんなふうかな」と言って、庭の方を眺めているので、わたしが「人目につくような、とても具合の悪い時刻になってしまいました」などと言って帰りを急ぐと、「なあに、いいではないか。これから、御飯など召しあがって」と言っているうちに、昼になってしまった。そこで、あの人が、「さあ、あなたの帰るのといっしょに、わたしも行こう。もう一度来るのは、いやだろうから」などと言うので、「このように参上したことでさえ人がどう言うかと気にしておりますのに、お迎えに伺ったのだったと思われたら、それこそほんとにいやですわ」と答えると、「では、しかたがない。男ども、車を寄せよ」と命じて、車を近づけると、乗る所まで、いかにもやっとという様子で歩み出て来たので、胸がせつなくなるような思いで見ながら、「いつになりましょうか、お越しは」と言っているうちに、もう涙が浮んでくるのだった。「とても気がもめるから、明日《あす》か明後日《あさって》頃《ごろ》には伺おう」と言って、ひどく物足りず寂しそうな風情《ふぜい》である。車をすこし外へ引き出して牛を轅《ながえ》に付けている時に、車の中から簾《すだれ》ごしに見ると、あの人はもとの所にもどり、こちらを見てしんみりしている、その様子を見ながら車を引き出して行くと、思わず知らず、うしろばかりが振り返られるのだった。

さて、夜《よ》は明けぬるを、「人など召《め》せ」と言へば、「なにか。まだいと暗からむ。しばし」とてあるほどに、明《あか》うなれば、をのこども呼びて、蔀《しとみ》上げさせて見つ。「見たまへ、草どもはいかが植ゑたる」とて、見出《みい》だしたるに、「いとかたはなるほどになりぬ」など急げば、「なにか。いまは粥《かゆ》などまゐりて」とあるほどに、昼になりぬ。さて、「いざ、もろともに帰りなむ。または、ものしかるべし」などあれば、「かくまゐり来たるをだに、人いかにと思ふに、御迎《むか》へなりけりと見ば、いとうたてものしからむ」と言へば、「さらば。をのこども、車寄せよ」とて、寄せたれば、乗るところにもかつがつと歩《あゆ》み出《い》でたれば、いとあはれと見る見る、「いつか、御ありきは」など言ふほどに、涙うきにけり。「いと心もとなければ、明日《あす》明後日《あさて》のほどばかりにはまゐりなむ」とて、いとさうざうしげなる気色《けしき》なり。すこし引き出《い》でて、牛かくるほどに見通《みとほ》せば、ありつるところに帰りて、見おこせて、つくづくとあるを見つつ引き出づれば、心にもあらで、

――かへりみのみぞせらるるかし。

八　荒れゆく夫婦の仲

兼家は健康を回復すると、また訪れが間遠になるのであった。

こんなふうにして、見た目には好ましい仲の夫婦といった状態で、わたしたちの結婚生活は十一、二年が過ぎた。けれども内実は、明け暮れ人並に夫婦などといえたものではない身の不幸せを嘆きながら、尽きせぬ物思いをしつづけて暮しているのだった。それもそのはず、わが身のありさまといったら、夜になってもあの人（兼家）が訪れて来ない時には、人少なで心細く、今ではただひとり頼みにしている父は、この十年あまり受領《ずりよう》として地方まわりばかりしていて、たまに京にいる時も四条五条あたりに住んでいたし、わたしの家は左近《さこん》の馬場《うまば》を片隣にしていたので、ずいぶん隔たっている。こんな心細いありさまで暮している家も、修理し世話してくれる人とていないから、だんだんひどく荒れてゆくばかりである。これを気にもかけずあの人が出入りしているのは、わたしがひどく心細い思いをしているだろうとは、たいして深く思ってもいないらしいなどと、さまざまに思い乱れる。用務繁多でと言っているのは、なにさ、この荒れたわが家《や》に生《お》い茂っている蓬《よもぎ》よりも多そうな口ぶりだと、物思いに沈んでいるうちに、八月頃《ごろ》になってしまった。

のんびりした気分で過ごしていたある日、些細《ささい》なことを言い合ったあげくに、わたしもあの人も気まずくなるようなことまで言ってしまって、あの人がぶつぶつ言って出て行くはめになってしまった。縁先のほうに歩み出て、子供（道綱）を呼び出し、「わたしはもう来ないつもりだ」などと言い残してあの人が出て行ってしまうとすぐに、あの子が入って来て、大声をあげて泣く。「いったいどうしたの、何があったの」と言葉をかけても、なんとも答えないので、きっとあの人がひどいことを言ったのだろうと察しはつくけれども、まわりの人に聞かれるのもいやな、まともでないさまなので、尋ねるのはやめて、あれこれと言いなだめている、そのうちに、五、六日ばかり過ぎたが、なんの音沙汰《おとさた》もない。いつもの間遠どころではなくなってしまったので、まあ、なんてことかしら、冗談だとばかりわたしは思っていたのに、でも、はかない二人の仲だから、このまま絶えてしまうようなこともあるかもしれない、と思うと、心細くてぼんやり思い沈んでいる時に、ふと見ると、あの人が出て行った日に使った泔坏《ゆするつき》（洗髪などに使う

水を入れる器）の水が、そのままになっていた。その水面にはほこりが浮いている。こんなになるまでと、あきれて、

絶えぬるか影だにあらば問ふべきをかたみの水は水草《みくさ》ゐにけり

——二人の仲はもう絶えてしまったのだろうか。せめてこの水にあの人の影なりとも映っていたら、尋ねることもできるだろうに、形見の水には、水草がはえていて、影を見ることさえできはしない

などと思っていたちょうどその日に、あの人が姿を見せた。例によって、いっしょにいながらしっくりと心とけないままで過ごしてしまった。こんなふうにはらはらする不安な時ばかりで、すこしも心休まることのないのが、やりきれないことであった。

かくて、人憎《にく》からぬさまにて、十《とを》といひて一つ二つの年はあまりにけり。されど、明け暮れ、世の中の人のやうならぬを嘆きつつ、つきせず過ぐすなりけり。それもことわり、身のあるやうは、夜《よる》とても、人の見えおこたる時は、人少なに心細う、いまはひとりを頼むたのもし人は、この十余年《じふよねん》

のほど、あがたありきにのみあり、たまさかに京なるほども、四五条《でう》のほどなりければ、われは左近の馬場《むまば》をかたきしにしたれば、いとはるかなり。かかるところをも、とりつくろひかかはる人もなければ、いと悪《あ》しくのみなりゆく。これをつれなく出《い》で入《い》りするは、ことに心細う思ふらむなど、深う思ひよらぬなめりなど、ちぐさに思ひみだる。ことしげしといふは、なにか、この荒れたる宿《やど》の蓬《よもぎ》よりもしげげなりと、思ひながむるに、八月《はづき》ばかりになりにけり。

心のどかに暮らす日、はかなきこと言ひ言ひのはてに、われも人も悪《あ》しう言ひなりて、うち怨《ゑん》じて出《い》づるになりぬ。端《はし》のかたに歩《あゆ》み出でて、幼き人を呼び出でて、「われはいまは来《こ》じとす」など言ひおきて、出でにけるすなはち、はひ入りて、おどろおどろしう泣く。「こはなぞ、こはなぞ」と言へど、いらへもせで、ろんなう、さやうにぞあらむと、おしはからるれど、人の聞かむもうたてものぐるほしければ、問ひさして、とかうこしらへてあるに、五六日ばかりになりぬるに、音《おと》もせず。例ならぬほどになりぬれば、あなものぐるほし、たはぶれごとところわれは思ひしか、はかなき仲なれば、かくてやむやうもありなむかし、と思へば、心細うてながむるほどに、出でし日使ひし泔坏《ゆするつき》の水は、さながらありけり。上に塵《ちり》ゐてあり。かくまでと、あさましう、

絶えぬるか影だにあらば問ふべきをかたみの水は水草《みくさ》ゐにけり

など思ひし日しも、見えたり。例のごとにてやみにけり。かやうに胸つぶらはしきをりのみあるが、世に心ゆるびなきなむ、わびしかりける。

九 初瀬詣《はつせもうで》

康保《こうほう》四年（九六七）五月、村上天皇が崩御し冷泉《れいぜい》天皇が即位、兼家は蔵人頭《くろうどのとう》に昇進する。作者は、兼家の同母妹で村上天皇の寵愛《ちょうあい》を受けていた貞観殿登子《じょうがんでんとうし》と歌を詠《よ》み交わす。安《あん》和《な》元年（九六八）九月、作者は初瀬詣（奈良県桜井市の長谷寺参詣《はせでらさんけい》）を思い立つ。

あの人（兼家）は、「月が改まると、大嘗会《だいじょうえ》の御禊《ごけい》（即位後初の新嘗会《しんじょうえ》の前に行われる禊《みそぎ》）があり、わたしの所から女御代《にょうごだい》（禊に奉仕する女性。この時は兼家と時姫《ときひめ》との娘

超子《ちょうし》が務めた）が立たれることになっている。これをすませてわたしも、いっしょに初瀬詣に行こうか」と言うけれども、わたしのほうにはなんの関係もないことだから、こっそり決めて、その予定の日が凶日にあたったので、前日のうちに門出《かどで》だけを法性寺《ほうしょうじ》（現在、東福寺がある辺りにあった寺）のあたりにして、明くる日の夜明け前から出発して、午《うま》の時頃《ごろ》（正午頃）に宇治にあった別荘に到着した。

向こうを見ると、木《こ》の間《ま》を通して川面《かわも》がきらきら光っていて、まことにしみじみとした思いがする。目立たぬようにと思って、供の者もあまり多くは連れずに出て来たのも、わたしの不用意ではあったけれども、わたしのような人間でなければ、どんなにか大騒ぎして行くことであろうと、ふと思う。車の向きを変え、幕などを引きまわし、車の後ろに乗っている人だけを降ろして、車を川に向けて、簾《すだれ》を巻き上げて見ると、川には網代《じろ》（氷魚《ひお》を捕る仕掛けで、宇治川の冬の風物詩）が一帯にしかけてある。たくさんの舟の行き交う光景はまだ見たことがなかったので、すべてが趣《おもむき》深くおもしろく思われた。後ろの方を見ると、歩き疲れた下人《げにん》たちが、みすぼらしげな柚子《ゆず》や梨《なし》などを、大事そうに手に持って食べたりしている姿も、印象的である。弁当などを食べて、舟に車をかつぎ据えて川を渡り、さらにどんどん進んで行くと、これが贄野《にえの》の池、あれが泉川《いずみがわ》（木津川）などと言いながら、水鳥の群がっていたりする風景を眺めるのも、心にしみて感慨深くおもしろく思われる。ひっそりした旅なので、何事につけても涙のこぼれそうな気持になる。その泉川も渡って、さらに南下して行ったのだが……。

なおその日は、橋寺《はしでら》（泉川北岸の泉橋寺）という所に泊った。夕方、酉《とり》の時頃（午後六時頃）に着いて、車から降りて休んでいると、調理場と思われるあたりから、きざんだ大根を柚子の汁であえて、最初に出した。こんな、いかにも旅先らしい経験をしたことは、不思議に忘れられない、おもしろい思い出となったのである。

夜が明けると、泉川を渡って車を進めるが、柴垣をめぐらしてある家々を見るにつけ、どれだろう、かもの物語（散逸物語）の家は、などと思いながら行くと、なかなか風情《ふぜい》がある。今日も寺のような所に泊って、明くる日は椿市《つばいち》（桜井市金屋）という所に泊る。翌日、霜がまっ白に置いている早朝から、参詣に行ったり帰ったりするのであろう、脛《はぎ》を布きれで巻いている者たちが、行き来して、騒いでいる様子である。蔀《しとみ》を上げてある所に宿を取って、体を清める湯を沸かしたりする間に外を見ると、さまざまな人が行き来している、そのさまは、人それぞれに悩みごとがあるのであろうと、眺めやられる。

しばらくすると、手紙を捧《ささ》げ持ってくる者がいる。そこに立ちどまって、「（兼家からの）お手紙でございます」と言っている様子。見ると、「今日あたりは――どうしたのか、こんなに慌ただしく――とても気がかりだ。少人数で出かけたが、別条ないかね。前に言っていたとおり、三日間参籠《さんろう》するおつもりか。帰る予定の日を聞いて、せめて迎えにだけでも行こう」と書いてある。返事には、「椿市という所までは、無事に参りました。こうしたついでに、これよりも深い山にと思いますので、帰る日はいつと決めて申しあげることはできません」と書いた。まわりの者が、「あそこでやはり三日もお籠《こも》りなさるのは、とんでもないことです」などと相談して決めるのを、使いの者は聞いて帰って行った。

そこから出立《しゅったつ》して、だんだん進んで行くと、これという見どころもない道も山深い感じがするので、川の水音がとても趣深く聞える。あの、古歌で有名な二本の杉も中天さして昔からずっと変らぬさまで立っており、木の葉は色とりどりに色づいて見えている。川の水は、石のごろごろした中を、わきかえるようにして流れていく。夕日のさしている景色などを見ると、胸がいっぱいになって涙はとめどもなくこぼれてくる。ここまでの道中は、格別景色がよくもなかった。紅葉《もみじ》もまだだし、花もみな散ってしまい、ただ枯れた薄《すすき》だけが目についた。ここは、これまでとは格段に風情があるように見えるので、車の簾を巻き上げ、下簾《したすだれ》を横に開いて挟み、見ると、着くたびれた着物が、まったく光彩を失ったように見える。でも、薄紅色の薄物の裳《も》をつけると、その裳の引腰《ひきごし》などが交差して、こげ朽葉《くちば》色の着物と調和した感じなのも、それなりにとてもおもしろく思われる。物乞《ものごい》どもが、食器や鍋《なべ》などを地面に据えて座っているのも、いかにもあわれである。下衆《げす》の者の中に入りこんだような感じがして、予想していたすがすがしい気分が、実際にはなかなか得られそうにもないような気がした。御堂《みどう》に籠《こも》っている間、眠ることもできず、忙しい勤行《おつとめ》でもないので、つくねんとして聞いていると、目の見えぬ人で、またそれほどみじめそうでもない人が、心に思っている願いの筋を、人が聞いているかもしれないということなど気にもせずに、大声でお祈り申している、それを聞くにつけ、しみじみと心うたれ、ただ涙がこぼれるばかりだった。

「たたむ月には大嘗会《だいじやうゑ》の御禊《ごけい》、これより女御代《にようごだい》出《い》で立たるべし。これ過ぐしてもろともにやは」とあれど、わがかたのことにしあらねば、忍《しの》びて思ひ立ちて、日悪《あ》しければ、門出《かどで》ばかり法性寺《ほふしやうじ》の辺《へ》にして、あかつきより出で立ちて、午時《むまどき》ばかりに宇治《うぢ》の院にいたり着く。

見やれば、木《こ》の間《ま》より水の面《おもて》つややかにて、いとあはれなるここちす。忍びやかにと思ひて、人あまたもなうて出で立ちたるも、わが心のおこたりにはあれど、われならぬ人なりせば、いかにののしりてとおぼゆ。車さしまはして、幕《まく》など引きて、しりなる人ばかりをおろして、川にむかへて、簾《すだれ》巻きあげて見れば、網代《あじろ》どもし渡したり。ゆきかふ舟どもあまた見ざりしことなれば、すべてあはれにをかし。しりのかたを見れば、来困《きこう》じたる下衆《げす》ども、悪《あ》しげなる柚《ゆ》や梨《なし》やなどを、なつかしげにもたりて食ひなどするも、あはれに見ゆ。破子《わりご》などものして、舟に車かき据《す》ゑて、行《い》きもて行《い》けば、贄野《にへの》の池、泉川《いづみがは》など言ひつつ、鳥どもゐなどしたるも、心にしみてあはれにをかしうおぼゆ。かい忍びやかなれば、よろづにつけて涙もろくおぼゆ。その泉川も渡りて。

橋寺《はしでら》といふところにとまりぬ。酉《とり》の時ばかりに降《お》りて休みたれば、旅籠《はたご》どころとおぼしきかたより、切り大根《おほね》、柚の汁《しる》してあへしらひて、まづ出《い》だしたり。かかる旅だちたるわざどもをしたりしこそ、あやしう忘れがたうをかしかりしか。

明くれば、川渡りて行《い》くに、柴垣《しばがき》し渡してある家どもを見るに、いづれならむ、かもの物語の家など思ひ行《い》くに、いとぞあはれなる。今日《けふ》も寺めくところにとまりて、またの日は椿市《つばいち》といふところにとまる。またの日、霜《しも》のいと白きに、詣《まう》でもし帰りもするなめり、脛《はぎ》を布《ぬの》の端《はし》して引きめぐらかしたるものども、ありきちがひ、騒ぐめり。蔀《しとみ》さしあげたるところに宿りて、湯わかしなどするほどに見れば、さまざまなる人の行《い》きちがふ、おのがじしは思ふことこそはあらめと見ゆ。

　とばかりあれば、文《ふみ》ささげて来《く》るものあり。そこにとまりて、「御文《ふみ》」と言ふめり。見れば、「昨日今日《きのふけふ》のほど、なにごとか、いとおぼつかなくなむ。人少《ひとずく》なにてものしにし、いかが。言ひしやうに、三日さぶらはむずるか。帰るべからむ日聞きて、迎へにだに」とぞある。返りごとには、「椿市といふところまではたひらかになむ。かかるついでに、これよりも深くと思へば、帰らむ日を、えこそ聞こえさだめね」と書きつ。「そこにてなほ三日さぶらひたまふこと、いと便《びん》なし」などさだむるを、使ひ聞きて帰りぬ。

それより立ちて、行《い》きもて行《い》けば、なでふことなき道も山深きここちすれば、いとあはれに水の声す。例の杉も空さして立ちわたり、木《こ》の葉はいろいろに見えたり。水は石がちなる中よりわきかへりゆく。夕日《ゆふひ》のさしたるさまなどを見るに、涙もとどまらず。道はことにをかしくもあらざりつ。紅葉《もみぢ》もまだし、花もみな失《う》せにたり、枯れたる薄《すすき》ばかりぞ見えつる。ここはいと心ことに見ゆれば、簾《すだれ》巻きあげて、下簾《したすだれ》おし挟《はさ》みて見れば、着なやしたる、ものの色もあらぬやうに見ゆ。薄色《うすいろ》なる薄物《うすもの》の裳《も》をひきかくれば、腰などちがひて、こがれたる朽葉《くちば》に合ひたるここちも、いとをかしうおぼゆ。乞食《かたゐ》どもの坏《つき》、鍋《なべ》など据《す》ゑてをるも、いと悲し。下衆《げす》ぢかなるここちして、入《い》りおとりしてぞおぼゆる。眠《ねぶ》りもせられず、いそがしからねば、つくづくと聞けば、目も見えぬ者の、いみじげにしもあらぬが、思ひけることどもを、人や聞くらむとも思はず、ののしり申すを聞くも、あはれにて、ただ涙のみぞこぼるる。

一〇 かげろうの日記

こうして年月はたっていくけれど、思うようにもならぬ身の上を嘆き続けているので、新年の訪れもうれしくはなく、あいも変らずものはかない身の上であることを思うと、これは、あるかなきかの思いに沈む、かげろうのようにはかない女の日記ということになるだろう。

かく年月《としつき》はつもれど、思ふやうにもあらぬ身をし嘆けば、声あらたまるもよろこぼしからず、なほものはかなきを思へば、あるかなきかのここちするかげろふの日記《にき》といふべし。

蜻蛉日記の風景

海石榴市《つばいち》と長谷寺《はせでら》 ①

奈良の山辺《やまのべ》の道が南で尽きるところ、奈良県桜井市金屋の辺りは、難波津《なにわづ》から大和川《やまとがわ》を遡行《そこう》する舟運の最終地点で、大和を縦に走る山辺の道や上《かみ》ツ道と、西の河内《かわち》方面にのびる横大路《よこおおじ》や東の伊勢《いせ》方面にのびる長谷《はせ》街道が交わる要衝地で、古くから交易の市《いち》、海石榴市《つばきち》(椿市《つばいち》)があった(写真右)。『万葉集』に「海石榴市の八十《やそ》の衢《ちまた》に立ち平《なら》し結びし紐《ひも》を解《と》かまく惜《を》しも」(巻第十二)とあるように、「八十のちまた」と呼ばれる賑《にぎ》わいの中で男女が群れつどう歌垣《うたがき》もさかんに行われ、情を交した証《あかし》に衣の紐を結び交わすこともあった。長谷街道の途中にある長谷寺(写真左)への参詣《さんけい》が大流行した平安時代には、多くの人々がここに宿をとった。『枕草子』の「市は」の段には、「市は……つば市、やまとにあまたあるなかに、長谷に詣《まう》づる人の、かならずそこに泊るは、観音の縁のあるにやと、心ことなり」とあり、長谷寺にたどり着く前から観音の霊験《れいげん》を求めて海石榴市に投宿したことがうかがえる。深窓に育ったはずの道綱母もこの地の賑わいに好奇心を抱き、行き交う人々を観察している。海石榴市から長谷寺に向かうには、大和川(初瀬川《はつせがわ》)に沿って長谷街道を東へと進んでいく。いよいよ山の中に入り込んでいくことになり、道綱母は心細いものの、山の夕景に心を打たれている。しかし美しいものだけでなく、街道沿いの物乞いたちの姿も描くところに、歌人を超えた散文家としての彼女の力量を感じることができる。

中巻

安和二年（九六九）〜天禄二年（九七一）
作者推定三十四〜三十六歳

一 安和《あんな》の変

安和二年（九六九）、大事件が起こる。安和の変である。源連《みなもとのつらぬ》、橘繁延《たちばなのしげのぶ》らの謀叛《むほん》に端を発し、醍醐《だいご》天皇皇子で左大臣の源高明《たかあきら》に無実の罪を蒙《こうむ》らせて大宰権帥《だざいのごんのそち》に貶《おと》した事件で、藤原氏の謀略といわれる。

二十五、六日頃《ごろ》に、西の宮の左大臣さま（源高明。西の宮はその邸《やしき》）がお流されになる、その御様子を拝見しようというので、世をあげて大騒ぎして、西の宮へ、人々があわてふためいて走って行く。ほんとに大変なことだと思って聞いているうちに、人にも姿をお見せにならずに、お邸を逃げ出しておしまいになった。愛宕山《あたごやま》にいらっしゃる、清水寺《きよみずでら》だ、などと大騒ぎして、ついに捜し出して流罪《るざい》に処し申しあげたと聞くと、どうしてこんなにまでと思うほどひどく悲しく、わたしのような実情にうとい者でさえも、こんなふうに泣かずにはいられない、そしていかにも人情のわかる人ならば、袖《そで》を涙で濡《ぬ》らさぬ人は誰《だれ》一人としてないありさまであった。

たくさんのお子さまたちも、辺鄙《へんぴ》な国々に流浪《るろう》する身の上になって、行方《ゆくえ》も知れず、ちりぢりにお別れになったり、あるいは出家なさるなど、何もかも、言葉では言い尽せぬ痛ましさであった。左大臣さまも法師におなりになったが、無理に大宰権師（九州の大宰府の長官代理で閑職）にお貶《おと》し申して九州へ御追放申しあげる。その時分は、ただこの事件でもちきりというありさまで、明け暮れた。

わが身の上のことだけを書くこの日記には入れるべき事柄ではないけれども、身にしみて悲しいと感じたのは、ほかならぬわたしなのだから、書かずにいられない気持で書きとめておくのである。

―――

二十五六日のほどに、西の宮の左大臣《ひだりのおとど》流されたまふ、見たてまつらむとて、天《あめ》の下《した》ゆすりて、西の宮へ、人走りまどふ。いといみじきことかなと聞くほどに、人にも見えたまはで、逃げ出《い》でたまひにけり。愛宕《あたご》になむ、清水《きよみづ》に、などゆすりて、つひに尋ね出でて、流したてまつると聞くに、あいなしと思ふまでいみじう悲しく、心もとなき身だに、かく思ひ知りたる人は、袖《そで》を濡《ぬ》らさぬといふたぐひなし。

あまたの御子《こ》どもも、あやしき国々の空になりつつ、ゆくへも知らず、ちりぢり別《わか》れたまふ、あるは、御髪《ぐし》おろしなど、すべて言へばおろかにいみじ。大臣《おとど》も法師《ほふし》になりたまひにけれど、しひて帥《そち》になしたてまつりて、追ひくだしたてまつる。そのころほひ、ただこのことにて過ぎぬ。

身の上をのみする日記《にき》には入《い》るまじきことなれども、悲しと思ひ入りしも誰《たれ》ならねば、記《しる》しおくなり。

二 悲しき母子

天禄《てんろく》元年（九七〇）六月、作者は、兼家の同母妹貞観殿登子《じょうがんでんとうし》に宛《あ》てて、深まる夫婦の溝を打ち明ける手紙を送る。

貞観殿さまは、一昨年《おととし》、尚侍《ないしのかみ》（後宮を司《つかさど》る内侍司《ないしづかさ》の長官）におなりになった。奇妙なことに、あの人（登子の兄、兼家）の妻なのに、このようなありさまになっているわたしのことをお訪ねくださらないのは、あの仲たがいするはずのない御兄妹《ごきようだい》の仲が気まずくなってしまったので、わたしまでうとうとしくお思いになるのだろうか、このとおり思いのほかひどいわたしたち夫婦の実情を御存知なくて、と思って、お手紙をさしあげるついでに、

ささがにのいまはとかぎるすぢにてもかくてはしばし絶《た》えじとぞ思ふ

——夫との仲はもうおしまいですが、そういう夫との縁続きだとしても、あなたさまとの御交際は、すこしの間も絶えることのないようにいたしたいと思います（「ささがに〈蜘蛛《くも》〉の」は「い——糸」の枕詞《まくらことば》。「い」に「今」を掛ける）

と申しあげた。返事は、何やかやと、しみじみと胸うつことを多くお書きになって、

絶えきとも聞くぞ悲しき年月《としつき》をいかにかきこしくもならなくに

——あなたがた御夫婦の仲が絶えたと聞くのは、ほんとに悲しいことです。長い年月、ど

う過ごしてこられましたか、信頼し合ってこられたではありませんか

これを見るにつけても、わたしたちの仲をよく御存知だったから、かえってお尋ねもなかったのだと思うといよいよ悲しくなってきて、物思いに沈んで過ごしている時分に、あの人から手紙が来た。「手紙を出したが返事もなく、取り付く島もない様子でばかりいるようなので、つい遠慮されてね。今日でも行こうと思うのだが」などと書いてあるようだ。侍女たちが勧めるので、返事を書いているうちに日が暮れた。持たせてやった使いがまだ行き着くまいと思う時分に姿を見せる、と、侍女たちが「やはり何かわけがおありなのでしょう。素知らぬ顔で様子を御覧なさいませ」など言うので、じっと我慢していた。「物忌《ものいみ》がずっと続いたので来られなかったのだが、決して来ないでおこうなどと、わたしは思っていないよ。あなたが不機嫌な様子で拗《す》ねているのを、どうしてかと思っているのだ」などと、ずけずけ言って上機嫌なので、うとましい気がする。

翌朝は、「用事があるので、今夜は来られない。すぐに明日か明後日《あさって》のうちにでも」などと言うので、本心だとは思わないが、そんなことを言うのは、わたしの機嫌がなおるかもしれないと思っているのだろう、とはいえこれも口先だけで、あるいは今度の訪

れが最後かもしれないと様子を見ていると、だんだんとまたしても日数が重なっていく。やっぱりそうだったのだと思うと、前よりもいっそうもの悲しい気がする。

しみじみと思い続けることといえば、やはりなんとかして思いどおりに死んでしまいたいと願うことよりほかに何もないが、ただこの一人の子供（道綱）のことを思うと、ひどく悲しくなってくる。一人前にして、安心できる妻と結婚させなどすれば、死ぬのも気が楽だろうと思っていたのに、このまま死んだら、あの子はどんなにか拠《よ》りどころない気持で暮してゆくことだろうと思うと、やはりとても死にきれない。「どうしよう。尼になって、執着を断ち切れるかどうか、ためしてみようと思う」としんみり語ると、まだ子供で深い事情などはわからないのだが、ひどくしゃくりあげておいおいと泣いて、「そうおなりになったら、わたしも法師になって暮します。何の生きがいがあって、世間の人たちの中に伍《ご》して暮しましょうか」と言って、またひとしきりおいおい声をたてて泣くので、わたしも涙をこらえきれないけれども、あまりの深刻さに、冗談に紛らわしてしまおうと、「では、法師になって鷹《たか》が飼えなくなったら、どうなさるおつもりなの」と言うと、おもむろに立ちあがり走って行って、つないで止らせてあった鷹を拳《こぶし》にのせて、放してしまった。見ている侍女も涙をこらえきれないし、まして、わたしは、

いたたまれぬ思いで過ごした。心に感じたことは、

あらそへば思ひにわぶるあまぐもにまづそる鷹ぞ悲しかりける

——夫との不和にやりきれず、尼にでもなろうかと子供に打ち明けると、その子がまず鷹を空に放って法師になる決心を示すとは、なんと悲しいことであろう

ということである。日の暮れ方に、あの人から手紙が来た。まったくの嘘《うそ》っぱちだろうと思ったので、「ただ今は気分がすぐれませんので」と言って、使いを返した。

貞観殿《ぢやうぐわんでん》の御方《かた》は、一昨年《をととし》、尚侍《ないしのかみ》になりたまひにき。あやしく、かかる世をもとひたまはぬは、このさるまじき御仲のたがひにたれば、ここをもけうとく思《おぼ》すにやあらむ、かくことのほかなるをも知りたまはでと思ひて、御文奉《ふみたてまつ》るついでに、

ささがにのいまはとかぎるすぢにてもかくてはしばし絶《た》えじとぞ思ふ

と聞こえたり。返りごと、なにくれといとあはれに多くのたまひて、

絶えきとも聞くぞ悲しき年月《としつき》をいかにかきこしくもならなくに

これを見るにも、見聞《みき》きたまひしかばなど思ふに、いみじくここちまさりて、ながめ暮らすほどに、文《ふみ》あり。「文《ふみ》ものすれど、返りごともなく、はしたなげにのみあめれば、つつましくてなむ。今日《けふ》もと思へども」などぞあめる。これかれそそのかせば、返りごと書くほどに、日暮れぬ。まだ行《い》きもつかじかしと思ふほどに、見えたる、人々、「なほあるやうあらむ。つれなくて気色《けしき》を見よ」など言へば、思ひかへしてのみあり。「つつしむことのみあればこそあれ、さらに来《こ》じとなむわれは思はぬ。人の気色《けしき》ばみ、くせぐせしきをなむ、あやしと思ふ」など、うらなく、気色もなければ、けうとくおぼゆ。

つとめては、「ものすべきことのあればなむ。いま明日明後日《あすあさて》のほどにも」などあるに、まこととは思はねど、思ひなほるにやあらむと思ふべし、もしはた、このたびばかりにやあらむとこころみるに、やうやうまた日数《ひかず》過ぎゆく。さればよと思ふに、ありしよりもけにものぞ悲しき。

つくづくと思ひつづくることは、なほいかで心として死にもしにしがなと思ふよりほかのこともなきを、ただこのひとりある人を思ふにぞ、いと悲しき。人となして、うしろやすからむ妻《め》などにあづけてこそ、死にも心やすからむとは思ひしか、いかなるここちしてさすらへむずらむ、と思ふに、なほいと死にがたし。「いかがはせむ。かたちを変へて、世を思ひ離るやとこころみむ」と語らへば、まだ深くもあらぬなれど、いみじうさくりもよよと泣きて、「さなりたまはば、まろも法師になりてこそあらめ。なにせむにかは、世にもまじらはむ」とて、いみじくよよと泣けば、われもえせきあへねど、いみじさに、たはぶれに言ひなさむとて、「さて鷹飼《たかか》はではいかがしたまはむずる」と言ひたれば、やをら立ち走りて、し据《す》ゑたる鷹を握《にぎ》り放ちつ。見る人も涙せきあへず、まして、日暮らしがたし。ここちにおぼゆるやう、

あらそへば思ひにわぶるあまぐもにまづそる鷹ぞ悲しかりける

とぞ。日暮るるほどに、文《ふみ》見えたり。天下《てんげ》のそらごとならむと思へば、

一「ただいまここち悪《あ》しくて」とて、やりつ。

三 石山《いしやま》詣《もうで》

兼家はどうも、近江《おうみ》という女（藤原国章《くにあき》の娘か）に入れあげているらしい。懊悩《おうのう》にさいなまれる作者は、七月、近江の石山詣（大津市の石山寺参詣《さんけい》）を思い立つ。

こっそりと、と思ったので、妹のような身近な人にも知らせず、自分の心一つに思い立って、夜が明けそめたかと思われる時分に走るように家を出、賀茂川《かもがわ》のあたりまで来たところで、どうして聞きつけたのか、あとを追って来た者もいる。有明の月はとても明るいけれども、出会う人もない。賀茂の河原には死人も転がっているということだが、恐ろしくもない。粟田山《あわたやま》（京都市の東郊）というあたりまで遠くやってきて、とても苦しいので、ひと休みすると、心乱れて何が何やらわからず、ただ涙ばかりがこぼれる。人が来はしないかと、涙はさりげなくとりつくろい、ただもう走るようにして道を急ぐ。山科《やましな》（京都市山科区）で夜がすっかり明けると、とてもあらわな感じがするので、茫《ぼう》然《ぜん》として人心地もない。供人《ともびと》はみな、あとにしたり先に行かせたりなどして、ひっそりと歩いて行くと、行き会う人、わたしのほうを見向く人が、けげんに思って、ひそひそささやきあっているのが、とてもやりきれない。

やっとの思いで通り過ぎて、走《はし》り井《い》（逢坂《おうさか》の関近くの湧水）で弁当などしたためようということで、幕を引きめぐらし、食事などあれこれしている時に、大声で先払いする一行がやってくる。どうしよう、誰《だれ》だろう、供人どうし見知っている者でもあったら困るが、さて大変なことだと思っていると、馬に乗った者を大勢つれ、車を二、三台つらねて、威勢よくやってくる。「若狭守《わかさのかみ》の車でした」と供人が言う。立ち止りもせずに通り過ぎたので、ほっと胸をなでおろす。ああ、身分に応じて受領《ずりよう》は受領なりに満悦至極の体《てい》で行くことよ、実のところは、都で明け暮れぺこぺこ頭を下げまわっている輩《やから》が、一歩地方に出ると、威張りちらして行くというわけなのだろうと思うと、胸のかきむしられるような思いがする。下人《げにん》どもが、車の前についている者も、そうでない者も、わたしの幕近く寄って来ては、がやがや騒ぎながら水浴びをする。その振舞の無礼に感じられることは、たとえようがない。わたしの供人が、遠慮がちに、「おいおい、そこをどいて」などと言っている様子、すると、「いつも往き来する人の立ち寄る所だとは御存知ありませんか。とがめだてなさるのは」などと言っているのを見る心持は、どう言えばよかろうか。
その一行をやり過ごして、さて、そこを立って行き、逢坂の関を越えて、打出《うちいで》の浜（大津市松本の琵琶湖岸か）にほとほと死にそうなくらいに疲れ果ててたどり着いたところ、先に行った人が、舟に菰《こも》で葺《ふ》いた屋形をつけて用意をととのえ、待ち受けていた。何が何だかわからぬ気持で、その舟にはい乗ると、はるばると漕《こ》ぎ出して行く。ほんとにその時の気分といったら、とてもわびしいやら苦しいやらで、ひどく物悲しく思われることは、他にくらべるものがない。

忍びてと思へば、はらからといふばかりの人にも知らせず、心ひとつに思ひ立ちて、明けぬらむと思ふほどに出《い》で走りて、賀茂川《かもがは》のほどばかりなどにて、いかで聞きあへつらむ、追ひてものしたる人もあり。有明《ありあけ》の月はいと明《あか》けれど、会ふ人もなし。河原《かはら》には死人《しにびと》も臥《ふ》せりと見聞《みき》けど、恐ろしくもあらず。粟田山《あはたやま》といふほどにゆきさりて、いと苦しきを、うち休めば、ともかくも思ひわかれず、ただ涙ぞこぼるる。人や来ると涙はつれなしづくりて、ただ走りてゆきもてゆく。

山科《やましな》にて明けはなるるにぞ、いと顕証《けんしょう》なるここちすれば、あれか人かにおぼゆる。人はみなおくらかし先立《さいだ》てなどして、かすかにて歩みゆけば、会ふ者見る人あやしげに思ひて、ささめき騒ぐぞ、いとわびしき。

からうして行《い》き過ぎて、走《はし》り井《ゐ》にて、破子《わりご》などものすとて、幕引きまはして、とかくするほどに、いみじくののしる者来《く》。いかにせむ、誰《たれ》ならむ、供《とも》なる人、見知るべき者にもこそあれ、あないみじ、と思ふほどに、馬《むま》に乗りたる者あまた、車二つ三つ引きつづけて、ののしりて来《く》。「若狭守《わかさのかみ》の車なりけり」と言ふ。立ちも止《と》まらで行《ゆ》き過ぐれば、ここちのどめて思ふ。あはれ、程《ほど》にしたがひては、思ふことなげにても行くかな、さるは、明け暮れひざまづきありく者、ののしりて行《ゆ》くにこそはあめれと思ふにも、胸さくるここちす。下衆《げす》ども車の口につけるも、さあらぬも、この幕近く立ち寄りつつ、水浴《みづあ》み騒ぐ。振舞《ふるまひ》のなめうおぼゆること、ものに似ず。わが供の人、わづかに、「あふ、立ちのきて」など言ふめれば、「例もゆききの人、寄るところとは知りたまはぬか。咎《とが》めたまふは」など言ふを見るここちは、いかがはある。

やり過ごして、いまは立ちてゆけば、関うち越えて、打出《うちいで》の浜に死にかへりていたりたれば、先立ちたりし人、舟に菰屋形《こもやかた》引きてまうけたり。ものもおぼえずはひ乗りたれば、はるばるとさし出だ《い》してゆく。いとここち、いとわびしくも苦しうも、いみじうもの悲《がな》しう思ふこと、類《たぐひ》なし。

夕方、申《さる》の時の終り頃《ごろ》（午後五時近く）に、寺の中に着いた。斎屋《ゆや》（参籠者《さんろう》が斎戒沐浴《さいかいもくよく》し休息する施設）に敷物など敷いてあったので、そこに行って横になった。気分がどうしようもなく苦しいので、横になって身もだえしながら涙にくれてしまう。夜になって、湯などつかって身を清め、御堂《みどう》にのぼる。わが身の上をみ仏に訴え申すにも、涙にむせぶばかりで、まったく言葉にならない。夜がすっかり更《ふ》けてから、外の方を眺めると、御堂は高い所にあって、下は谷のようである。片側の崖《がけ》には木々が生《お》い茂って、すっかり暗みになっている、ちょうど二十日《はつか》の月が夜更けてとても明るくなったが月光はゆきわたらず、その暗みのところどころ、木陰のすき間すき間から、のぼってきた道がずっと見えている。見おろすと、麓《ふもと》にある池は、鏡のように見えている。高欄《こうらん》に寄りか

かって、しばらく目を凝《こ》らしていると、片側の崖で、その草の中に、そよめく白っぽいものが、奇妙な声をたてるので、「これは何ですか」と尋ねたところ、「鹿《しか》が鳴いているのです」と言う。どうして普通の声で鳴かないのだろうと思っている時に、ずっと向こうの谷の方から、とても若々しい声で、遠く長く余韻を響かせて鳴くのが聞えてきた。それを聞く心地は、気もうつろになる、と言うだけではとても言い尽せない気持である。一心に勤行《おつとめ》をしているうちに、ふと心を奪われたようになってしまって、そのまま何もせずにいると、はるかに見渡される山の向こうあたりで、山田を守る番人の獣《けもの》などを追い払う声が、たとえようもなく無風流な叫びをあげた。あれやこれやとさまざまに胸をしめつけるようなことがなんと多いことかという思いにかられ、しまいには茫然《ぼうぜん》として座っているばかりだった。さて、後夜《ごや》の勤行（午前四時頃に行う勤行）が終ったので、御堂からおりた。ひどく疲れているので、ずっと斎屋《ゆや》で過ごす。

夜が明けてくるままに外を見やると、寺の東の方では、風がのどかに吹いていて、霧が一面にたちこめ、川の向こうは絵に描いたような風情《ふぜい》であった。その川岸には放し飼いの馬の群れが餌《えさ》を探しまわっている姿も、はるかに見えている。しみじみと深い感動をおぼえる。かけがえなく大切に思う子供も、人目をはばかって京に残してきたので、家を離れて出て来たこの機会に、死ぬ思案をめぐらしたいと思うにつけても、まずこの子のことが心にかかって、恋しく切ない気持になる。涙のかれるまで泣き尽してしまった。供人《ともびと》の男どもどうしで、「ここからすぐ近くだそうだ。さあ、佐久奈谷《さくなだに》（瀬田川《せたがわ》下流）見物に出かけようよ」「谷の口からずるずると奥へ引っぱり込まれてしまうという話だが、それがいやだね」などと話しているのを聞くと、わたしは、そのようにして、自分の意思からでなく引きずり込まれて行ってしまいたいものだと思う。

このように、ありとあらゆる心労を重ねているので、食事もいっこうに進まない。「寺の裏にある池に、しぶきという物（未詳）が生《は》えていますよ」と言うので、「取って持って来て」と言うと、持って来た。器《うつわ》に盛り合せて、柚子《ゆず》を切って上に添えたのは、なかなかすばらしい風味だと思った。

そんなことをしていて、夜になった。御堂でいろいろお祈り申し、泣き明かして、夜明け前にとろとろとまどろんだところ、この寺の別当《べっとう》（寺の最上位の僧）と思われる法師が、銚子《ちょうし》（酒などを注ぐための長い柄がある器）に水を入れて持って来て、わたしの右の膝《ひざ》に注ぎかける、という夢を見た。はっと目を覚まされて、み仏のお見せくださったのであろうと思うと、いよいよ深い心のおののきと悲しみを覚える。

夜が明けたという声がするので、すぐに御堂からおりた。まだとても暗いけれども、湖上が一面に白々《しろじろ》と見渡され、こんなふうに立ち去りがたく思いながら――供人など二十人ばかりいるのに、乗ろうとする舟が差掛《さしかけ》の沓《くつ》（浅沓《あさぐつ》の一種）の片方ほどの大きさに見下ろされたのは、なんともわびしく、これで大丈夫だろうかという思いがした。み仏にお灯明《とうみょう》をあげさせた僧が、見送りに出て岸に立っているのに、わたしたちの乗った舟はどんどん漕《こ》ぎ離れて行ったので、いかにも心細そうな様子でたたずんでいる、そのさまを見やると、あの僧は、わたしたちと馴染《なじ》みになり親しみを感じるようになったと思われるその寺にとどまって、悲しく思っていることであろうと、察せられた。供の男たちが、「すぐにまた、来年の七月にまいりますよ」と呼びかけると、「はい、わかりました」と答えて、その姿が、遠く離れて行くにつれて、影のように見えているのも、とても悲しく感じられた。

空を見ると、月はとても細く、月影は湖面に映っている。風がさっと吹いて、水面が波立ち、さらさらとざわめく。若い男たちが、「声細《ほそ》やかにて、面瘦《おもや》せにたる」（当時の俗謡か）という歌をうたいだしたのを聞いていると、ぽろぽろと涙がこぼれる。いかが崎、山吹《やまぶき》の崎（歌枕だが、場所未詳）などという所をあれこれ見やりながら、葦《あし》の間を漕いで行く。まだ明けきらず、物もさだかに見えぬ時分に、遠くから櫂《かい》の音がして、心細げな声でうたって来る舟がある。行きちがう時に、「どちらさまの舟ですか」と尋ねると、「石山へ、お迎えに」と答えているようだ。この声もとてもしんみりと聞えるが、それは、迎えに来るように言いつけておいたのに、なかなかやってこないものだから、あちらにあった舟で出て来てしまったので、かけちがって迎えに行くところらしい。舟をとどめて、供人たちの一部はその舟に乗り移り、気の向くままにうたっていく。瀬田《せた》の橋（瀬田川に架かる橋）のあたりにさしかかった頃に、ほのぼのと夜が明けてくる。千鳥が空高く舞いながら飛び交《か》っている。何もかもしみじみと心にしみて悲しく感じられることといったら、まったくはかり知れない。さて、行くとき舟に乗った浜辺に着くと、迎えの車を引いて来ていた。京には巳《み》の時頃（午前十時頃）に帰り着いた。

申《さる》の終はりばかりに、寺の中につきぬ。斎屋《ゆや》に物など敷《し》きたりければ、行《い》きて臥《ふ》しぬ。ここちせむかた知らず苦しきままに、臥しまろびぞ泣かる る。夜《よる》になりて、湯などものして、御堂《みだう》に上《のぼ》る。身のあるやうを仏に申すにも、涙に咽《むせ》ぶばかりにて、言ひもやられず。夜《よ》うち更《ふ》けて、外《と》のかたを

見《み》出《い》だしたれば、堂《だう》は高くて、下《しも》は谷と見えたり。片崖《かたきし》に木ども生《お》ひこりて、いと木暗《こぐら》がりたる、二十日月、夜更《よふ》けていと明《あか》くなれど、木陰《こかげ》にもりて、ところどころに来《き》しかたぞ見えわたりたる。見おろしたれば、麓《ふもと》にある泉は、鏡のごと見えたり。高欄《かうらん》におしかかりて、とばかりまもりゐたれば、片崖《かたきし》に、草の中に、そよそよしらみたるもの、あやしき声するを、「こはなにぞ」と問ひたれば、「鹿のいふなり」と言ふ。などか例の声には鳴かざらむと思ふほどに、さし離れたる谷のかたより、いとうら若き声に、はるかにながめ鳴きたなり。聞くここち、そらなりといへばおろかなり。思ひ入《い》りて行なふここち、ものおぼえでなほあれば、見やりなる山のあなたばかりに、田守《たもり》のもの追ひたる声、いふかひなく情《なさけ》なげにうち呼ばひたり。かうしもとり集めて、肝《きも》を砕《くだ》くこと多からむと思ふに、はてはあきれてぞゐたる。さて、後夜行《ごやおこな》ひつれば下《お》りぬ。身よわければ斎屋《ゆや》にあり。

夜《よ》の明くるままに見やりたれば、東《ひんがし》に風はいとのどかにて、霧たちわたり、川のあなたは絵にかきたるやうに見えたり。川づらに放ち馬《むま》どものあさりありくも、遥《はる》かに見えたり。いとあはれなり。二《に》なく思ふ人をも、人《ひと》目《め》によりて、とどめおきてしかば、出《い》で離れたるついでに、死ぬるたばかりをもせばやと思ふには、まづこのほだしおぼえて、恋しう悲し。涙のかぎりをぞ尽くしはつる。をのこどもの中には、「これよりいと近かなり。いざ、佐《さ》久《く》奈《な》谷《だに》見には出でむ」「口引きすごすと聞くぞ、からかなるや」など言ふを聞くに、さて心にもあらず引かれいなばやと思ふ。

かくのみ心尽くせば、物なども食はれず。「しりへのかたなる池に蕺《しぶき》といふもの生《お》ひたる」と言へば、「取りて持て来《こ》」と言へば、持て来たり。笥《け》にあへしらひて、柚《ゆ》おし切りてうちかざしたるぞ、いとをかしうおぼえたる。

さては夜《よ》になりぬ。御堂《みだう》にてよろづ申し、泣き明かして、あかつきがたにまどろみたるに、見ゆるやう、この寺の別当《べたう》とおぼしき法師、銚子《てうし》に水を入れて持て来て、右のかたの膝《ひざ》にいかくと見る。ふとおどろかされて、仏の見せたまふにこそはあらめと思ふに、ましてものぞあはれに悲しくおぼゆる。

明けぬといふなれば、やがて御堂《みだう》より下《お》りぬ。まだいと暗けれど、湖《うみ》の上白く見えわたりて、さいふいふ、人二十人ばかりあるを、乗らむとする舟の差掛《さしかけ》のかたへばかりに見くだされたるぞ、いとあはれにあやしき。御《み》灯明《あかし》たてまつらせし僧の見送るとて岸に立てるに、ただ出《い》でにさし出でつれば、いと心細げにて立てるを見やれば、かれは目なれにたらむところに、悲しくやとまりて思ふらむとぞ見る。をのこども、「いま来年《らいねん》の七月《ふみづき》まゐらむよ」と呼ばひたれば、「さなり」と答へて、遠くなるままに影のごと見えたるもいと悲し。

空を見れば、月はいと細くて、影は湖《うみ》の面《おもて》にうつりてあり。風うち吹きて湖《うみ》の面いと騒がしう、さらさらと騒ぎたり。若きをのこども「声細やかにて、面痩《おもや》せにたる」といふ歌をうたひ出でたるを聞くにも、つぶつぶと涙ぞ落つる。いかが崎《さき》、山吹《やまぶき》の崎などいふところどころ見やりて、葦《あし》の中より漕《こ》ぎゆく。まだものたしかにも見えぬほどに、遥《はる》かなる楫《かぢ》の音《おと》して、心細くうたひ来る舟あり。ゆきちがふほどに、「いづくのぞや」と問ひたれば、「石山《いしやま》へ、人の御迎《むか》へに」とぞ答ふなる。この声もいとあはれに聞こゆるは、言ひおきしを、おそく出でくれば、かしこなりつるして出でぬれば、たがひて行《い》くなめり。とどめて、をのこどもかたへは乗り移りて、心のほしきにうたひゆく。瀬田《せた》の橋のもとゆきかかるほどにぞ、ほのぼのと明けゆく。千鳥《ちどり》うち翔《かけ》りつつ飛びちがふ。もののあはれに悲しきこと、さらに数なし。さて、ありし浜辺《はまべ》にいたりたれば、迎への車ゐて来たり。京に巳《み》の時ばかり行《い》きつきぬ。

四 年の終りに

兼家の無沙汰《ぶさた》は続き、天禄《てんろく》二年（九七一）になった。兼家は元日にも門前を素通りする有様。憂愁に沈む作者は、四月に長精進《ながしょうじん》、六月に鳴滝《なるたき》の山寺に籠《こも》るなど、勤行三昧《ごんぎょうざんまい》の生活を送るが、兼家が迎えに来れば逆らえず、またもとの生活に戻り、苦悩の日が続く。

十一月も同じような状態で、二十日になってしまったが、その日に姿を見せたあの人は、そのまま二十日余りも足が途絶えている。ただ手紙ばかりが二度ほどよこされた。こんなふうに心穏やかでない状態ばかりが続くが、ありとあらゆるつらい思いをし尽してきたので、すっかり気力もなくなった感じで、ただぼんやりしていた時、「四日ほどの物忌《ものいみ》が次々と重なってね。すぐに、今日なりと、と思っている」などと、不思議なくらいにこまごまとした手紙がある。年の果ての月の十六日頃《ごろ》のことである。
しばらくして、にわかに空が一面に曇ってきて、雨になった。この雨では、あの人は、閉口したよ、行けなくて、と言うところだろうと想像して思いにふけっているうちに、暮れてゆく様子である。とてもひどく降るので、この雨に妨げられて来ないのも無理はないと思うと、昔はそんなことはなかったとしきりに思い出されるにつけても、涙がこみあげて、感傷的な気持になってくるので、こらえきれなくなって、使いを出す。

悲しくも思ひたゆるか石上《いそのかみ》さはらぬものとならひしものを
――おあきらめとは悲しいことでございます。昔は雨にも障らずおいでになると決っていましたのに

と書いてやって、ちょうど使いがあちらへ行き着いた頃だろうと思う時分に、南座敷の格子《こうし》を閉めたままの外のほうに、人の気配がする。家の者たちはまったく気づかず、わたしだけが変だと思っていると、妻戸《つまど》を押し開けて、あの人がつと入って来た。ひどい雨のさなかなので、音も聞きつけられなかったのだった。今は、「お車を早く中に入れよ」などと大声で言っているのも聞える。「たとえ長い間の御勘気《ごかんき》でも、今日の雨中の

参上によって許してもらえるだろうと、そう思うほどだよ」などとさまざまに言って、「明日《あす》は、あちらの邸《やしき》の方角がふさがる（陰陽道で凶となる）。明後日《あさって》からは物忌だ、ちゃんとしないわけにはいかないだろうから」など、まことに言葉たくみに言う。歌を持たせてやった使いは行き違いになったろうと思うと、ほんとにほっとした。夜のうちに雨がやんだ様子なので、「それでは夕方に」などと言って帰って行った。方塞《かたふた》がりにあたっているので、案の定、待っていたけれども来ずじまいになってしまった。「昨夜は、来客があったうえに、夜が更《ふ》けてしまったので、読経《どきよう》などさせて、そちらへ行くのをやめにした。例によって、どんなに気をもまれたことだろう」などと言ってよこす。

山籠《やまごも》りの後は、「あまがえる」（「雨蛙《あまがえる》」に、「尼帰る」を掛ける）というあだ名をつけられていたので、こんな歌を書いてやった。こちらと別の所なら方塞がりもないらしいわなど、不快に思われて、

おほばこの神のたすけやなかりけむ契《ちぎ》りしことを思ひかへるは

――死んだ蛙を蘇生させるというオオバコの神も、雨蛙（わたし）を助けてはくれなかったのでしょうか。暮にとの約束がくつがえり、死ぬ思いをしております

といった具合で、例によって、日数がたち、月末《つきずえ》になってしまった。
わたしの忌み嫌っている所（兼家が通っている近江《おうみ》という女の家）にあの人は夜ごとに通《かよ》っていると知らせてくれる人がいたので、心穏やかでなく過ごしているうちに、月日は流れて、追儺《ついな》（大晦日の夜に悪鬼を払う行事）の日になったというので、あきれた、なんということだと、すっかりみじめな思いに徹した気持で、まわりの者は、子供も大人もみな、「鬼は外、鬼は外」と大声で騒ぐのを、わたしだけは無関係のように心静かに傍観していると、追儺などというものはあたかもうまくいっている所だけがしたがる行事のように思われるのだった。雪がひどく降っているわよと言う声が聞える。年の終りには、何事につけても、ありとあらゆる物思いをし尽したことであろうよ。

十一月《しもつき》もおなじごとにて、二十日になりにければ、今日《けふ》見えたりし人、そのままに二十余《よ》日あとをたちたり。文《ふみ》のみぞ、ふたたびばかり見えける。かうのみ胸やすからねど、思ひ尽きにたれば、心よわきここちして、ともかくもおぼえで、「四日《ようか》ばかりの物忌《ものいみ》しきりつつなむ。ただいま今日だにとぞ思ふ」など、あやしきまでこまかなり。はての月の十六日《とをかむゆか》ばかりなり。

しばしありて、にはかにかい曇りて、雨になりぬ。たふるるかたならむかしと思ひ出《い》でてながむるに、暮れゆく気色《けしき》なり。いといたく降れば、障《さは》らむにもことわりなれば、昔はとばかりおぼゆるに、涙のうかびて、あはれにもののおぼゆれば、念《ねん》じがたくて、人出《い》だし立つ。

悲しくも思ひたゆるか石上《いそのかみ》さはらぬものとならひしものを

と書きて、いまぞいくらむと思ふほどに、南面《みなみおもて》の、格子《かうし》も上げぬ外《と》に、人の気《け》おぼゆ。人はえ知らず、われのみぞあやしとおぼゆるに、妻戸《つまど》おし開《あ》けて、ふとはひ入《い》りたり。いみじき雨のさかりなれば、音《おと》もえ聞こえぬなりけり。いまぞ「御車とくさし入れよ」などののしるも聞こゆる。「年月《としつき》の勘事《かうじ》なりとも、今日《けふ》のまゐりには許されなむとぞおぼゆる」など多く、「明日《あす》は、あなた塞《ふた》がる。明後日《あさて》よりは物忌なり、すべかめれば」などいと言《こと》よし。やりつる人はちがひぬらむと思ふに、いとめやすし。夜《よ》のまに雨やみにためれば、「さらば暮《くれ》に」などて帰りぬ。方塞《かたふた》がりたれば、むべもなく、待つに、見えずなりぬ。「昨夜《よべ》は、人のものしたりしに、夜の更《ふ》けにしかば、経《きやう》など読ませてなむとまりにし。例の、いかにおぼしけむ」などあり。

山ごもりの後《のち》は、「あまがへる」といふ名をつけられたりければ、かくものしけり。こなたざまならでは、方《かた》も、など、物しくて、

おほばこの神のたすけやなかりけむ契《ちぎ》りしことを思ひかへるは

とやうにて、例の、日過ぎて、つごもりになりにたり。

忌《いみ》のところになむ、夜《よ》ごとに、と告ぐる人あれば、心やすからであり経《ふ》るに、月日はさながら、鬼やらひ来《き》ぬるとあれば、あさましあさましと思ひ果つるもいみじきに、人は、童《わらは》、大人《おとな》ともいはず、「儺《な》やらふ儺《な》やらふ」と騒ぎののしるを、われのみのどかにて見聞《みき》けば、ことしも、ここちよげならむところのかぎりせまほしげなるわざにぞ見えける。雪なむいみじう降ると言ふなり。年の終はりには、なにごとにつけても、思ひ残さざりけむかし。

蜻蛉日記の風景 ②

石山寺《いしやまでら》

京の清水寺《きよみずでら》、奈良の長谷寺と並んで、観音霊場として平安貴族たちに愛されたのが滋賀の石山寺である。寺伝では東大寺の創建に尽くした良弁《ろうべん》が聖武《しょうむ》天皇の勅命によって建立したという。寺名のとおり、一山は硅灰岩の奇岩が多く、本尊の如意《にょい》輪観音《りんかんのん》像も自然石の上に設けられた蓮台《れんだい》の上に片方の足を組んで座っている。この本尊を拝む礼堂は道綱母《みちつなのはは》の存命中に増設されたもので、観音霊場の特徴である懸造《かけづくり》——崖から張り出す舞台となっており、道綱母が涙の礼拝のあとにぼんやりと外を見やったときに「堂は高くて、下は谷と見えたり」とあるのはそのためである（現在の礼堂は再建）。この礼堂で人々は祈り明かしたり、伏して夢のなかで観音の導きを得ようとした。道綱母の見た夢は、ある法師が銚子《ちょうし》（柄の付いた金属製の器）から彼女の膝《ひざ》に水をかけるというもの。南北朝期に成立した『石山寺縁起絵巻』でもこの場面を採りあげており、観音の導きによって道綱母は兼家《かねいえ》の愛を取り戻した、と記しているが、日記ではその後いっそう二人の関係にはひびが入っていく。

「近江八景《おうみはっけい》」では「石山の秋月《しゅうげつ》」が愛《め》でられ、紫式部《むらさきしきぶ》は石山寺から眺めた琵琶湖《びわこ》に浮かぶ月から『源氏物語』の発想を得たという。道綱母も本堂を下りたときに、石山の秋の月を見上げた。しかしその月は細く、湖面に落ちる光はさらさらと風に揺れる。不誠実な夫の愛にすがるよりない、彼女の境遇を暗示するかのような月影だった。

下巻

天禄三年（九七二）〜天延二年（九七四）
作者推定三十七〜三十九歳

一 大納言兼家の偉容

天禄《てんろく》三年（九七二）一月、司召《つかさめし》（京官任命の公事《くじ》）があった。

司召があって、二十五日に、あの人は大納言に昇進したなどと大変な騒ぎだが、わたしのためには今まで以上に自由がきかなくなるだろうと思うと、「お祝いを申し上げます」などと言ってよこす人に対しても、かえって愚弄《ぐろう》されているような気がして、すこしもうれしくない。大夫《たいふ》（五位の通称で、道綱のこと）だけは、心中ひそかに、なんとも言いようもないほどうれしく思っている様子である。次の日頃《ひごろ》、「どうして、『どんなにかお喜びで』と、言葉をかけていけないことがあろうかね。あなたがなんとも言ってくれなくては、昇進した喜びのかいがないよ」などと言ってよこす。

また、月末頃《つきずえ》に、「何か変ったことでもあるのか。こちらは多忙でね。どうして便りさえくれないの。薄情な」など、しまいには、言う言葉がなかったせいか、こちらが言いたい恨み言を逆に言ってよこす。今日もあの人自身の訪れは期待できないということらしいと思ったので、返事に、「御前《ごぜん》での奏聞《そうもん》のお役目はお体のあくひまもない御様子、いたしかたありませんが、わたしにはおもしろくないことです」とだけ書いてやった。

こんなふうに足が遠のいているけれども、今はもうつらいともなんとも思わなくなってしまったから、かえってとても気が楽で、夜も心おきなく横になって寝入っていたところ、門をたたく音がする、はっと目が覚めて、おかしいと思っていると、召使がすぐに門を開けたので、わたしがどぎまぎしているうちに、妻戸口《つまどぐち》に立って、「さっさと開けよ、早く」などと言っているようだ。前にいた侍女たちも、みな気を許した格好をしていたので、逃げ隠れてしまった。応対に手間どるのは見苦しいので、わたしが妻戸口ににじり寄って、「もしかしたらおいでくださるかしらと思って戸締りをせずに寝るということさえ、この頃ではしなくなってしまいましたから、すっかり錠が固くなって、開けにくいこと」と言って開けると、あの人は「ただひたすらこちらを目指してやってきたから、それで戸も鎖《さ》して開かなかったのだろうかね」と言う。さて、夜明け前の頃に、松を吹く風の音が、ひどく荒々しく聞える。独り寝をして明かした多くの夜々《よるよる》、こんな音のしたことがないのは、何かの御加護だったのだわと思うくらいに、荒く聞えるのだった。

一夜明けると、もう二月になってしまったようである。雨がとてものどかに降っている音がする。格子《こうし》を上げたりしたけれども、いつものように慌ただしい気分でないのは、雨のせいであの人がすぐに帰らないかららしい。しかし、このままここにとどまるとは、とても考えられない。しばらくして、「従者どもはまいっているか」などと言って起き出して、やわらかな直衣《のうし》（公卿《くぎょう》の平服）に、程よくしなえた紅《くれない》の練絹《ねりぎぬ》の袿《うちき》（直衣の下に着る衣）を一かさね指貫《さしぬき》（裾《すそ》を足首で括《くく》る袴《はかま》）の上に出し、帯をゆるやかに結んで、歩み出て行くと、侍女たちが「お食事を」などと勧める様子、すると、「いつも食べないのだから、いや、いらないよ」と、機嫌よさそうに言い、「太刀《たち》を早く」と命じると、大夫が取って、簀子《すのこ》に片膝《かたひざ》をついてかしこまっている。ゆったりと歩み出てあたりを見まわし、「植込みの枯草を乱雑に焼いたようだな」などと言う。そのままそこに雨覆《あまおお》いを張った車をさし寄せ、供の男たちがいかにも軽々というふうに車の轅《ながえ》（牛馬に引かせる二本の棒の部分）を持ち上げていると、乗り込んでしまったようだ。下簾《したすだれ》をきちんと下ろし、中門《ちゅうもん》から引き出して、先払いを程よくさせて遠ざかって行く声も、こ憎らしく思われるほど悠然と聞えてくる。

ここ数日来、とても風がはげしいというので、南面《みなみおもて》の座敷の格子《こうし》は上げずにいたが、今日、このようにあの人を見送ったままましばらく外を眺めていると、春雨が程よくのどやかに降って、庭はなんとなく荒れたままの風情《ふぜい》だったが、草はあちらこちら一帯に青く萌《も》え出ていた。いかにもしみじみとした感じである。昼頃、吹き返しの風が吹いて雨雲を払い、晴れ模様の空が見えたけれども、気分が妙にすぐれず、日が暮れてしまうまで、ぼんやり思いに沈んで過ごしてしまった。

司召《つかさめし》、二十五日に、大納言になどののしれど、わがためは、ましてところせきにこそあらめと思へば、御よろこびなど、言ひおこする人も、かへりては弄《ろう》ずるここちして、ゆめうれしからず。大夫《たいふ》ばかりぞ、えも言はず、下《した》には思ふべかめる。またの日ばかり、「などか、『いかに』と言ふまじき。よろこびのかひなくなむ」などあり。

また、つごもりの日ばかりに、「なにごとかある。騒がしうてなむ。などかおとをだに。つらし」など、はては、言はむことのなさにやあらむ、さかさまごとぞある。今日《けふ》もみづからは思ひかけられぬなめりと思へば、返りごとに、「御前申《まへまう》しこそ、御いとまのひまなかべかめれど、あいなけれ」とばかりものしつ。

かかれど、いまはものともおぼえずなりにたれば、なかなかいと心やすくて、夜《よる》もうらもなううち臥《ふ》して寝入《ねい》りたるほどに、門《かど》たたくに驚かれて、あやしと思ふほどに、ふと開《あ》けてければ、心さわがしく思ふほどに、妻戸《つまど》口《ぐち》に立ちて、「とく開《あ》け、はや」などあなり。前なりつる人々も、みなうちとけたれば、逃げかくれぬ。見苦しさに、ゐざり寄りて、「やすらひにだになくなりにたれば、いとかたしや」とて開くれば、「さしてのみまゐり来ればにやあらむ」とあり。さて、あかつきがたに、松吹く風の音《おと》、いと荒く聞こゆ。ここらひとり明かす夜《よ》、かかる音《おと》のせぬは、もののたすけにこそありけれとまでぞ聞こゆる。

明くれば二月《きさらぎ》にもなりぬめり。雨いとのどかに降るなり。格子《かうし》などあげつれど、例のやうに心あわたたしからぬは、雨のするなめり。されどとまるかたは思ひかけられず。とばかりありて、「をのこどもはまゐりにたりや」など言ひて、起き出《い》でて、なよよかなる直衣《なほし》、しをれよいほどなる掻《かい》練《ねり》の袿《うちき》一襲《ひとかさね》垂《た》れながら、帯ゆるるかにて、歩み出づるに、人々「御粥《かゆ》」など、気色《けしき》ばむめれば、「例食《れいく》はぬものなれば、なにかは、なにに」と心よげにうち言ひて、「太刀《たち》とくよ」とあれば、大夫《たいふ》取りて、簀子《すのこ》にかた膝《ひざ》つきてゐたり。のどかに歩み出《い》でて見まはして、「前栽《せざい》をらうがはしく焼きためるかな」などあり。やがてそこもとに、雨皮《あまかは》張りたる車さし寄せ、をのこどもかるらかにて、もたげたれば、はひ乗りぬめり。下簾《したすだれ》ひきつくろひて、中門《ちゅうもん》より引き出でて、さきよいほどに追はせてあるも、ねたげにぞ聞こゆる。

日ごろ、いと風はやしとて、南面《みなみおもて》の格子《かうし》はあげぬを、今日《けふ》、かうて見出《みい》だして、とばかりあれば、雨よいほどにのどやかに降りて、庭うち荒れたるさまにて、草はところどころ青みわたりにけり。あはれと見えたり。昼つかた、かへしうち吹きて、晴るる顔の空《そら》はしたれど、ここちあやしうな

―やましうて暮れはつるまで、ながめ暮らしつ。

二 兼家の娘を養女に迎える

将来を心細く思う作者は、天禄《てんろく》三年（九七二）二月、兼家が、源兼忠《かねただ》の息女との間にもうけた娘を、兼家にはそれと知らせずに養女にもらい受けることにした。迎えの使いは道綱であった。

人目にたたないようにして、ただこざっぱりした網代車《あじろぐるま》に、馬に乗った従者たちが四人、下人は大勢ついていく。大夫《たいふ》（道綱）がそのまま乗り込み、車のうしろの席に、今度の一件で口をきいた人を乗せて、いっしょに行かせた。

その日、珍しくあの人（兼家）から手紙が来たので、「お見えになるかもしれないが、困ったわ。かちあっては具合が悪いでしょう。急いで行って連れておいで。しばらくはあの子（養女に迎えた娘）のことを知られないようにしておきたいの」「ともかく、すべて成行きにまかせましょう」などと相談して間に合うように迎えにやったかいもなく、あの人に先を越されてしまったので、どうしようもないと思っているうちに、しばらくして大夫一行が帰って来た。

「大夫はどこへ行っていたのだ」と尋ねるので、適当にごまかしている。が、日頃もこんなことになるのではないかと予想していたので、「心細い身の上ですから、男親の見捨てていた子をもらうことにしました」などと話していたものだから、あの人にわかってしまって、「どれ見たいものだ。誰《だれ》の子だね。わたしがもう年老いたというので、若い男をさがして、わたしを勘当しようとなさるのであろう」と言うので、とてもおかしくなって、「それでは、お目にかけましょう。お子さまにしてくださいますか」と聞くと、「それはいい。そうしよう。さあ早く早く」とせきたてるので、わたしもさっきから気になっていたことでもあり、呼び出した。

聞いていた年のわりにはとても小柄で、たとえようもないほど子供子供している。近くに呼び寄せて、「お立ち」と言って立たせると、身の丈《たけ》は四尺（約一二一チセン）ばかりで、髪は抜け落ちたのだろうか、末の方をそいだような感じで、身の丈に四寸（約一二チセン）ほど足りない。とてもいじらしい様子で、髪の具合も美しく、姿格好がまことに上品である。

あの人は、見て、「ああ、とてもかわいらしいね。誰の子だ。さあ隠さずに言いなさい」と言うので、ここにいるのが父親だと知ってもこの子も恥ずかしがることもなさそうだから、まあいい、打ち明けてしまおうと思って、「では、いとしいとお思いになりますか。申しあげましょう」と言うと、ますますせきたてられる。「まあ、やかましいこと。あなたのお子さまですよ」と言うと、びっくりして、「なに、なんだって。どちらのだ」と言うけれど、わたしがすぐに返事をしないでいると、「もしかしたら、しかじかの所（兼忠《かねただ》の息女）に生れたと聞いた子か」と言うので、「そのようですわ」と答えると、「ほんとになんてことだ。今はもう落ちぶれて居所《いどころ》もわからなくなってしまったろうと思っていたのに。こんなになるまで知らずにいたとはね」と言って、思わず涙をこぼすのだった。この子も、どう思っているのだろうか、うつぶして泣いている。まわりの人たちも、感動して、昔物語にでもあるような話なので、みな泣いてしまった。わたしも単衣《ひとえ》の袖《そで》を何度も何度も引き出してはつい泣いてしまう、と、あの人は、「まったくだしぬけに、もう通《かよ》っては来まいと思っている所に、こんなかわいい人が来られたとは。わたしが連れて帰ろう」などと冗談を言いながら、夜が更《ふ》けるまで、泣いたり笑ったりして、みな寝た。

翌朝、帰りぎわに、この子を呼び出して、見て、まことにいとしそうにしたのだった。

「すぐに連れて行こう。車を寄せたら、さっとお乗りよ」と笑いながら言って、行かれてしまった。それから後、手紙などがある時には、必ず、「小さい人はどうしているかね」などと、しばしば言ってくる。

忍びて、ただ清げなる網代車《あじろぐるま》に、馬《むま》に乗りたるをのこども四人、下人《しもびと》はあまたあり。大夫《たいふ》やがてはひ乗りて、しりに、このことに口入れたる人と乗せてやりつ。

今日《けふ》、めづらしき消息《せうそこ》ありつれば、「さもぞある。行《い》きあひては悪《あ》しからむ。いととくものせよ。しばしは気色《けしき》見せじ」「すべてありやうに従はむ」など、定めつるかひもなく、さきだたれにたれば、いふかひなくてあるほどに、とばかりありて来《き》ぬ。

「大夫は、いづこに行《い》きたりつるぞ」とあれば、とかう言ひ紛らはしてあり。日ごろもかく思ひまうけしかば、「身の心細さに、人の捨てたる子をなむ取りたる」などものしおきたれば、「いで見む。誰《た》が子ぞ。われいまは老《お》いにたりとて、若人《わかうど》求めてわれを勘当《かんだう》したまへるならむ」とあるに、いとをかしうなりて、「さは、見せたてまつらむ。御子にしたまはむや」ともののすれば、「いとよかなり。させむ。なほなほ」とあれば、われも、とういぶかしさに、呼び出《い》でたり。

聞きつる年よりもいと小さう、いふかひなく幼げなり。近《ちか》う呼び寄せて、「立て」とて立てたれば、丈《たけ》四尺ばかりにて、髪は落ちたるにやあらむ、裾《すそ》そぎたるここちして、丈に四寸ばかりぞ足《た》らぬ。いとらうたげにて、頭《かしら》つきをかしげにて、様体《やうだい》いとあてはかなり。

見て、「あはれ、いとらうたげなめり。誰《た》が子ぞ。なほ言へ言へ」とあれば、恥《はぢ》なかめるを、さはれ、あらはしてむと思ひて、「さは、らうたしと見たまふや。聞こえてむ」と言へば、まして責めらる。「あなかまし。御子ぞかし」と言ふに、驚きて、「いかにいかに。いづれぞ」とあれど、とみに言はねば、「もし、ささのところにありと聞きしか」とあれば、「さなめり」とものするに、「いといみじきことかな。いまははふれうせにけむとこそ見しか。かうなるまで見ざりけることよ」とてうち泣かれぬ。この子もいかに思ふにかあらむ、うちうつぶして泣きゐたり。見る人も、あはれに、昔物語《むかしものがたり》のやうなれば、みな泣きぬ。単衣《ひとへ》の袖《そで》、あまたたび引き出《い》でつつ泣かるれば、「いとうちつけにも、ありきには、いまは来《こ》じとするところに、かくていましたること。われゐていなむ」など、たはぶれ言ひつつ、夜更《よふ》くるまで、泣きみ笑ひみして、みな寝《ね》ぬ。

つとめて、帰らむとて、呼び出《い》だして、見て、いとらうたがりけり。「いまゐていなむ。車寄せばふと乗れよ」とうち笑ひて出《い》でられぬ。それより後《のち》、文《ふみ》などあるには、かならず、「小さき人はいかにぞ」など、しばしばあり。

三 賀茂《かも》の臨時の祭

天禄《てんろく》三年（九七二）十一月、太政大臣藤原伊尹《これまさ》が薨去《こうきょ》した。わが身の衰えを嘆く作者にとって、今は道綱と養女の成長だけが希望である。天延《てんえん》二年（九七四）十一月、賀茂（上賀茂《かみがも》・下鴨《しもがも》神社）の臨時の祭の日、道綱が舞人《まいびと》に召されることとなった。

祭の当日、ぜひ見たいものだと思って出かけたところ、道の北側に、格別どうということもない檳榔毛《びろうげ》の車（四位以上の者や女官・高僧などが乗る牛車《ぎつしや》）が、後ろも前も簾《すだれ》を下ろして止っていた。前のほうの簾の下から、こざっぱりした掻練《かいねり》（紅色の練絹《ねりぎぬ》製の袿《うちき》）の上に紫の織物の重なった袖《そで》がこぼれ出ているようである。女車《おんなぐるま》だったのだなと思って見ていると、車のうしろのほうにあたる家の門から、太刀《たち》を腰につけた六位の者が、威儀を正して出て来て、車の前のほうにひざまずいて何か言っているので、おやと思って目をとめて見ると、その六位の者の出て来た車のそばには、緋《ひ》色《いろ》の袍《ほう》を着た五位の人や黒色の袍を着た四位以上の人たちがぎっしり集まって、数えきれないくらい立っているのだった。

「よくよく見渡してみますと、見たことのある人々がいるのでございました。殿のお車ですわ」と侍女が言う。例年よりは早く儀式がすんで、上達部《かんだちめ》（公卿《くぎよう》）の車や連れ立って歩いて来る者は、みな、たむろしている一団を見て、あの人（兼家）の車と察したのであろう、そこに止って、同じ所に、前をそろえて車をとどめた。わたしが心にかけているあの子（道綱）は、急に舞人として召されて出たにしては、供人《ともびと》などもきらびやかに見えた。上達部が、手ごとに果物《くだもの》などをさし出しては、何か言葉をかけたりなさるので、わたしも面目をほどこしたような気がした。また、古風なわたしの父（倫寧《ともやす》）も、身分の違いゆえ例によって上達部のそば近く寄ることはできないので、山吹をかざした陪従《べいじゅう》（祭に奉仕する楽人）たちの中にいたのを、散らばっている人たちの中から、あの人が特に連れ出して来させて、あの家の内から酒など運び出してあったので、父が盃《さかずき》をさされたりしているのを見ると、わたしも、そのほんの片時だけは、満ち足りた思いがしたのであったろうか。

祭の日、いかがは見ざらむとて、出《い》でたれば、北のつらに、なでふこともなき檳榔毛《びりやうげ》、後《しり》、口《くち》、うちおろして立てり。口のかた、簾《すだれ》の下より、清げなる掻練《かいねり》に紫の織物重なりたる袖《そで》ぞさし出《い》でためる。女車《をんなぐるま》なりけりと見るところに、車の後《しり》のかたにあたりたる人の家の門《かど》より、六位なるものの太刀《たち》佩《は》きたる、ふるまひ出《い》で来《き》て、前のかたにひざまづきて、ものを言ふに、驚きて目をとどめてみれば、かれが出で来つる車のもとには、赤き人黒き人おしこりて、数もしらぬほどに立てりけり。

「よく見もていけば、見し人々のあるなりけり」と言ふ。例の年よりは、こととうなりて、上達部《かんだちめ》の車、かいつれて来るもの、みなかれを見てなべし、そこにとまりて、おなじところに、口をつどへて立ちたり。わが思ふ人、にはかに出でたるほどよりは、供人《ともびと》などもきらぎらしう見えたり。上達部《かんだちめ》、手ごとに果物《くだもの》などさし出でつつ、もの言ひなどしたまへば、面《おも》だたしきここちす。また、古めかしき人も、例の許されぬことにて、山吹《やまぶき》の中にあるを、うちちりたる中に、さしわきてとらへさせて、かのうちより酒などとり出でたれば、土器《かはらけ》さしかけられなどするを見れば、ただその片時《かたとき》ばかりや、ゆく心もありけむ。

四 結び

今年は、天候がひどく荒れるというふうではなくて、まだら雪が二度ほど降っただけである。助《すけ》（道綱。右馬助）の元日の装束など、また、白馬《あおうま》の節会《せちえ》に着て行く物などとのえているうちに、大晦日《おおみそか》になってしまった。明日《あす》の元日の引出物にする物を、折らせたり巻かせたり、侍女たちに任せなどしていて、考えてみると、このように生き長らえて、今日まで過ごしてきたのも、まったく意外で、御魂祭《みたままつり》（大晦日に訪れるという死者の霊を祀《まつ》る祭）など見るにつけ、いつものように尽きせぬ物思いにふけっているうちに、今年も終ってしまったのだった。ここは京のはずれ（前年に移った広幡中川の父の別邸。今の上京区荒神町の付近かという）なので、夜がすっかり更《ふ》けてから、追儺《ついな》（悪鬼を払う行事）の人たちが門をたたきながら回って来る音が聞える。（と、もとの本にある）

今年《ことし》いたう荒るるとなくて、斑雪《はだらゆき》ふたたびばかりぞ降りつる。助《すけ》のついたちのものども、また白馬《あをむま》にものすべきなど、ものしつるほどに、暮れはつる日にはなりにけり。明日《あす》のもの、折り巻かせつつ、人にまかせなどして、思へば、かうながらへ、今日《けふ》になりにけるもあさましう、御魂《みたま》など見るにも、例の尽きせぬことにおぼほれてぞはてにける。京のはてなれば、夜《よ》いたう更《ふ》けてぞたたき来《く》なる。（とぞ本に）

とはずがたり

久保田 淳［校訂・訳］

とはずがたり

❖あらすじ

『とはずがたり』は、文永《ぶんえい》八年（一二七一）、作者（後深草院二条《ごふかくさいんのにじょう》）十四歳の記事から始まり、徳治《とくじ》元年（一三〇六）作者四十九歳の頃《ころ》の記事で終る。『蜻蛉日記』以上に、長い年月に及ぶ波乱万丈の半生記である。全五巻のうち、前の三巻が「宮廷編」、あとの二巻が「紀行編」とも称されるように、内容は大きく二つの部分に分かれる。「宮廷編」は、後深草院の宮廷での生活の回想録、「紀行編」は宮廷を追われたあと出家した作者の、諸国遍歴の記録である。

巻一〜三　十四歳を迎えた春、作者は後深草院の寵愛《ちょうあい》を受けるようになった。翌年、作者の父は病床に臥《ふ》し、懐妊中の娘の身を案じつつ、身の処し方を教え諭《さと》す遺言をして亡くなる。父の喪に服していた作者のもとを、以前から作者に思いをかけていた男性（雪の曙《あけぼの》＝西園寺《さいおんじ》実兼《さねかね》）が訪れ、二人は結ばれる。作者は無事に院の皇子を出産したが、雪の曙との密会を続け、彼の子供を出産する。後深草院は、伊勢《いせ》の斎宮《さいぐう》の任を終えて上京した異母妹に心を奪われ、作者に手引きをさせて逢瀬《おうせ》を遂げた。一方、作者は後深草院の異母弟にあたる高僧（有明《ありあけ》の月）から愛情を告白される。のちに御所を訪れた有明の月と関係を持ち、彼の執着の強さを恐ろしく思いながらも逢瀬を重ねてしまう。有明の月は、冷淡な作者の態度に絶望し、恐ろしい起請文《きしょうもん》を送ってくる。後深草院と、院の同母弟亀山《かめやま》院との不和は、鎌倉幕府も憂慮するほどであったが、二人は蹴鞠《けまり》や小弓の競技などを通して宥和《ゆうわ》をはかる。その小弓の負けわざとして、『源氏物語』

の若菜下巻に描かれた六条院《ろくじょういん》の女楽《おんながく》の趣向を真似ようということになる。作者は身分が劣る明石《あかし》の上に扮《ふん》することになったうえに、席次を下げられるなどの屈辱を味わい、抗議の意味をこめて御所を出奔《しゅっぽん》する。尼僧のもとに身を隠していた作者を、院が自ら迎えに来て、作者は御所に戻ることになった。有明の月との関係は院の知るところとなるが、院は二人の関係を後押ししさえする。作者は有明の月の子を身ごもり、男の子を出産するが、有明の月は流行病にかかって急逝《きゅうせい》してしまう。この頃、亀山院と作者との仲が取《と》り沙汰《ざた》されたこともあり、院はしだいに作者に冷淡になっていった。有明の月の遺児をふたたび出産した作者は、妃の東二条院の訴えを受け入れた院の意向によって御所を退くことになる。

巻四〜五　正応二年（一二八九）、出家をはたした作者は、東国への旅に向かい、鎌倉《かまくら》に入る。鎌倉では将軍の交代劇を目撃し、新将軍（後深草院皇子久明《ひさあきら》親王）の御所のしつらいの助言などをする。善光寺《ぜんこうじ》や浅草観音堂《あさくさかんのんどう》などにも詣《もう》でたのち、作者は鎌倉をあとにする。都を出てから一年半あまりが経っていた。都に戻ってのち、春日《かすが》大社や中宮寺《ちゅうぐうじ》、當麻寺《たいまでら》などをめぐって帰る途中、石清水八幡宮《いわしみずはちまんぐう》で偶然に出家姿の院と再会し、一夜を語り明かす。院からは形見の小袖《こそで》が渡された。そののち伊勢神宮にも参詣し、神官たちと和歌の贈答などもする。都に戻った作者は、院の召しに応じて伏見御所を訪れ、これまでの出来事をしみじみと語り合う。御所を去ったのちに多くの男と契りを交わしたにちがいないと疑いをかける院に対して、作者は身の潔白を訴えるのだった。西国に旅立った作者は、厳島《いつくしま》神社に参詣《さんけい》し、四国にまで足をのばす。作者の帰京後、後深草院は発病し、死去する。作者は院の葬送の車を裸足《はだし》で追った。そののち、後深草院の皇女である遊義門院《ゆうぎもんいん》と石清水八幡宮で再会し、この偶然の再会の不思議さをかみしめるうちに『とはずがたり』は終る。

巻一

文永八年（一二七一）～十一年
作者十四～十七歳
後深草院二十九～三十二歳

一　後《ご》深《ふか》草《くさ》院《いん》と父との密約

一夜のうちに立春となったことを告げる霞《かすみ》を、今朝（文永八年の元旦。作者十四歳）はあたかも待ちかまえていて出仕したかのように、女房《にようぼう》たちは華やかに着飾り、妍《けん》を競って並んでいるので、わたしも人並に御所に出仕した。その時の衣装はつぼみ紅梅《こうばい》（春の初めに用いる襲《かさね》の色目）だったか、七つ襲《がさね》に紅《くれない》の袿《うちき》、萌黄《もよぎ》の上着《うわぎ》、赤色の唐衣《からぎぬ》（正装時に上着の上に着る衣）などを着ていたのであろうか。梅唐草《うめからくさ》を浮織《うきおり》にした二つ小袖《こそで》に、唐垣《からかき》（中国風の垣か）に梅を縫ってあるのを着ていた。

今日の御薬《くすり》（正月の屠蘇《とそ》など）の役として、父の大納言《だいなごん》（久《こ》我《が》雅忠《まさただ》）がお給仕に参上される。表向きの儀式が終ってから、特にまた内へ召し入れられて、台盤所《だいばんどころ》（女房の詰め所）の女房たちなどをお召しになり、例のごとく体もふらふら傾くほどの酒宴が催されたが、父は三三が九というわけで、公の儀式でも三杯を三回勧める九返《ここのかえ》りの献盃《けんぱい》であったので、「また内々のお盃事《さかずきごと》でも、同じ数で」と申されたが、御所様《ごしょ》（後深草院。二十九歳）は、「今度は九三（九杯ずつ三回応酬し、計二十七杯飲む）としよう」と仰《おお》せられて、まったく上の者も下の者もひどくお酔いになった後、御所様がお盃を父にくだされる際に、「今年の春からは、『たのむの雁《かり》（そなたの娘）』もわたしのほうに寄せてくれよ」と仰せられて下賜《かし》される。父はひどくかしこまって、九三をご返盃して退出する際に、何であろうか、御所様が父にこっそりと仰せられたご様子だとはわかったが、それがどのようなことかはどうして知ろうか。

呉竹《くれたけ》の一夜《ひとよ》に春の立つ霞《かすみ》、今朝《けさ》しも待ち出《い》でがほに、花を折り、匂《にほ》ひを争ひて並《な》み居《ゐ》たれば、我《われ》も人並々《ひとなみなみ》にさし出でたり。つぼみ紅梅《こうばい》にやあらむ、七《なな》つに、紅《くれなゐ》の袿《うちき》、萌黄《もよぎ》の表着《うはぎ》、赤色《あかいろ》の唐衣《からぎぬ》などにてありしやらむ。梅唐草《うめからくさ》を浮き織りたる二小袖《ふたつこそで》に、唐垣《からかき》に梅を縫ひてはべりしをぞ着《き》たりし。

今日《けふ》の御薬《くすり》には大納言《だいなごん》、陪膳《はいぜん》に参らる。外様《とざま》の式《しき》果てて、また内《うち》へ召し入れられて、台盤所《だいばんどころ》の女房《にようばう》たちなど召されて、如法《によほふ》をれこだれたる九献《くこん》の式あるに、大納言三々九《さんさんく》とて、外様にても九返《ここのかへ》りの献盃《けんぱい》にてありけるに、「また内々《うちうち》の御事にも、その数にてこそ」と申されけれども、「この度《たび》は九《く》三《さん》にてあるべし」と仰《おほ》せありて、如法上下《じやうげ》酔《ゑ》ひ過ぎさせおはしましたる後《のち》、御所《ごしよ》の御土器《かはらけ》を大納言に賜はすとて、「この春よりは、たのむの雁《かり》もわが方《かた》によ」とて賜ふ。ことさら畏《かしこ》まりて、九三《くさん》返したまひてまかり出《い》づるに、何とやらむ、忍びやかに仰せらるることありとは見れど、何事とはいかでか知らむ。（略）

局《つぼね》に下がっていると、雪《ゆき》の曙《あけぼの》（西園寺《さいおんじ》実兼《さねかね》）から手紙と贈り物の衣が届く。作者と雪の曙は慕情を交わす仲であった。

十五日の夕方、「河崎《かわさき》（京都市上京区寺町通の東にあった作者の実家）から迎えに来ました」と言って、人がわたしを訪ねてきた。早すぎると煩わしく思ったけれども、いやと言うわけにもいかないので、御所を退出した。実家に帰って、見ると、なぜかしら、例年よりも立派な様子で、屏風《びょうぶ》や畳も、几帳《きちょう》や引物《ひきもの》（布製の障屏具）まで、特に心を配っているように見えるとは思ったものの、年の初めのことだからかしらなど思って、その日は暮れた。

翌日は、「やれ召上がり物だ、やれ何だ」と大勢集まって騒いでいる。「殿上人《てんじょうびと》の馬はどこそこにつなごう、公卿《くぎょう》の牛車《ぎっしゃ》の牛はどうこうしよう」などと言っている。祖母である久我《こが》の尼上《あまうえ》などがやってきて集まって、ざわざわしているので、わたしが、「いったい、どうしたのですか」と言うと、父は笑って、「いやなに、院の御所（後深草院）が、『今夜、御方違《かたたが》え（陰陽道《おんみょうどう》で、目的地の方角が凶となる時、迂回《うかい》して方角を変えること）においでになる』と仰《おお》せられたのだが、ちょうど年の初めだから、特にきちんとするのだ。その際のお給仕のために、そなたを迎えたのだ」と言われるので、「節分でもないのに。何の御方違えなの」と尋ねると、「ああ、いつまでもねんねでしょうのないこと」と言って、皆は笑う。それでも、どうしてそのわけがわかるだろうか。わたしがいつもいる部屋にも、並々でなく立派な屏風を立て、小几帳《こぎちょう》を立てなどしてある。「ここまでも改まって御所様をお迎えするのですか。このようにしつらえてあるのは」などと言うと、人は皆笑って、わけを言って聞かせる人もいない。

夕方になって、白い三枚重ねの単衣《ひとえ》と濃い紅の袴《はかま》を、これを着るようにとよこされた。空薫《そらだ》き（どこからともなく漂ってくるよう香を焚《た》くこと）などをする有様も、いつもと違って仰々しい様子である。灯《あかり》をともした後、継母が、色鮮やかな小袖《こそで》を持ってやってきて、「これを着なさい」と言う。またしばらくして、父大納言がおいでになって、衣《い》桁《こう》に御所様のお召物を掛けなどして、「御所様の御幸まで寝入らずにお仕えせよ。女性は何事も強情でなく、相手の思う通りに素直に従っているのがよいのだ」などと言われるのも、いったい何についての教訓とも、合点できない。何だか煩わしいような気がして、炭櫃《すびつ》のもとに身を寄せて横になり、寝入ってしまった。


十五日の夕《ゆふ》つ方《かた》、「河崎《かはさき》より迎へに」とて、人訪《たづ》ぬ。いつしかとむつかしけれども、いなと言ふべきならねば、出《い》でぬ。見れば、何とやらむ、常の年々《としどし》よりも栄《は》え栄《ば》えしく、屏風《びやうぶ》、畳《たたみ》も、几帳《きちやう》、引物《ひきもの》まで、心ことに見ゆるはと思へども、年の初めのことなればにやなど思ひて、その日は暮れぬ。

明くれば、「供御《くご》の、何か」とひしめく。「殿上人《てんじやうびと》の馬、公卿《くぎやう》の牛」など言ふ。母の尼上《あまうへ》など来集《きあつ》まりてそそめく時に、「何事ぞ」と言へば、大納《だいな》言《ごん》うち笑ひて、「いさ、『今宵《こよひ》御方違《かたたが》へに御幸なるべし』と仰《おほ》せらるる時に、年の初めなれば、ことさらひきつくろふなり。その御陪膳《はいぜん》の料《れう》にこそ迎へたれ」と言はるるに、「節分《せちぶん》にてもなし。何の御方違《かたたが》へぞ」と言へば、「あら言ふかひなや」とて、皆人《みなひと》笑ふ。されども、いかでか知らむに、わが常に居《ゐ》たる方《かた》にも、なべてならぬ屏風立て、小几帳《こぎちやう》立てなどしたり。「ここさへ晴《はれ》にあふべきか。かくしつらはれたるは」など言へば、皆人《みなひと》笑ひて、とかくのこと言ふ人なし。

夕方になりて、白き三単衣《みつひとへ》、濃き袴《はかま》を、着るべきとておこせたり。空薫《そらだ》きなどするさまも、なべてならずことごとしきさまなり。灯ともして後《のち》、大納言の北の方、あざやかなる小袖《こそで》を持ちて来て、「これ着よ」と言ふ。またしばしありて、大納言おはして、御竿《みさを》に御衣《おんぞ》掛けなどして、「御幸まで寝入らで宮仕《みやづか》へ。女房《にようばう》は何事もこはごはしからず、人のままなるがよきことなり」など言はるるも、何《なに》の物教へとも、心得やりたる方《かた》なし。何とやらむ、うるさきやうにて、炭櫃《すびつ》のもとに寄《よ》り臥《ふ》して寝入りぬ。（略）

わたしは襖《ふすま》の内側を入ってすぐの場所に置いてある炭櫃《すびつ》に、少しの間寄りかかっていたが、着物を引きかぶって寝てしまった後、何も知らないでいるうちに、どれほどたってか目を覚ますと、ともし火も薄暗くなっていて、帳《とばり》の類《たぐい》も下ろしてしまったのか、襖の奥に寝ているわたしのそばに、さも物慣れた様子で寝ている人がいる。

これはいったいどうしたことだろうと思うとすぐ、わたしは起きて行ってしまおうとした。すると、そのお方、御所様はわたしをお起こしにならず、幼かった昔からわたしのことをいとしいとお見初めになって、十四歳になるまでの月日を待ち暮してきたなど、何やかや、とてもすっかり書き続けられそうな言葉もないほどにおっしゃるけれども、耳にも入らず、ただ泣くよりほかにすべもなくて、御所様の御袂《たもと》まで乾いたところもないほど涙で濡《ぬ》らしてしまったので、御所様も慰めあぐねられて、さすがに荒々しくなどは振る舞われなかったけれども、「あまりに何事もないままに、どんどん年もたってゆくものだから、せめてこのようなついでにでもと思い立ってやって来たのだ。今は他の人々も、それとわかったであろうに、このようにそっけなくては、どうしてこのまま終ってしまえるだろうか」とおっしゃるので、「そうだったのか。他人に知られない秘密の恋愛ということですらなくて、人々にもすっかり知られて、この一夜の夢のような経験のせいで、これからずっと思い悩むのだろうか」などと今から気がかりなのは、このような場合でもやはり物事を考える心があったのだろうかと、我ながらあきれる。「それでは、どうしてこれこれのはずであるとも伺って、父ともよく相談させてくださらなかったのですか」とか、「もう、人に顔を見せることができません」などと、かきくどいて泣いていると、御所様はわたしの幼さをあまりにも頼りなさそうにお思いになって、お笑いになるのだが、わたしにはそのことさえ、つらく悲しい。

これは障子《しやうじ》の内の口に置きたる炭櫃《すびつ》に、しばしばかり掛かりてありしが、衣《きぬ》引き被《かづ》きて寝《ね》ぬる後《のち》の、何事も思ひわかであるほどに、いつのほどにか寝おどろきたれば、ともし火《び》もかすかになり、引物《ひきもの》もおろしてけるにや、障子の奥に寝たるそばに、馴《な》れがほに寝たる人あり。

こは何事ぞと思ふより、起き出《い》でて去《い》なむとす。起こしたまはで、いはけなかりし昔よりおぼしめし初《そ》めて、十《とを》とて四《よ》つの月日《つきひ》を待ち暮しつる、何くれ、すべて書きつづくべき言《こと》の葉《は》もなきほどに仰せらるれども、耳にも入《い》らず、ただ泣くよりほかのことなくて、人の御袂《たもと》まで乾く所《ところ》なく泣き濡《ぬ》らしぬれば、慰めわびたまひつつ、さすが情けなくももてなしたまはねども、「余りにつれなくて、年《とし》も隔てゆくを、かかる便《たよ》りにてだになど思ひたちて。今は人《ひと》も、さとこそ知りぬらめに、かくつれなくては、いかがやむべき」と仰せらるれば、「さればよ。人知らぬ夢にてだになくて、人にも知られて、一夜《ひとよ》の夢の覚《さ》むる間《ま》もなく、物をや思はむ」など案ぜらるるは、なほ心のありけるにやとあさまし。

「さらば、などやかかるべきぞともうけたまはりて、大納《だいな》言《ごん》をもよく見せさせたまはざりける」と、「今は人《ひと》に顔を見すべきかは」と、くどきて泣き居《ゐ》たれば、あまりに言ふかひなげにおぼしめして、うち笑はせたまふさへ、心憂《こころう》く悲し。（略）

昼頃《ひるごろ》、思いがけない人（雪の曙《あけぼの》＝西園寺《さいおんじ》実兼《さねかね》）からの手紙があった。見ると、
「今よりや思ひ消えなむひとかたに煙《けぶり》の末のなびきはてなば

——これからは、思いの火も消えてしまうのだろうか——わたしは恋の思いに命も絶えてしまうのでしょうか。煙の末が一方になびいてしまったならば——あなたが御所様に従ってしまわれたならば

これまで、平気な様子を装って生き長らえてきましたが、これからは何を期待して生きていられるでしょうか」などという文句が、「消えねただしのぶの山の峰の雲かかる心のあともなきまで（消えてしまえ、信夫山にかかる雲よ。絶えてしまえ、我が命よ。忍ぶ恋心がなくなるように）」（新古今集）という古歌を泥絵の具で彩ってある縹色《はなだいろ》の薄様《うすよう》に書いてある。その「しのぶの山の」とある箇所を少し破って、

知られじな思ひ乱れて夕煙《ゆふけぶり》なびきもやらぬ下《した》の心は

——気づかれないのですね。思いの火の夕煙がなびきもやらず立ちのぼっている、その下の千々に乱れる心は。御所様のお心にも従わずに、このように思い悩んでいるわたしの秘めた心の中《うち》は

とだけ書いて返事にやったのも、これは、いったいどういうつもりだろうかと、我ながら

らいぶかしく思われました。

昼《ひる》つ方《かた》、思ひよらぬ人の文《ふみ》あり。見れば、

「今よりや思ひ消えなむひとかたに煙《けぶり》の末のなびきはてなば

これまでこそ、つれなき命も長《なが》らへてはべりつれ。今は何事をか」などあり、「かかる心のあとのなきまで」とだみつけにしたる縹《はなだ》の薄様《うすやう》に書きたり。「しのぶの山の」とある所をいささか破《や》りて、

知られじな思ひ乱れて夕煙《ゆふけぶり》なびきもやらぬ下《した》の心は

とばかり書きて遣はししも、とは何事ぞと、我ながらおぼえはべりき。

二 後《ご》深《ふか》草《くさ》院《いん》に連れられて御所へ

こうしてその日を過ごしましたが、薬湯などにすら見向きもしませんでしたので、人

人は、「特別に重い病気だろうか」などと話し合っていて、すっかり暮れたと思う時分、「御幸《みゆき》」と言う声が聞こえる。

またどんなことになるのだろうと思うまもなく、御所様は襖《ふすま》を引き開けて、たいそう物慣れたご様子で入っていらして、「気分が悪いそうだが、どうだね」などお尋ねになるけれども、ご返事を申しあげる気にもなれず、ただ横になったままでいると、添臥《そいぶ》しなさって、さまざまおっしゃるお言葉を残ることなくお伺いするにつけ、「さあ、どんなものかしら。本当とは思われない」とばかり感じられるので、「いつはりのなき世なりせばいかばかり人の言の葉うれしからまし（この世の中にもしも嘘偽《うそいつわ》りがなかったならばどんなにあなたの心がうれしいでしょう）」（古今集）というあの古歌を口にしてしまいたいのに加えて、「『思ひ消えなむ夕煙』と言い送ってきたあの方に、わたしが早くも御所様になびいてしまったと知られるのも、あまりに誠意がないことだろうか」などと思い悩んで、少しのご返事も申しあげないうちに、御所様は今夜はわたしのことをひどく荒々しくお扱いになられて、この身に着けていた薄い衣はひどくほころんでしまったのだろうか、すっかり残ることなく失われてゆくにつけても、有明《ありあけ》の月のようにまだこの世に生き長らえているという噂《うわさ》を立てられることさえ恨めしい気がして、

心よりほかに解けぬる下紐《したひぼ》のいかなる節《ふし》に憂《う》き名《な》流さむ

――心ならずも解けてしまった下紐《したひも》の結び目の節《ふし》、その節のようにどのような折節にわたしは憂き名を流すのでしょうか

などと思い続けていたのも、このような場合でも物を考える心はやはりあったのだなと、我ながらひどく不思議な気がする。

かくて日暮しはべりて、湯などをだに見入れはべらざりしかば、「別《べち》の病《やまひ》にや」など申し合ひて、暮れぬと思ひしほどに、「御幸」と言ふ音すなり。またいかならむと思ふほどもなく、引き開けつつ、いと馴《な》れがほに入りおはしまして、「悩ましくすらむは、何事にかあらむ」など御尋ねあれども、御答《いら》へ申すべき心地《ここち》もせず、ただうち臥《ふ》したるままにてあるに、添《そ》ひ臥《ふ》したまひて、さまざまうけたまはり尽くすも、「いさやいかが」とのみおぼゆれば、「なき世なりせば」と言ひぬべきにうち添へて、「思ひ消えなむ夕煙、一方《ひとかた》にいつしかなびきぬと知られむも、あまり色なくや」など思

ひわづらひて、つゆの御答《いら》へも聞こえさせぬほどに、今宵《こよひ》はうたて情けなくのみあたりたまひて、薄き衣《ころも》はいたくほころびてけるにや、残る方《かた》なくなりゆくにも、世に有明《ありあけ》の名さへ恨めしき心地《ここち》して、

心よりほかに解けぬる下紐《したひぼ》のいかなる節《ふし》に憂《う》き名《な》流さむ

など思ひつづけしも、心はなほありけると、我ながらいと不思議なり。（略）

後深草院は還御《かんぎよ》の時、作者のいじらしい様子を見て、思わず車に乗せて連れ出してしまう。不安に震える作者と院を乗せた車は、御所に着いた。

角《すみ》の御所の中門《ちゆうもん》に、御車を引き入れて、御所様はお降りになって、善勝寺《ぜんしようじ》の大納言（作者の母方の叔父四条隆顕《しじようたかあき》）に、「この子が、あまりにも頼りない赤子のような有様なので、放っておきにくくて連れてきたのだ。しばらく人には知らせまいと思う。お前が世話をするように」と言い置かれて、常《つね》の御所（後深草院の居間）へお入りになった。

幼い時からお仕えしなれた御所とも思われず、恐ろしく遠慮される感じで、家を出て

きたことも後悔され、「これから、このわたしはどうなることだろうか」とあれこれ思い続けられて、またも涙ばかりがぽろぽろこぼれるのに、父の声が聞えるのは、わたしのことを気がかりに思ってのことかと、しみじみとした心になる。善勝寺の大納言が御所様のお言葉を伝えると、父は、「今となってはこのように妃《きさき》でもなく女房《にょうぼう》でもないというような中途半端な状態はよくないでしょう。ただ今までと同様の状態で召し置かれていただきたい。隠すにつけて噂《うわさ》が漏《も》れるのも、かえってよろしくないのではないでしょうか」と言って、出て行かれた足音がするにつけ、「本当に、どうなることだろうか」と、今さら身の置き所もないような気がして悲しいのに、御所様が入っていらっしゃって、尽きない愛の誓いのお言葉ばかりを伺うと、やはりしだいに心も慰められるのは、これが逃れられぬご縁なのだろうかと思われた。

十日ほどこのように伺候《しこう》していた間に、毎夜欠かさず御所様にお召しいただくにつけ、「あの『煙《けぶり》の末』と歌ったお方（雪の曙《ゆきのあけぼの》＝西園寺実兼《さいおんじさねかね》）はどう思っていらっしゃるだろう」と、やはり心にかかるのも、我ながら感心しない心であった。

それにしても、このような状態ではかえってよくないでしょうということを父大納言がしきりに申しあげたので、わたしは御所を退出した。家の人々に見られるのも堪えられないほど悲しいので、やはり気分がいつものようでないという様子を装って、自分の部屋にばかりいると、御所様から「この間から一緒に過ごしたのに慣れて、逢わない日数が積もり積もった感じがするが、早く院参《いんざん》せよ」などと、またこまやかなお心のお手紙で、

かくまでは思ひおこせじ人しれず見せばや袖《そで》にかかる涙を

——これほどまでわたしがそなたのことを思っているとは、そなたのほうでは思わないだろう。こっそり見せたいよ、わたしの袖《そで》にかかるこの涙を

とあった。

ひどくいやらしく思われたお手紙も、今日は頂くのをお待ちしていて拝見しただけのことはあったという感じがして、ご返事は凝《こ》りすぎたであろうか。

我ゆゑの思ひならねどさ夜衣《よごろも》なみだの聞けば濡《ぬ》るる袖《そで》かな

——わたしゆえの物思いでなくても、夜着《よぎ》に涙を流していらっしゃると伺いますと、わたしの袖もご同情申しあげる涙で濡《ぬ》れそぼちます

角《すみ》の御所《ごしょ》の中門《ちゅうもん》に、御車《くるま》引き入れて、降りさせたまひて、善勝寺《ぜんしょうじ》の大納言に、「あまりに言ふかひなきみどり子《ご》のやうなる時に、うち捨てがたくて伴《ともな》ひつる。しばし人に知らせじと思ふ。後見《うしろみ》せよ」と言ひ置きたまひて、常《つね》の御所《ごしょ》へ入らせたまひぬ。

幼くよりさぶらひなれたる御所ともおぼえず、恐ろしくつつましき心地《ここち》して、立ち出《い》でつらむことも悔《くや》しく、「何となるべきことにか」と思ひつづけられて、また涙のみ暇《いとま》なきに、大納言の音するは、おぼつかなく思ひてかと、あはれなり。善勝寺、仰《おほ》せのやう伝ふれば、「今さら、かくなかなかにては、悪《あ》しくこそ。ただ日ごろのさまにて召し置かれてこそ。忍ぶにつけて漏《も》れむ名もなかなかにや」とて、出でられぬる音するも、「げに、いかなるべきことにか」と、今さら身の置き所なき心地するも悲しきに、入らせたまひて、尽きせぬことをのみうけたまはるを、さすがしだいに慰まるるこそ、これや逃れぬ御契りならむとおぼゆれ。

十日ばかりかくてはべりしほどに、夜離《よが》れなく見たてまつるにも、「煙《けぶり》の末、いかが」と、なほも心にかかるぞ、うたてある心なりし。

さてしも、かくてはなかなか悪《あ》しかるべきよし、大納言しきりに申して、出でぬ。人に見ゆるも堪《た》へがたく悲しければ、なほも心地《ここち》の例《れい》ならぬなどもてなして、わが方《かた》にのみ居《ゐ》たるに、「このほどにならひて、積もりぬる心地するを、とくこそ参らめ」など、また御文《ふみ》こまやかにて、

かくまでは思ひおこせじ人しれず見せばや袖《そで》にかかる涙を

あながちに厭《いと》はしくおぼえし御文も、今日《けふ》は待ち見るかひある心地して、御返事《かへりごと》、もくろみ過ぎしやらむ。

我ゆゑの思ひならねどさ夜衣《よごろも》なみだの聞けば濡《ぬ》るる袖《そで》かな

三 懐妊と父の死

作者は後深草院《ごふかくさいん》の女房《にょうぼう》という待遇のまま、多くの后妃《こうひ》と寵《ちょう》を争う環境に置かれた。なかでも后《きさき》の東二条院《ひがしにじょういん》（太政大臣西園寺《さいおんじ》実氏《さねうじ》の女《むすめ》、公子）は作者のことを不快に思う。一方、

作者は、東二条院の御産の賑々《にぎにぎ》しさに同じ女として羨望《せんぼう》を抱く。文永《ぶんえい》九年（一二七二）二月、後深草院の父後嵯峨《ごさが》法皇が崩御した。夏、作者は懐妊したが、八月に父雅忠《まさただ》が発病したので、里に退出した。

八月二日、早くも善勝寺大納言《ぜんしょうじだいな》隆顕《ごんたかあき》が、「御帯《おび》（岩田帯《いわたおび》）です」と言って持ってきた。「御上《かみ》は、『諒闇《りょうあん》（後嵯峨法皇の喪に服す装束）でない姿で参れ』と仰《おお》せられました」と言って、直衣姿《のうしすがた》で、前駆《ぜんく》の侍《さぶらい》（騎馬で先導する侍）も仰々しく晴装束《はれしょうぞく》でやってきたのも、病人（父雅忠）が見られるうちにとおぼしめし、急いだのだろうかと思われる。病人もひどく喜んで、「お盃《さかずき》を差し上げよ」など言い、あれこれと接待されるのも、これが最後だろうかと哀れに思われました。仁和寺《にんなじ》から頂いて大切にしておられた、塩竈《しおがま》（牛の名）という牛を引出物《ひきでもの》にされた。今日などは父の容態も少し落ち着いているようなので、もしかしてこのまま快方に向うのだろうかなどと思っていたが、夜が更けたので、そばでちょっと休むと思ううちに、寝入ってしまったのだった。

起こされて起きると、父は、「ああ、頼りにならないなあ。今日明日ともわからない死出の旅路に赴く嘆きもつい忘れて、わたしはただそなたが不憫《ふびん》なことばかりを思っているのに、他愛なく寝ているのを見るのさえ、悲しく思われるよ。それにしても、そなたは二つの時母に死別して以来、父親のわたしだけが不憫に思い、子供は大勢いたのに、ちょうどあの玄宗《げんそう》皇帝が後宮の三千人の麗人のなかで楊貴妃《ようきひ》一人を寵愛したように、わたしもそなた一人をかわいがってきたように思う。そなたがほほえむのを見ると、笑うと百の媚《こび》を生じたという楊貴妃のように、本当に美しいと思う。愁いに沈んでいる様子を見る時は、一緒に嘆き悲しんで、十五年の春秋を送り迎えて、今はもう先立とうとしている。君（後深草院）にお仕えして、世間的な不平不満がなかったならば、宮仕えを慎み、決して怠ってはならない。思いどおりにはいかないのがこの世の習いだから、もしも君にも世間にも不満があり、世間を渡ってゆく力がなかったなら、ただちに仏道に入って、自分自身の後生《ごしょう》も助かり、二親《ふたおや》の供養をもし、一蓮托生《いちれんたくしょう》を祈願せよ。世間から見捨てられ、生きてゆくすべがないからといって、また他の君に仕え、またはどんな人の家にでも身を寄せて世を渡る所行をしたならば、わたしが死んだ後であっても、親不孝なことだと思うように。夫妻の間柄については、この世だけのことではないから（夫婦の縁は前世から定められている）、どうにもしかたがない。しかしそれも、髪をつけたまま（出家をしないで）色好みという噂《うわさ》を残しなどすることは、返す返すよくないことだろう。ただ、世間を捨てた後は、どんなことをしても差し支えない」などと、いつもよりもこまやかに言われるのも、これが父の最後の教訓だろうかと悲しく思われる時、夜明けを告げる鐘の音が聞こえたので、いつもの床《とこ》の下に敷く薬草のおおばこの葉の蒸したのを、仲光《なかみつ》（作者の乳母子《めのとご》）が持って参って、「敷き替えましょう」と言うと、「もう死期が近づいたように思われるから、何をしても無駄だ。何でもいい、まずこの子に食べさせせよ」と言われる。

八月二日、いつしか善勝寺《ぜんしょうじ》の大納言《だいなごん》、「御帯《おび》」とて持ちて来たり。『諒《りやう》闇《あん》ならぬ姿にてあれ』と仰《おほ》せ下されたる」とて、直衣《なほし》にて、前駆侍《せんくうさぶらひ》ごとしくひきつくろひたるも、見る折とおぼしめし、急ぎけるにやとおぼゆ。病人《やまひびと》もいと喜びて、「献盃《けんぱい》」など言ひ、営《ひ》まる《さう》るぞ、これや限りとあはれにおぼえはべりし。御室《おむろ》より賜はりて秘蔵せられたりし、塩竈《しほがま》といふ牛をぞ引かれたりし。今日《けふ》などは心地《ここち》もすこしおこたるやうなれば、もしやなど思ひ居《ゐ》たるに、更けぬれば、かたはらにうち休むと思ふほどに、寝入りにけり。

おどろかされて起きたるに、「あなはかなや。今日明日《けふあす》とも知らぬ道に出《い》で立つ嘆きをも忘られて、ただ心苦しきことをのみ思ひ居《ゐ》たるに、はかなく寝たるを見るさへ、悲しうおぼゆる。さても、二つにて母に別れしより、我《われ》のみ心苦しく、あまた子供ありといへども、おのれ一人に三千の寵《ちよう》愛《あい》もみな尽くしたる心地を思ふ。笑《ゑ》めるを見ては百《もも》の媚《こび》ありと思ふ。愁《うれ》へたる気色《けしき》を見ては、ともに嘆く心ありて、十五年の春秋を送り迎へて、今すでに別れなむとす。君に仕へ、世に恨みなくは、慎《つつし》みて怠《おこた》ることなかるべし。思ふによらぬ世のならひ、もし君にも世にも恨みもあり、世に住む力なくは、急ぎて真《まこと》の道に入りて、わが後生《ごしやう》をも助かり、二つの親の恩をも送り、一蓮《ひとつはちす》の縁と祈るべし。世に捨てられ、便《たよ》りなしとて、また異君《ことぎみ》にも仕へ、もしはいかなる人の家にも立ち寄りて、世に住むわざをせば、亡き跡なりとも、不孝《ふけう》の身と思ふべし。夫妻《ふさい》のことにおきては、この世のみならぬことなれば、力《ちから》なし。それも、髪をつけて好色《かうしよく》の家に名を残しなどせむことは、かへすがへす憂《う》かるべし。ただ世を捨てて後《のち》は、いかなるわざも苦しからぬことなり」など、いつよりもこまやかに言はるるも、これや教への限りならむと悲しきに、明けゆく鐘の声聞こゆるに、例《れい》の下に敷くおほばこの蒸《む》したるを、仲光《なかみつ》持ちてまゐりて、「敷き替へむ」と言ふに、「今は近づきておぼゆれば、何もよしなし。何まれ、まづこれに食《く》はせよ」と言はる。（略）

翌朝、日が少しさし出た時分、父はちょっとうとうとして、左の方へ体が傾くように見えたのを、なおよく目を覚まさせて、念仏をお唱え申すようにしてさしあげようと思って、膝《ひざ》を揺すったところ、ふと目を覚まして、目を開けた時に、確かにわたしと見合せたところ、「どうなるのだろうか」と言いも終らず、文永九年八月三日辰《たつ》の刻の初め（午前七時頃《ごろ》）、五十歳でお亡くなりになった。

念仏のままに臨終を迎えたならば、後世《ごせ》も頼もしいことであろうに、つまらないことに目を覚まさせて、何ということもない言葉で息が絶えたこともつらく、すべて何を考えようとしても分別もつかず、天を振り仰いで見ると、日月《じつげつ》が地に落ちたのだろうか、まるで光が見えないで真《ま》っ暗闇《くらやみ》のような気がし、地に倒れ伏して泣く涙は大河となって流れるかと思うほど。母には二歳で死別したけれども、無心な子供の昔のことは記憶もなくて過ぎてしまった。この世に生を受けて四十一日という時、最初に父の膝《ひざ》の上に抱かれはじめてから、十五年の春秋を送り迎えた。朝、鏡を見る時も、このように美しく生れついたのも誰《だれ》の面ざしに似たのだろうと喜び、夕べに衣服を身にまとうにつけ、こうしていられるのは誰の恩だろう、父のおかげなのだと思ってきた。体に何の障害もなく生れついたその恩は、須弥山《しゅみせん》八万由旬《ゆじゅん》（古代インドの距離単位で、一由旬は牛車《ぎっしゃ》の一日の行程）の頂《いただき》よりも高く、養い育て世話をしてくださった心は、母代りで痛切なものがあったから、その恩は、また四大海《しだいかい》（須弥山を囲む海）の水よりも深い。どのように恩返しをし、どう報いたらあまりあるだろうかと思うにつけ、折々の父の言葉は思い出すと忘れがたく、今は限りという時の名残惜しさは、この身と引き替えにしてもなお惜しく思われる。亡きがらはただそのままの状態にしておいて、すっかり変りはててしまう有様をも見ることができないものかと思うけれども、物事には限度もあるから、四日の夜、神楽岡《かぐらおか》（京都市左京区の吉田山）という山へ野辺の送りをしました。荼毘《だび》の煙と一緒にでも、伴って行ける道ならば行くのにと、思ってもかいのない袖《そで》の涙だけを亡き人の形見として、帰ってきました。

日のちとさし出《い》づるほどに、ちと眠《ねぶ》りて、左の方《かた》へ傾《かたぶ》くやうに見ゆるを、なほよくおどろかして、念仏申させたてまつらむと思ひて膝《ひざ》をはたらかしたるに、きとおどろきて、目を見開くるに、過《あやま》たず見合せたれば、「何とならむずらむは」と言ひも果てず、文永《ぶんえい》九年八月三日辰《たつ》の初めに、年《とし》五十にて隠れたまひぬ。

念仏のままにて終《をは》らましかば、行く末も頼もしかるべきに、よしなくおどろかして、あらぬ言《こと》の葉《は》にて息絶えぬるも心憂《こころう》く、すべて何と思ふはかりもなく、天に仰ぎて見れば、日月《じつげつ》地に堕《お》ちけるにや、光も見えぬ心地《ここち》し、地に伏して泣く涙は川となりて流るるかと思ひ、母には二つにておくれにしかども、心なき昔はおぼえずして過ぎぬ。生を享《しやう》けて四十一日といふより、初めて膝《ひざ》の上に居《ゐ》そめけるより、十五年の春秋を送り迎ふ。朝《あした》には鏡を見る折も、誰《た》が影《かげ》ならむと喜び、夕《ゆふ》べに衣《ころも》を着るとても、誰《た》が恩ならむと思ひき。五体身分を得《え》しことは、その恩迷《めいろ》盧八《はちまん》万の頂《いただき》よりも高く、養育扶持《ふち》の心ざし、母に代《かは》りて切《せつ》なりしかば、その恩、また四《し》大海《だいかい》の水よりも深し。何と報《ほう》じ、いかに酬《むく》いてか余りあらむと思ふより、折々の言《こと》の葉《は》は思ひ出づるも忘れがたく、今を限りのなごりは、身に代へてもなほ残りありぬべし。ただそのままにて、なり果てむさまをも見るわざもがなと思へども、限りあれば、四日の夜《よ》、神楽岡《かぐらをか》といふ山へ送りはべりし。空《むな》しき煙《けぶり》にたぐひても、伴《とも な》ふ道ならばと、思ふもかひなき袖《そで》の涙ばかりを形見にてぞ、帰りはべりし。（略）

その時のその暁《あかつき》（父が亡くなった朝）から日を置かず、「あなたのお心の中《うち》はどうでしょう、どうですか」と言って弔問してくれた人（雪《ゆき》の曙《あけぼの》＝西園寺実兼《さいおんじさねかね》）が、九月十日余りの月を道しるべとして、訪ねてやってきた。世間おしなべて諒闇《りょうあん》（後嵯峨法皇崩御による服喪）で喪服を着ている時分なので、無文《むもん》の（模様のない）直衣《のうし》姿であるのさえ、わたしの喪服の色に見まごう心地がして、人を介して話をすべきでもないから、寝殿の南向きの間《ま》で逢《あ》った。「昔や今の哀れさに加えて、今年は例年以上に無常なことが多くて、袖《そで》の涙が乾くまのない年です。いつぞやの年、雪の夜お酒を酌《く》み交わして、お父様が、『いつも娘に逢ってやってくれ』とか言われたのも、精いっぱいのお志と思われました」などと、泣いたり笑ったり、夜を徹して話すうちに、夜明けの鐘の音が聞こえたのは、これこそ本当に古歌にいうとおり、逢う人のせいで秋の夜は長いとも思われず、尽きることのない言葉は残って早くも鶏が鳴き出すものだなあと思われた。「普通とは違った朝帰りと世間に噂《うわさ》されるだろうか」などと言って帰って行く時の有様が、名残惜しく思われたので、

別れしも今朝《けさ》のなごりをとりそへて置き重ねぬる袖の露かな

――父に死に別れた悲しみの涙に、今朝のあなたとのしばしの別れの名残惜しさのためにこぼす涙を添えて、わたしの袖は露が深うございます

と、使いに命じて歌を言いにやらせますと、

なごりとはいかが思はむ別れにし袖の露こそ隙《ひま》なかるらめ

――わたしとの別れの名残惜しさとは、どうして思いましょうか。お父様に別れたあなたの涙の露こそ隙《ひま》なく袖を濡らしているのでしょう

その折のその暁《あかつき》より日を隔てず、「心の内はいかにいかに」と弔《とぶら》ひし人の、長月《ながつき》の十日余りの月をしるべに、訪ね入りたり。なべて黒みたるころなれば、無文《むもん》の直衣姿《なほしすがた》なるさへ、わが色に紛《まが》ふ心地《ここち》して、人伝《ひとづ》てに言ふべきにしあらねば、寝殿《しんでん》の南向きにて逢《あ》ひたり。「昔今《むかしいま》のあはれとりそへて、今年《ことし》は常の年にも過ぎて、あはれ多かる袖《そで》の隙《ひま》なき。一年《ひととせ》の雪の夜の九献《くこん》の式、『常に逢ひ見よ』とかやも、せめての心ざしとおぼえし」など、泣きみ笑ひみ、夜《よ》もすがら言ふほどに、明けゆく鐘の声聞こゆるこそ、げに逢ふ人からの秋の夜は、言葉残りて鳥《とり》鳴きにけり。「あらぬさまなる朝帰りとや、世に聞こえむ」など言ひて帰るさの、なごりも多き心地して、

　別れしも今朝《けさ》のなごりをとりそへて置き重ねぬる袖の露かな

はした者して車へ遣はしはべりしかば、

　なごりとはいかが思はむ別れにし袖の露こそ隙《ひま》なかるらめ

四 雪《ゆき》の曙《あけぼの》との新枕《にいまくら》

父の葬儀、四十九日と、作者は里住まいを続ける。四十九日も終えた十月、方違えのために乳母の家に滞在していたときのこと……。

十月十日過ぎの頃《ころ》だったか、またあの方（雪の曙＝西園寺《さいおんじ》実兼《さねかぬ》）からの使いがあった。「日を置かずお手紙申しあげたいが、御所（後深草院）の御使者などと鉢合せして、『こととも知らず（あなたが心変りしているとも知らず）』（『源氏物語』で浮舟《うきふね》が匂宮《におうみや》と密通したことを知った薫《かおる》が浮舟に贈った歌「波こゆるころとも知らず末の松待つらむとのみ思ひけるかな」による）などと御所様がおぼしめされたらたいへんと思い、心ならずご無沙汰《ぶさた》をしているうちに日数が積もってしまいました」などと言われる。この乳母の住まいは四条大宮の隅に当っているが、四条面《しじょうおもて》と大宮との隅の築地《ついじ》が、ひどく崩れて人が出入りできるようになっている所に、さるとり茨《いばら》を植えてあったが、それが築地の上へ枝を伸ばしていって、根元は太いのがただ一本あるだけなのを、「この使いが見て、『ここには番人がいますね』と言うので、『そんなことはありませんよ』と家の者が答えると、『それでは格好なお通い路になるだろう』と言って、この茨の根元を刀で切って帰って行きました」と家人がわたしに言うので、いったいどういうことだろうと思ったけれども、きっとそうだわとも思いつかぬうち、子《ね》一つ頃（午前零時頃）かと思う時分の月影の下、妻戸《つまど》をそっと叩《たた》く人がある。

中将という女《め》の童《わらわ》が、「水鶏《くいな》（戸を叩くような鳴き声をたてる水鳥）かしら。思いもかけない物音ですね」と言って、妻戸を開けた気配だと聞くうちに、ひどくあわてた声で、「ここにお立ちの方が、『立ったままでもご主人にお会いしたい』とおっしゃいます」と言う。思いも寄らぬ時分のことだから、何と返答することができようか。言葉もなく茫然《ぼうぜん》としていると、このように言う女の童の声を道しるべとしてか、そのままわたしの部屋へお入りになった。紅葉《もみじ》を浮織《うきおり》にした狩衣《かりぎぬ》に、紫苑《しおん》であろうか、指貫《さしぬき》の、ことにどれも糊気《のりけ》のない衣装姿で、本当に人目を忍んでいる有様もはっきりわかるのだが、「お逢《あ》いするのは思いもかけぬ身重の身ですので、お気持がおありでしたら、後には必ずお逢いしましょう」などと言って、今宵《こよい》は逃れようと強《し》いて言うと、「このような体だから、少しも後ろめたい振舞いはすまい、長年の積もる心の情愛をただゆっくりお話しして聞かせようと思うのです。旅先での仮臥《かりぶ》しは、伊勢の御神（天照大神《あまてらすおおみかみ》）もお許しくださるでしょう」などと潔白そうにお誓いになるので、いつもの心弱さから、いやとも強く拒みきれないでいると、夜の床《とこ》にさえお入りになった。

長い冬の夜を一晩中、あれこれと言い続けなさるその有様は、本当に唐国《からくに》に棲《す》むという虎のような猛獣も落涙するに違いないほど感動的なので、木石《ぼくせき》でもないわたしの心には、「この危険な秘事《ひめごと》をわが命と引き替えにしよう」とまでは思わなかったものの、自身の心からでなく他の男の人と新枕《にいまくら》を交わしたことは、御所様のお夢に見えて知られるであろうかと思うと、たいそう恐ろしい。鶏の声に目を覚まされて、まだ夜明けまで間のある時分にお出になったのも、名残が尽きない心地がして、また寝（恋人の名残をしのびながら再び寝ること）をしようかとまでは思わないけれども、そのまま横になっていると、まだしののめの空も明けきらぬ頃にお手紙があった。

「帰るさは涙にくれて有明《ありあけ》の月さへつらきしののめの空

――あなたの所からの帰り道は涙にくれて、しののめの空にかかっている有明の月さえつらく思われました

いつのまに積もった恋心なのでしょうか。暮れ方までの気のもみようといったら、身も

心も消えてしまいそうに思われますが、いろいろと世間の目を忍ばなくてはならないつらさも、言いようもありません」などとあった。ご返事には、

帰るさの袂《たもと》は知らず面影《おもかげ》は袖《そで》の涙に有明《ありあけ》の空

——帰り道にあなたの袂《たもと》が涙で濡れていたのかどうかは存じません。有明の空の下帰っていらっしゃったあなたの面影は、月の光とともどもわたしの袖の涙に宿っています

このようにかかわりが出来てしまったからには、今まで強《し》いて逃れてきたかいもなくなってしまったわが身の有様も、愚痴《ぐち》の言いようもなく、何ともよい結果にはならないだろうと思われるこの身の将来の有様も推量されて、人知れず忍び音に泣きながら涙に濡《ぬ》れていると、昼頃、御所からのお手紙があった。「いったいどういうふうに考えて、このように長いこと里住みをしているのだ。このごろはおしなべて、御所の様子も気の紛れようもなく、人少なであるのに」など、いつもよりもお心こまやかにしたためられているのも、ひどく驚きあきれるほどである。

—— 十日余りのころにや、また使《つかひ》あり。「日を隔てずも申したきに、御所の

御使など見合ひつつ、ころとも知らでやおぼしめされむと、心のほかなる日《ひ》数《かず》積もる」など言はるるに、この住まひは四条大宮の隅《すみ》なるが、四条面《おもて》と大宮との隅《すみ》の築地《ついぢ》、いたう崩《くづ》れ退《の》きたる所に、さるとりといふ茨《うばら》を植ゑたるが、築地の上へ這《は》ひゆきて、元《もと》の太きがただ二本《ふたもと》あるばかりなるを、「この使《つかひ》見て、『ここには番《ばん》の人《ひと》はべるな』と言ふに、『さもなし』と人言へば、『さてはゆゆしき御通《かよ》ひ路《ぢ》になりぬべし』と言ひて、この茨《うばら》の元《もと》を刀《かたな》して切りてまかりぬ」と言へば、とは何事ぞと思へども、必ずさしも思ひよらぬほどに、子一《ねひと》つばかりにもやと思ふ月影に、妻戸《つまど》を忍びて叩《たた》く人あり。中将といふ童《わらは》、「水鶏《くひな》にや、思ひよらぬ音かな」と言ひて開《あ》くると聞くほどに、いと騒ぎたる声にて、「ここもとに立ちたまひたるが、『立ちながら対面せむ』と仰《おほ》せらるる」と言ふ。思ひよらぬほどのことなれば、何と答《いら》へ言ふべき。言《こと》の葉《は》もなくあきれ居《ゐ》たるほどに、かく言ふ声をしるべにや、やがてここもとへ入りたまひたり。紅葉《もみぢ》を浮き織りたる狩衣《かりぎぬ》に、紫苑《しをん》にや、指貫《さしぬき》の、ことにいづれもなよらかなる姿にて、まことに忍びけるさまもしるきに、「思ひよらぬ身のほどにもあれば、御心ざしあらば、後瀬《のちせ》の山の後《のち》には」など言ひつつ、今宵《こよひ》は逃《のが》れぬべく、あながちに言へば、「かかる御身のほどなれば、つゆ御後《うし》ろめたきふるまひあるまじきを、年《とし》月《つき》の心の色をただのどかに言ひ聞かせむ。よその仮臥《かりぶ》しは、御裳《みも》濯川《すそがは》の神も許したまひてむ」など、心清く誓ひたまへば、例の心弱さは、いなとも言ひ強《つよ》り得《え》で居《ゐ》たれば、夜《よる》の御座《おまし》にさへ入りたまひぬ。

長き夜《よ》すがら、とにかくに言ひつづけたまふさまは、げに唐国《からくに》の虎《とら》も涙落ちぬべきほどなれば、岩木《いはき》ならぬ心には、身に代へむとまでは思はざりしかども、心のほかの新枕《にひまくら》は、御夢にや見ゆらむと、いと恐ろし。鳥の音《ね》におどろかされて、夜深《よふか》く出《い》でたまふも、なごりを残す心地《ここち》して、また寝《ね》にやとまでは思はねども、そのままにて臥《ふ》したるに、まだしののめも明けやらぬに、文《ふみ》あり。

「帰るさは涙にくれて有明《ありあけ》の月さへつらききしののめの空
いつのほどに積もりぬるにか、暮れまでの心尽くし、消えかへりぬべきを、なべてつつましき世の憂《う》さも」などあり。御返事《かへりごと》には、

帰るさの袂《たもと》は知らず面影《おもかげ》は袖《そで》の涙に有明《ありあけ》の空

かかるほどには、しひて逃《のが》れつるかひなくなりぬる身の仕儀《しぎ》も、かこつ方《かた》なく、いかにもはかばかしからじとおぼゆる行く末も推《お》しはかられて、人知らぬ泣く音《ね》も露けき昼《ひる》つ方《かた》、文《ふみ》あり。「いかなる方《かた》に思ひなりて、かくのみ里住《さとず》み久しかるらむ。このごろはなべて、御所《ごしょ》ざまも紛《まぎ》るる方《かた》なく、御人少《ひとずく》ななるに」など、常よりもこまやかなるも、いとあさまし。

五 院の皇子を出産、雪《ゆき》の曙《あけぼの》の子を懐妊

冬、作者は醍醐《だいご》の尼僧の坊に籠《こも》ったが、雪の曙（西園寺《さいおんじ》実兼《さねかね》）はそこにも通ってくる。

年末、作者は都へ戻り、明くる文永《ぶんえい》十年（一二七三）二月十日、出産の時を迎えた。

夜中あたりから、特に気分が苦しくなった。叔母の京極殿《きょうごくどの》（後深草院に仕えている父方の叔母）が、御所様のお使いとしていらっしゃるなど、少しはざわざわする。兵部卿《ひょうぶきょう》（母方の祖父四条隆親《しじょうたかちか》）もいらっしゃりなどするにつけても、父大納言が生きておら

れたならばと思うと涙がこぼれる。人に寄りかかって少しうとうとしたところ、その父が昔のままの変らぬ姿で不憫《ふびん》そうにわたしの後ろの方へまわるようにすると思ううちに、皇子誕生と申すべきことなのか、無事出産したことはめでたいが、それにつけてもわたしの過ちの行く末はどうであろうかと、今さらのように我ながらひどく情けないのに、御佩刀《はかせ》（皇子誕生の際、父帝から賜る剣）を賜るなど、人目を忍んでいる有様ながらも、御験者《げんじゃ》への禄なども大げさでない仕方で、隆顕《たかあき》の大納言（隆親の子）が世話しました。父が昔のままであったならば河崎《かわさき》の家などでお産をしたであろうになどと、あれこれ思い続けられるが、御乳母《めのと》の装束など、早速、隆顕が指示して、鳴弦《めいげん》（物《もの》の怪《け》を払うために弓の弦《つる》を打ち鳴らすこと）などまで数々のことが行なわれるにつけ、ああ、今年は夢のような体験で年も暮れるのだな。晴れがましくも、つらかったことは、夢のような体験で負ったこの身の疵《きず》のゆえに、多くの人に出産の場面を見られたことが、神のご利益《りやく》もさしあたっては効《かい》がないとまで思われました。

十二月には、いつもは神事や何だといって、御所の方面では総じてお暇のない時分である。私事でも、年の暮れは何ということもなく勤行《ごんぎょう》をもしようなどと思っているうちに、おもしろみのないものと言い習わしている師走《しわす》の月を道案内として、またもあの方

（雪の曙）は思い立って訪ねてこられ、夜通し語らううちに、「『遊仙窟《ゆうせんくつ》』の一節ではないけれども、『やもめ烏《がらす》の浮れ声』が憎らしい（朝が来るのがつらい）などと思っているうちに、夜が明けきってしまったのも、ばつが悪い」と言って、わたしの部屋にとどまっていらっしゃるのもそら恐ろしい気持がしながらも、向い合っていると、御所様からのお手紙がある。いつもよりも親しみのこもったお言葉が多くしたためられてあって、

「むば玉《たま》の夢にぞ見つるさ夜衣《よごろも》あらぬ袂《たもと》を重ねけりとは

——夢に見たよ、そなたがわたし以外の男と小夜衣《さよごろも》の袂《たもと》を重ねた——他の男と契りを結んだ——とは

はっきりと見た夢だったらばなあ」とあるのも、ひどく驚きあきれて、いったい何をどのように御覧になったのかと、気がかりに思われるけれども、どうして深く思いつめた様子でご返事申しあげられようか。

ひとりのみ片敷《かたし》きかぬる袂には月の光ぞ宿り重ぬる

——たったひとり寂しく眠ることさえできないわたしの袂には、月の光が宿って袂と重なったのでございます

我ながら、しらを切っていると思われたが、ごまかしてご返事いたしました。

夜中ばかりより、ことにわづらはしくなりたり。叔母《をば》の京極殿《きやうごくどの》、御使《つかひ》とておはしなど、心ばかりはひしめく。兵部卿《ひやうぶきやう》もおはしなどしたるも、あらましかばと思ふ涙は。人に寄りかかりてちとまどろみたるに、昔ながらに変らぬ姿にて、心苦しげにて後《うし》ろの方《かた》へ立ち寄るやうにすと思ふほどに、皇子誕生《たんじやう》と申すべきにや、事故《ことゆゑ》なくなりぬるはめでたけれども、それにつけても、わが過《あやま》ちの行く末いかがならむと、今始めたることのやうに、いとあさましきに、御佩刀《はかせ》など忍びたるさまながら、御験者《げんじや》の禄《ろく》などことごとしからぬさまに、隆顕《たかあき》ぞ沙汰《さた》しはべる。昔ながらにてあらましかば、河《かは》崎《さき》の宿所などにてこそあらましかなど、よろづ思ひつづけらるるに、御乳《おち》の人《ひと》が装束《しやうぞく》など、いつしか隆顕沙汰して、御弦打《つるうち》、いしいしのことまで数々見ゆるにつけても、あはれ、今年は夢沙汰《ゆめさた》にて年も暮れぬるにこそ。晴れがましく、わびしかりしは、夢の疵《きず》ゆゑ、千万《ちよろづ》人に身を出《い》だして見せしことぞ、神の利養《りやう》もさしあたりてはよしなきほどにおぼえはべりしか。

師走《しはす》には、常は神事《しんじ》何かとて、御所《ごしよ》ざまはなべて御隙《ひま》なきころなり。私《わたくし》にも、年の暮れは何となく行ひをもなど思ひて居《ゐ》たるに、あいなく言ひならはしたる師走の月をしるべに、また思ひ立ちて、夜《よ》もすがら語らふほどに、「やもめ烏《がらす》の浮れ声など思ふほどに、明け過ぎぬるもはしたなし」とて、留《とど》まり居《ゐ》たまふもそら恐ろしき心地《ここち》しながら、向ひ居《ゐ》たるに、文《ふみ》あり。いつよりもむつましき御言《こと》の葉《は》多くて、

「むば玉《たま》の夢にぞ見つるさ夜衣《よごろも》あらぬ袂《たもと》を重ねけりとは

定かに見つる夢もがな」とあるもいとあさましく、何をいかに見たまふらむと、おぼつかなくもおぼゆれども、思ひ入りがほにも何とかは申すべき。

ひとりのみ片敷《かたし》きかぬる袂には月の光ぞ宿り重ぬる

我ながらつれなくおぼえしかども、申し紛《まぎ》らかしはべりぬ。（略）

文永《ぶんえい》十一年（一二七四）となった。作者は雪《ゆき》の曙《あけぼの》（実兼）の子を宿していた。

そうこうするうち、二月末頃から、気分がいつものようでなく思われて、物も食べられない。しばらくは風邪《かぜ》かしらなど思っていたが、ようやく、いつか見た夢のようなあの方（雪の曙）と契りを交わした結果の懐妊だろうかと思い当るにつけ、何ともごまかしようもないことなので、重大な罪の報いも思い知られて、内心の煩悶《はんもん》は、どうしようもないけれども、身ごもったとはどうして言い出せようか、神事にかこつけて、ともすれば実家にばかりいたので、あの方は始終やってきて、それと様子を見知ることもあったのか、「きっと妊娠したのだろう」などと言って、いっそう懇切な様子で言葉をかけて通ってきては、「わが君（後深草院）がお気づきにならないすべがあったらなあ」と言う。

祈禱《きとう》を次々に行うなど心を尽くすにつけ、こうなるのも、いったい誰《だれ》の咎《とが》と言ったらいいのか、皆わたし自身の咎なのだと思い続けているうちに、二月の末からは御所の方へも参上し、通うようになったので、五月頃には御所様は妊娠四月《よつき》ぐらいとお考えになっておられたけれども、本当は六月《むつき》なので、その食い違っている有様もこの先のことを思うとひどく困ったことなのだが、あの方は、「六月七日、里へ退出せよ」としきりに言われるので、いったい何事だろうと思って退出したところ、あの方は岩田帯《いわたおび》を自身の手で用意して、「格別にわたしが帯をしてあげなくてはと思って、四月《よつき》ですべきであったのを、世間に知られるのが恐ろしくて、今日までになってしまったのだが、御所から、十二日は着帯《ちゃくたい》の儀ということを聞いたので、それとは別に考える子細があって、着帯を今日しようと思うのです」と言われるのは、この方の愛情もいい加減ではないのだと思われたが、それにしてもこの身がどうなってゆくのか、その果てを思うと悲しく思われました。

さるほどに、二月の末《すゑ》つ方《かた》より、心地《ここち》例《れい》ならずおぼえて、物も食はず。しばしは風邪《かぜ》など思ふほどに、やうやう見し夢のなごりにやと思ひ合せらるるも、何と紛《まぎ》らはすべきやうもなきことなれば、せめての罪の報《むく》いも思ひ知られて、心の内の物思ひ、やる方《かた》なけれども、かくともいかが言ひけむ、神業《かみわざ》にことづけて、里がちにのみ居《ゐ》たれば、常に来つつ、見知ることもありけるにや、「さにこそ」など言ふより、いとどねんごろなるさまに

言ひ通ひつつ、「君に知られたてまつらぬわざもがな」と言ふ。
祈《いの》りいしいし心を尽くすも、誰《た》が咎《とが》とか言はむと思ひつづけられてあるほどに、二月の末よりは御所《ごしょ》ざまへも参り通ひしかば、五月のころは四月《よつき》ばかりのよしをおぼしめさせたれども、まことには六月《むつき》なれば、違《ちが》ひざまも行く末いとあさましきに、「六月七日、里へ出でよ」としきりに言はるれば、何事ぞと思ひて出でたれば、帯を手づから用意して、「ことさらと思ひて、四月にてあるべかりしを、世の恐ろしさに今日までになりぬるを、御所《ごしょ》より、十二日は着帯《ちゃくたい》のよし聞くを、ことに思ふやうありて」と言はるるぞ、心ざしもなほざりならずおぼゆれども、身のなりゆかむ果てぞ悲しくおぼえはべりし。（略）

九月、作者は重病と偽って里に退出した。雪《ゆき》の曙《あけぼの》も付き添った。

そうこうしているうちに、二十日過ぎの明け方から産気づいた。女房たちにもこれこれとも言わなかったので、ただ事情を知っている侍女一人二人ぐらいで、何かと気持だけは騒ぐにつけ、わたしが死んだ後までも、いったいどんな憂《う》き名《な》が残るのだろうかと思うと、並一通りでないあの方（雪の曙）の愛情を見るにつけても、ひどく悲しい。

これといったこともなくて、その日も暮れてしまった。灯《ひ》をともす時分からは、特に出産が近づいたように思われたが、格別鳴弦《めいげん》などもせず、ただ着物の下にもぐって一人で悲しんでいるうちに、夜更けの鐘が聞こえる時分であろうか、あまりの苦痛に我慢できなくて起き上がると、あの方は、「さあ、出産の折は産婦の腰とかを抱くとかいうことだが、そのようなことをしないために遅れるのだろうか。どう抱いたらいいのだ」と言ってかき起こされる。わたしがその袖《そで》に取り付くと、赤子は無事お生れになった。あの方は、まず、「ああ、よかった」と言って、それから、「重湯《おもゆ》をご主人に早く差し上げよ」などと侍女たちに言われるのは、いつこのようなことまで習ったのだろうかと、わけを知っている侍女同士は感じ入ったものでした。

「それにしても、男女どっちだろう」と言って、灯をともして御覧になると、産毛《うぶげ》が黒々として、早くも目を開けてこちらを見られるのをあの方は、ただ一目見ると親子の情愛の生じるものであるから不憫《ふびん》でないわけはないのに、そばにあった白い小袖に包んで、枕《まくら》もとの小刀で臍《へそ》の緒《お》を切って、かき抱いて、他の人にも言わず、外へお出になられたと見ただけで、わたしは二度とその赤子の顔を見なかった。「もう会えないならば、どうしてもう一目だけでも見せてくださらないのですか」と言いたかったけれども、それもかえってつらいから、何も言わなかった。

しかしながら、袖の涙でそのような気持ははっきりとわかったのであろうか、「まあ、よいではないか。まさか、これっきり会えないということもあるまい。あなたが生き長らえていたならば、あの子を見る機会もあるでしょう」などとあの方に慰められるものの、一目見合せた時の面影が忘れがたく、女の子でさえいらっしゃったのを、どのような方面へやったということすら母親のわたしが知らずじまいになってしまったと思うのも悲しいけれども、「何とかしてもう一度会いたい」と言っても、そういうわけにもいかないので、人知れず泣き声を袖におし殺し、その夜も明けた。

そして侍女たちが、「あまりにご体調が悪くて、この暁《あかつき》に胎児は早くも流産なさいました。女児ということなどは見分けられるほどでございましたが」などと御所様にはご報告申しあげた。「熱などがひどい時には、皆そういうことになると、医師も申しているよ。くれぐれも大事にするように」と言われて、薬をたくさんくださりなどするのも、ひどく気がとがめる。

かかるほどに、二十日《はつか》余りの曙《あけぼの》より、その心地《ここち》出《い》で来《き》たり。人にかくとも言はねば、ただ心知りたる人《ひと》一、二人ばかりにて、とかく心ばかりは言ひさわぐも、亡き後《あと》までもいかなる名にかとどまらむと思ふより、なほざりならぬ心ざしを見るにも、いと悲し。

いたく取りたることとなくて、日も暮れぬ。灯ともすほどよりは、ことのほかに近づきておぼゆれども、ことさら弦打《つるうち》などもせず、ただ衣《きぬ》の下ばかりにてひとり悲しみ居《ゐ》たるに、深き鐘の聞こゆるほどにや、余り堪《た》へがたくや、起き上がるに、「いでや、腰《こし》とかやを抱《いだ》くなるに、さやうのことがなきゆゑに滞《とどこほ》るか。いかに抱《だ》くべきことぞ」とてかき起こさるる袖《そで》に取りつきて、事なく生《むま》れたまひぬ。まづ、「あなうれし」とて、「重湯《おもゆ》、とく」など言はるるこそ、いつ習ひけることぞと、心知るどちはあはれがりはべりしか。

「さても何《なに》ぞ」と、灯ともして見たまへば、産髪《うぶかみ》黒々として、今より見開《みあ》けたまひたるを、ただ一目《ひとめ》見れば、恩愛《おんない》のよしみなれば、あはれならずしもなきを、そばなる白き小袖《こそで》に押し包みて、枕《まくら》なる刀《かたな》の小刀《こがたな》にて臍《ほぞ》の緒《を》打ち切りつつ、かき抱《いだ》きて、人にも言はず、外《と》へ出でたまひぬと見しよりほか、また二度《ふたたび》その面影《おもかげ》見ざりしこそ。「さらば、などや今一目《いまひとめ》も」と言はまほしけれども、なかなかなれば、物は言はねど、袖の涙はしるかりけるにや、「よしや、よも。長《なが》らへてあらば、見ることのみこそあらめ」など慰めらるれど、一目見合せられつる面影《おもかげ》忘られがたく、女にてさへ、物したまひつるを、いかなる方《かた》へとだに知らずなりぬると思ふも悲しけれども、「いかにして」と言ふに、さもなければ、人知れぬ音《ね》をのみ袖《そで》に包みて、夜も明けぬれば、「余りに心地《ここち》わびしくて、この暁《あかつき》はやおろしたまひぬ。女にてなどは見え分くほどにはべりつるを」など奏《そう》しける。「温気《ぬるけ》などおびたたしきには、みなさることと、医師《くすし》も申すぞ。かまへて、いたはれ」とて、薬どもあまた賜はせなどするも、いと恐ろし。（略）

それにしても、去年お生れになった皇子は、人知れず隆顕《たかあき》の大納言《だいなごん》（母方の叔父）がお世話申しあげる方となっていたが、この間からお患いと聞くにつけ、母であるわたし

の罪の報いとして、よいことはあるまいと思うか思わないかのうち、十月の八日であったか、「時雨《しぐれ》がひどく降る時分、時雨の雨の雫《しずく》や露とともに消えてしまわれた」と聞いたので、かねがね覚悟していたことではあるものの、あっけなく茫然《ぼうぜん》とした心の中《うち》といったら、いい加減なことであろうか。老少不定《ろうしょうふじょう》の死別、愛別離苦《あいべつりく》の悲しみは、ただこの身一つに集まったように思われた。幼い時に母に死別し、成長して父を失っただけでなく、今またこのような悲しい思いをして、袖《そで》の涙は紛らわしようもないことだ。恋人に愛されることに慣れてゆくと、恋人が帰る朝はその名残を慕ってまた寝の床《とこ》に涙を流し、その人を待つ宵《よい》には夜更けを告げる鐘の音に自身の泣く音《ね》を添え、待つかいあって逢《あ》った後は、また、世間に噂《うわさ》されるだろうかと苦しみ、里に下がっている時はわが君の御面影を恋い偲《しの》び、おそばに伺候《しこう》している時は、またわが君が他の人を召されてむなしく夜《よ》離《が》れの重なる夜々を恨み、わが君がわたしから遠ざかって行かれることを悲しむ。人間の定めとして、苦しみのみで明け暮れしている、一日一夜に八億四千とかいう悲しみも、ただわたし一人のことのように思い続けると、いっそのこと、ただもう恩愛の境界《きょうがい》に別れを告げて仏弟子となりたい。

さても、去年《こぞ》出《い》で来たまひし御方《かた》、人知れず隆顕《たかあき》の営《いとな》みぐさにておはせしが、このほど御悩みと聞くも、身の過《あやま》ちの行《ゆ》く末《すゑ》、はかばかしからじと思ひもあへず、神無月《かみなづき》の初めの八日にや、「しぐれの雨の雨《あま》そそき、露とともに消え果てたまひぬ」と聞けば、かねて思ひまうけにしことなれども、あへなくあさましき心の内、おろかならむや。前後相違《さうゐ》の別れ、愛別離苦《あいべちりく》の悲しみ、ただ身一つにとどまる。幼稚《えうち》にて母におくれ、盛《さか》りにて父を失ひしのみならず、今またかかる思ひの袖《そで》の涙、かこつ方《かた》なきばかりかは。馴《な》れゆけば、帰る朝《あした》はなごりを慕ひて、また寝《ね》の床《とこ》に涙を流し、待つ宵《よひ》には更けゆく鐘に音《ね》を添へて、待ちつけて後《のち》は、また世にや聞こえむと苦しみ、里にはべる折は君の御面影《おもかげ》を恋ひ、かたはらにはべる折は、またよそに積もる夜《よ》な夜《よ》なを恨み、わが身に疎《うと》くなりましますことも悲しむ。人間のならひ、苦しくてのみ明け暮るる、一日一夜に八億四千とかやの悲しみも、ただ我一人に思ひつづくれば、しかじ、ただ恩愛《おんない》の境界《きやうがい》を別れて、仏《ぶつ》弟子《でし》となりなむ。

六 後深草院と前斎宮《ぜんさいぐう》

秋頃《ごろ》、後深草院は院政問題のこじれから出家を思い立つが、東の御方（愔子《いんし》）所生の院の皇子が皇太子となったことから、沙汰《さた》やみとなった。後嵯峨院《ごさがいん》の姫宮で後深草院異母妹の前斎宮（愷子《がいし》内親王）が伊勢《いせ》から帰洛《きらく》した。作者の亡父が以前奉仕した縁から、作者もたびたび参上する。十一月、後深草院は嵯峨殿《さがどの》（後嵯峨院の御殿）で前斎宮に対面した。

斎宮は二十歳を過ぎていらっしゃる。すっかり成熟しきったご様子は、伊勢の御神もお別れになるのを名残惜しく思われたのももっともで、花と言ったならば、桜にたとえても、はた目にはさほど見当違いではあるまいと見誤れるほどで、その桜に霞《かすみ》が立ち重なるように男の人が袖《そで》を重ねる間も、どうしたらいいだろうと思い悩みそうなご様子であるから、ましてどこまでも美女をお漁《あさ》りになる御所様のお心の中《うち》は、早くもどんなお思い悩みの種になることかと、はたからもお気の毒なように思われた。

御所様ともお話をなさり、斎宮は伊勢の神路山《かみじやま》（伊勢神宮内宮の神苑にある山）のお話などを、とぎれとぎれに申しあげられてから、御所様は、「今夜はひどく更《ふ》けました。ゆっくりと、明日は嵐山《あらしやま》の落葉した木々の梢《こずえ》などを御覧になって、お帰りください」などと申されて、ご自分のお部屋へお入りになると、早くも、「どうしたらいいだろう、どうしたらいいだろう」とおっしゃる。そら、わたしの思ったとおりだわ、とおかしく思っていると、「幼い時からわたしに仕えてきた証《あかし》として、このことをあの人に申し入れてうまくいくよう計らったならば、本当にわたしに対して愛情があると思おう」などとおっしゃるので、すぐにわたしが御使者として参った。ただありふれたふうに、「お目にかかれてうれしく存じます。お慣れにならないお旅寝《たびね》は興ざめでございましょうか」などという口上で、ひそかにお手紙が添えてある。氷襲《こおりがさね》（表は白、裏も白の鳥の子紙を二枚重ねたもの）の薄様《うすよう》にしたためてあっただろうか。

知られじな今しも見つる面影《おもかげ》のやがて心にかかりけりとは

――ご存じないでしょうね。たった今お逢《あ》いしたあなたの面影が、そのままわたしの心にかかって離れないとは

夜も更けたので、斎宮の御前に伺《し》候《こう》している女房も皆、物に寄りかかって臥《ふ》している。

ご本人も小几帳《こぎちょう》を引き寄せて、お寝《やす》みになっておられた。近くに参って事の次第を申しあげると、お顔を赤らめて、特に何もおっしゃらない。お手紙も見るともないままにお置きになった。「何とご返事申しましょうか」と申しあげると、「思いがけないお言葉は、何とご返事申しようもなくて」とばかりで、また寝てしまわれたのも気がとがめるので、帰参して、このことを御所様に申しあげる。

「かまわないから、寝ておられる所へわたしを案内しろ、案内しろ」とせき立てられるのも面倒なので、お供に参るのはおやすい御用だから、ご案内して参る。御所様は甘《かん》の御召物（上皇用の直衣《のうし》）などは大仰《おおぎょう》なので、ただ大口袴《おおくちばかま》だけでこっそりとお入りになる。

まずわたしが先に参って、お襖《ふすま》をそうっと開けると、さっきのままでお寝《やす》みになっている。御前の女房も寝入ってしまっているのだろうか、音を立てる人もなく、御所様がお体を低くなさって這《は》うようにしてお入りになった後、どのようなことがあったのであろうか。そのまま放ってお置きするわけにもいかないので、斎宮のお側で寝ている女房の傍らに寝ると、その人は今になって目を覚まして、「あなたはどなた」と言う。「お人少なのもお気の毒ですので、御宿直《とのい》しております」と答えると、本当だと思って話をするのも、心配りのないことよと情けなく感じられるので、「眠たいわ。夜も更けました」と言って、眠ったふりをしていると、御几帳《みきちょう》の内側も遠くないので気配がわかるのだが、斎宮は、ひどく御所様がお心を尽くされることなく、早くもなびいてしまわれたと思われたのは、あまりにもあっけなかった。気強くお許しにならないでお明かしになったならば、どんなにおもしろいだろうと思われたのに、御所様は夜が明けきらないうちに帰ってこられて、「桜は色つやは美しいけれども、枝がもろく、手折《たお》りやすい花だなあ」などとおっしゃったので、「だからわたしの思ったとおりだわ」と思われました。日が高くなるまでお寝《やす》みになって、昼というほどの時刻になって目をお覚ましになって、「ひどくまあ、今朝に限って寝坊したよ」などと言われて、今になって後朝《きぬぎぬ》のお手紙をしたためられる。斎宮のご返事には、ただ、「夢のようにして拝見した御面影は覚めようもございません」などだけであったとか。

斎宮は二十《はたち》に余りたまふ。ねびととのひたる御さま、神もなごりを慕ひたまひけるもことわりに、花といはば、桜に喩《たと》へても、よそ目はいかがと誤《あやま》たれ、霞《かすみ》の袖《そで》を重ぬる隙《ひま》もいかにせましと思ひぬべき御有様なれば、まして隈《くま》なき御心の内は、いつしかいかなる御物思《ものおも》ひの種にかと、よそも御心苦しくぞおぼえさせたまひし。
御物語ありて、神路《かみぢ》の山《やま》の御物語など、絶《た》え絶《だ》え聞こえたまひて、「今《こ》宵《よひ》はいたう更《ふ》けはべりぬ。のどかに、明日《あす》は嵐《あらし》の山《やま》の禿《かぶろ》なる梢《こずゑ》どもも御覧じて、御帰りあれ」など申させたまひて、わが御方《かた》へ入らせたまひて、いつしか、「いかがすべき、いかがすべき」と仰《おほ》せあり。思ひつることよと、をかしくてあれば、「幼くより参りし験《しるし》に、このこと申しかなへたらむ、まめやかに心ざしありと思はむ」など仰せありて、やがて御使《つかひ》に参る。ただ大方《おほかた》なるやうに、「御対面うれしく、御旅寝《たびね》すさまじくや」などにて、忍びつつ文《ふみ》あり。氷襲《こほりがさね》の薄様《うすやう》にや。

知られじな今しも見つる面影《おもかげ》のやがて心にかかりけりとは

更けぬれば、御前《まへ》なる人もみな寄《よ》り臥《ふ》したる。御主《ぬし》も小几帳《こぎちやう》引き寄せて、御殿籠《とのごも》りたるなりけり。近く参りて、事のやう奏《そう》すれば、御顔うち赤めて、いと物ものたまはず、文も見るとしもなくて、うち置きたまひぬ。「何とか申すべき」と申せば、「思ひよらぬ御言《こと》の葉《は》は、何と申すべき方《かた》もなくて」とばかりにて、また寝たまひぬるも心やましければ、帰り参りて、このよしを申す。

「ただ、寝たまふらむ所へ導け、導け」と責めさせたまふもむつかしければ、御供《とも》に参らむことはやすくこそ、しるべして参る。甘《かん》の御衣《ぞ》などはことごとしければ、御大口《おほくち》ばかりにて、忍びつつ入らせたまふ。

まづ先《さき》に参りて、御障子《しやうじ》をやをら開《あ》けたれば、ありつるままにて御殿籠《とのごも》りたる。御前《まへ》なる人も寝入りぬるにや、音する人もなく、小さらかに這《は》ひ入らせたまひぬる後《のち》、いかなる御事どもかありけむ。うち捨てまゐらすべきならねば、御上臥《うへぶ》ししたる人のそばに寝《ね》れば、今ぞおどろきて、「こは誰《た》そ」と言ふ。「御人少《ひとずく》ななるも御いたはしくて、御宿直《とのゐ》しはべり」と答《いら》へば、まことと思ひて物語するも、用意なきことやとわびしければ、「眠《ねぶ》たしや。更けはべりぬ」と言ひて、空眠《そらねぶ》りして居《ゐ》たれば、御几帳《みきちやう》の内も遠からぬに、いたく御心も尽くさず、はやうち解けたまひにけりとおぼゆるぞ、余りに念《ねん》なかりし。心強くて明かしたまはば、いかにおもしろからむとおぼえしに、明け過ぎぬ先に帰り入らせたまひて、「桜は匂《にほ》ひはうつくしけれども、枝もろく、折りやすき花にてある」など仰せありしぞ、さればよとおぼえはべりし。

日高くなるまで御殿籠りて、昼といふばかりになりておどろかせおはしまして、「けしからず、今朝《けさ》しも寝《い》ぎたなかりける」などとて、今ぞ文《ふみ》ある。御返事《かへりごと》には、ただ、「夢の面影《おもかげ》は覚《さ》むる方なく」などばかりにてありけるとかや。

とはずがたりの風景 ◇1

二条富小路殿跡《にじょうとみのこうじどの》

四歳のときから後深草院《ごふかくさいん》に引き取られて愛育されていた二条。彼女にとって後深草院の御所は「幼くよりさぶらひなれたる御所」であったはずなのに、十四歳で院の寵愛《ちょうあい》を受けて、あらためて連れて行かれた御所は、彼女にとって恐ろしく遠慮される場所だった。後深草院が院御所を営んだのは二条富小路殿。現在の京都御所の南、中京区鍛冶屋町のあたりにあった。ここには院の母方の祖父西園寺《さいおんじ》実氏《さねうじ》の邸宅、冷泉《れいぜい》富小路殿があり、後深草院の在位中に閑院内裏《かんいんだいり》の焼亡にあたって二度ほどここを皇居とし、退位後もこの地を院御所としていた。二条が出家した頃《ころ》に最初の火災に遭い、院の死後の火災の後はそのままになっていたが、鎌倉幕府から内裏造営のための費用が献上されたために、この地に平安宮の内裏を模した里内裏(臨時の皇居)が建設された。これが二条富小路内裏で、花園《はなぞの》、後醍《ごだい》醐《ご》、光厳《こうごん》天皇が政務を執った。しかし、南北朝の争乱に巻き込まれ、建武三年(一三三六)に焼失している。

この争乱のもとをたどれば、後深草院と弟の亀山院が皇統をめぐって争い、それぞれの子孫が交互に即位する「両統迭立《りょうとうてつりつ》」の方式をとったことが要因とされている。後深草院の子孫が「持明院統《じみょういんとう》」と称されるのは、後深草院が三代前の後《ご》高倉《たかくら》院から伝領されてきた持明院殿も院御所としていたためであるが、基本的に住まいを営んだ御所は二条富小路殿であり、『とはずがたり』の主要舞台となる。

巻二

建治元年（一二七五）〜三年
作者十八〜二十歳
後深草院三十三〜三十五歳

一 有明《ありあけ》の月《つき》との夜

こうして建治《けんじ》元年三月の頃にもなると、いつもの後白河院《ごしらかわいん》の追善の御法華《ほっけ》八講《はっこう》の時分であるが、六条殿の長講堂《ちょうこうどう》はなくなっていたので、正親町殿《おおぎまちどの》（正親町高倉にあった後深草院の御所で、今の京都御所内）の長講堂で行われる。その結願の十三日に御所様の長講堂への御幸《みゆき》があったが、その間に参られた方（後深草院の異母弟、性助法親王《しょうじょほっしんのう》。「有明の月」と呼ばれる）がいた。「還御《かんぎょ》をお待ち申しあげよう」とおっしゃってそのままおいでになって、二棟《ふたむね》の廊《ろう》にいらっしゃる。

わたしが参ってお目にかかって、「ほどなく還御でございましょう」などと申して、帰ろうとすると、「しばらく、そこにおいでなさい」とおっしゃるので、何の御用ともわからないけれども、そわそわして逃げなければならないような御身分ではないので、そのまま伺候《しこう》していると、何ということもない昔話をなさり、「故大納言《だいなごん》（作者の父久我《こ》雅忠《がまさただ》）がいつも申されたことも忘れずに覚えている」などとおっしゃるのも懐かしいような気になって、のんびりと対座し申しあげていると、どういうことか、思いもかけないことをおっしゃりだして、「御仏《みほとけ》も邪念を差しはさんだ勤行《ごんぎょう》とお思いであろうかと気がとがめる」などとおっしゃるのを承るのも、まことに意外であったので、何ということなくごまかしてその場を立ち退こうとすると、わたしの袖《そで》をさえ引きとどめて、「どのような隙《ひま》にでもちょっと逢《あ》おうということだけでも、せめては期待させておくれ」と言われて、本当にうそ偽りでなく見えるお袖の涙も煩わしく感じられる折も折、「還御」と言って大騒ぎするので、捕えられていた袖を引き放して立ち去った。

意外なことながら、今のことはわけのわからない夢と言ったらよいのだろうかなどと思っていると、御所様はこのお方とご対面になって、「久しぶりだから」などと言われて、お盃《さかずき》をお勧めになる。そのご陪膳《はいぜん》を勧めるにつけ、こんなことを考えている今のわたしの心の中《うち》を人は知らないだろうと思うと、たいそうおかしな感じがする。

かくて弥生《やよひ》のころにもなりぬるに、例《れい》の後白河院御八講《はつこう》にてあるに、六条殿長講堂《ちやうこうだう》はなければ、正親町《おほぎまち》の長講堂にて行はる。結願《けちぐわん》十三日に御幸《ごかう》なりぬる間《ま》に、御参りある人あり。「還御《くわんぎよ》待ちまゐらすべし」とてさぶらはせたまひ、二棟《ふたむね》の廊《らう》に御渡《わた》りあり。

参りて見参《げざん》に入りて、「還御はよくなりはべらむ」など申して、帰らむとすれば、「しばし、それにさぶらへ」と仰せらるれば、何の御用《よう》ともおぼえねども、そぞろき逃ぐべき御人柄《ひとがら》ならねば、さぶらふに、何となき御昔語《むかしがたり》、「故大納言《こだいなごん》が常に申しはべりしことも忘れずおぼしめさるる」など仰せらるるもなつかしきやうにて、のどのどとうち向ひまゐらせたるに、何《なに》とやらむ、思ひのほかなることを仰せられ出《い》だして、「仏も心きたなき勤《つと》めとやおぼしめすらむと思ふ」とかやうけたまはるも、思はずに不思議なれば、何となく紛《まぎ》らかして立《た》ち退《の》かむとする袖《そで》をさへ控《ひか》へて、「いかなる隙《ひま》とだに、せめては頼めよ」とて、まことに偽《いつは》りならず見ゆる御袖の涙もむつかしきに、「還御」とてひしめけば、引《ひ》き放《はな》ちまゐらせぬ。

思はずながら、不思議なりつる夢とや言はむなどおぼえて居《ゐ》たるに、御対面ありて、「久《ひさ》しかりけるに」などとて、九献《くこん》勧め申さるる。御陪膳《はいぜん》を勤むるにも、心の中《うち》を人や知らむと、いとをかし。

後深草院と亀山院の不和が噂《うわさ》されるなか、亀山院が後深草院の御所を訪れ、蹴鞠《けまり》に興じるという事があった。以来、亀山院は、その時の接待役であった作者に、たびたび手紙をよこす。九月、体調がすぐれない後深草院の息災を祈る祈禱僧《きとうそう》として、有明の月（性助法親王）が参上、用向きのため作者はその局《つぼね》を訪《とぶら》う。

「御撫物《なでもの》（祓《はら》えの時に用いる衣）はどこに持参したらよろしゅうございますか」とお伺い申すと、「道場のそばの局へ持参するように」というお言葉なので、参って見ると、お部屋は御灯明《みあかし》で明るく光り輝いているところに、意外にも、着慣らしてしわになった衣で、あのお方（有明の月）がふと入っていらっしゃった。これはどうしたことかと思ううちに、「仏のありがたいお導きは、暗い愛欲の道に迷い入っても必ず救ってくださるだろう」などとおっしゃって、泣く泣くわたしに抱きつかれるのも、あまりにもひどいと思われるけれども、あのお方のご身分を思うと、「これはどうしたことです」など言えるようなご人品でもないので、なさることに堪《た》えながら、「仏様のお心の中《うち》も恥ずかしゅうございます」など申すけれども、どうしようもない。

こうして、まるで夢を見たような体験の名残も、とても現実のこととも思われないでいる時に、「祈禱《きとう》の時刻になりました」と言って伴僧たちがやってきたので、あのお方は局の後ろの方から逃げ帰られたが、「後夜《ごや》（夜半から朝にかけての勤行《ごんぎょう》）の時に、もう一度必ず来るように」とおっしゃって、すぐ祈禱が始まる、その有様は何事もなかったかのようだが、あのお方が祈禱の導師として心からお勤めになっていらっしゃるとも思われないので、ひどく恐ろしい。

御灯明《みあかし》の光さえ曇りなく差し込んでくる火影は、それと対照的な、愛欲のために沈む来世の闇《やみ》を思わせて悲しいのだが、その火のようにこのお方を恋いこがれる心などはないまま、後夜過ぎる時分に、人のいない合間をうかがって参ったところ、このたびはご祈禱も終った後なので、少し余裕もあってお逢《あ》いするにつけても、むせび泣かれるご様子はお気の毒なほどだが、夜が明けてゆく物音がすると、わたしが肌に着ていた小袖《こそで》とご自身お肌につけておられた御小袖を、無理やり「形見にしよう」とおっしゃって着替えなさって、翌朝起き別れたお名残惜しいご様子も、後朝《きぬぎぬ》の恋の情緒という点では十分ではないものの、懐かしくしみじみ感動されると言ってもよいご様子も忘れがたい心地がして、自分の局《つぼね》に下がって横になると、今取り替えてきたあのお方の御小袖の褄《つま》に何かある。取って見ると、陸奥紙《みちのくにがみ》をほんのちょっと破いて、

うつつとも夢ともいまだわきかねて悲しさ残る秋の夜《よ》の月

——さっきそなたと逢ったことは、うつつとも夢ともまだ区別できかねて、悲しさが残っている、秋の夜の月よ

とあるのも、どんな隙《ひま》にお書きになったのだろうなどと、いい加減でないわたしへの愛情もそれとなくわかって、この期間中は隙をうかがっては、連夜というほどお逢い申しあげたので、このたびの御修法は潔白ではないご祈誓であったことになり、仏様のお心の中もさぞやと恥ずかしく思われたが、二七日《にしちにち》（十四日目）の末頃《ごろ》から御所様は快方へ向われ、三七日《さんしちにち》（二十一日目）でご結願となって、あのお方はご退出なさる。

一「御撫物《なでもの》、いづくにさぶらふべきぞ」と申す。「道場のそばの局《つぼね》へ」と仰《おほ》

せ言《ごと》あれば、参りて見るに、顕証《けんそう》げに御灯明《みあかし》の火にかかやきたるに、思はずに萎《な》えたる衣にて、ふとおはしたり。こはいかにと思ふほどに、「仏の御しるべは、暗き道に入りても」など仰せられて、泣く泣く抱《いだ》きつきたまふも、余りうたてくおぼゆれども、人の御ため、「こは何事ぞ」など言ふべき御人柄《ひとがら》にもあらねば、忍びつつ、「仏の御心の内も」など申せども、かなはず。

見つる夢のなごりも、うつつともなきほどなるに、「時《じ》よくなりぬ」とて、伴僧ども参れば、後《うし》ろの方《かた》より逃げ帰りたまひて、「後夜《ごや》のほどに、今《いま》一度《ど》かならず」と仰せありて、やがて始まるさまは、何《なに》となきに、参りたまふらむともおぼえねば、いと恐ろし。

御灯明《みあかし》の光さへ曇りなくさし入りたりつる火影《ほかげ》は、来《こ》む世の闇《やみ》も悲しきに、思ひ焦《こ》がるる心はなくて、後夜《ごや》過ぐるほどに、人間《ひとま》をうかがひて参りたれば、この度《たび》は御時《じ》果てて後《のち》なれば、すこしのどかに見たてまつるにつけても、むせかへりたまふ気色《けしき》、心苦しきものから、明けゆく音するに、肌に着たる小袖《こそで》にわが御肌なる御小袖を、しひて、「形見に」とて着替へたまひつつ、起き別れぬる御なごりも、かたほなるものから、なつかしくあはれとも言ひぬべき御さまも忘れがたき心地《ここち》して、局《つぼね》にすべりてうち寝《ね》たるに、今の御小袖の褄《つま》に物あり。取りて見れば、陸奥紙《みちのくにがみ》をいささか破《や》りて、

うつつとも夢ともいまだわきかねて悲しさ残る秋の夜《よ》の月

とあるも、いかなる隙《ひま》に書きたまひけむなど、なほざりならぬ御心ざしも空《そら》に知られて、このほどは隙をうかがひつつ、夜を経《へ》てといふばかり見たてまつれば、この度《たび》の御《み》修法《しゆほふ》は心清からぬ御祈誓《きせい》、仏の御心中も恥づかしきに、二七日の末《すゑ》つ方《かた》よりよろしくなりたまひて、三七日にて御結願《けちぐわん》ありて出《い》でたまふ。

二　ささがにの女

三年前、作者が扇を交換した女に後深草院は深い興味を抱いていたが、十月十日、院はその女を御所に呼び寄せることに成功する。ちょうどその日、山科資行《やましなすけゆき》に手配させていた別の女（ささがにの女と呼ばれる）も到着したが、そのまま車中で待機させられた。

いつものように、「案内せよ」というご命令だったので、車寄せへ行ったところ、車から降りる音など衣《きぬ》ずれの音からして乱暴で、ひどく鳴り響くさまも意外だったが、彼女（作者が以前扇を交換した女）を連れて参って、いつもの昼の御座所《おましどころ》のそばの四間を、特別に設営して空薫《そらだ》きの香りも格別心をこめて薫《た》いてあるところに導き入れたところ、この人は一尺（約三〇・三センチ）ばかりの檜扇《ひおうぎ》を浮織《うきおり》にした衣装に、青裏の二《ふた》つ衣《ぎぬ》に紅《くれない》の袴《はかま》をはき、どれも普通でなく糊《のり》気のきいたのを、着慣れていないのであろうか、まるで皮籠《かわご》作りの皮籠などのように背中にずいぶん高々と出っぱって見えて、顔の有様もたいそう色っぽく、目鼻立ちもはっきりとしていて、いかにも美人だなと見えるけれども、姫君などとはとても言えそうもない。肥《ふと》り気味で背が高く、肉づきがよく色白で、内裏などの女房にして、大極殿《だいごくでん》の行幸の儀式などに一《いち》の内侍《ないし》などとして、髪を結い上げて御剣を捧持《ほうじ》する役などを勤めさせたいと見える人でした。

「もう参りました」と申しあげると、御所様は菊を織った薄色《うすいろ》の御直衣《のうし》に大口袴《おおくちばかま》をお召しになって、お入りになる。「百歩の外まで香る」というほどの薫物《たきもの》の匂《にお》いは、屏風《びょうぶ》のこちら側まで、ひどくぎょうさんに香ってくる。お話などなさるのに対して、ともすれば、はきはきとお答えする傾向であるのも、御所様のお気に召さないのではないかと想像されておかしく思っているうちに、お寝《やす》みになった。わたしはいつものように、おそば近く宿直《とのい》をしていたが、西園寺の大納《だいな》言実兼《ごんさねかね》も、明り障子の外、長押《なげし》の下に宿直していた。あまり夜も更《ふ》けないうちに、はや何事も終ってしまったのであろうか、ひどくあきれるほどのことである。

そして、御所様は早くも部屋の外へお出になってわたしをお召しになるので、参上すると、「玉川《たまがわ》の里（摂津国《せっつのくに》の卯《う》の花の名所。ここは卯の花のような女だ、の意。卯の花に「憂《う》し」を響かせるか）だ」とおっしゃるのを承るのは、他人のわたしにも悲しい。夜更けの鐘すら打たないうちに彼女は帰されてしまった。御所様はご気分がすぐれず、お召物を召し替えなどして、簡単なお夜食すらあがらないで、「ここを打て、あそこを打て」などと言われて、お寝《やす》みになった。雨がひどく降るので、彼女の帰途の袖《そで》もさぞかし涙と雨に濡《ぬ》れたことだろうと思いやられて、気の毒に思われる。

それはそうと、夜が明けてゆく時分、「資行が申し入れた人はどういたしましょう」と申しあげる。「本当に、すっかり忘れていた。見てまいれ」とご命令になる。起きて部屋の外に出て見ると、早くも日が昇っている時分である。

角《すみ》の御所の釣殿《つりどの》の前に、ひどく屋根の破れた車が、夜通し雨に打たれていたこともはっきりとわかるほど、ぐっしょり濡れて見える。まあひどいと思って、「車をお寄せなさい」と言うと、供人《ともびと》が、門の下から今になって出てきて、車を寄せる。見ると、練貫《ねりぬき》の柳の二《ふた》つ小袖《こそで》に花の絵を雑に描いたと思われるのが、車が雨漏りしたので水に皆濡れて、裏の花模様が表へ透《とお》って練貫の二つ小袖に色移りして、体裁が悪いほどである。女は一晩中泣き明かしたことがあきらかで、袖は涙に濡れ、髪は、漏った雨水のせいであろうか、または涙のせいであろうか、まるで洗ったばかりのようである。「この有様では、かえって失礼でございます」と言って、車から降りようとしない。本当に興ざめのする心地がして、「わたしの所にまだ新しい衣がございますから、それを着て参上なさいまし。昨夜は大事なことがあって、ご案内が遅れました」など言うけれども、ただ泣くばかりで、手を合せて「帰してほしい」と言う有様もやりきれない。夜だったのももはや昼になっているので、「本当に、また参上したところで何ともしようがありますまい」ということで、その美人を帰した。

この由《よし》を御所様に申しあげると、「ひどくとんでもないことをしたな」とおっしゃって、ただちにお手紙を遣わされる。ご返事はなくて、「浅茅《あさぢ》が末にまどふささがに（わたしは色変った浅茅――わたしにお飽きになられた移り気な御所様――の葉末で惑っているささがに〈蜘蛛《くも》〉のようなものです）」と書いた硯《すずり》の蓋《ふた》に、縹色《はなだいろ》の薄様《うすよう》に包んだ物だけを載せて差し上げる。御所様が御覧になると、「君にぞまどふ（あなた恋しさに惑う恋路）」と、泥絵の具で彩った薄様に黒髪を少々切って包んで、

数ならぬ身の世語《よがた》りを思ふにもなほ悔《くや》しきは夢の通《かよ》ひ路《ぢ》

――物の数でもないこの身が、おもしろおかしく世間の語り草となることを思うにつけ、やはり口惜《くちお》しいのは、夢のような恋の通い路を踏み初《そ》めたことです

という歌があるだけで、特に変った文句も書いてない。

「出家などしたのだろうか。たいそうはかないことだ」と、御所様はたびたびお尋ねに

なられたけれども、とうとう行方知れずになってしまいました。多くの年月がたって後、河内国更荒寺《かわちのくにさらじ》という寺に、五百戒を守る尼衆としていらっしゃるということを伝え聞いたが、御所様のひどいあしらわれようが、彼女が真実の道に入るお導きとなったわけで、「憂きはうれしかりけむ（つらいことが、結果的にはかえって喜ぶべきこととなったであろう）」と推量された。

例《れい》の、「導け」とてありしかば、車寄せへ行きたるに、降《お》るる音《おと》なひなど、衣《きぬ》の音よりけしからず、おびたたしく鳴りひそめくさまも思はずなるに、具して参りつつ、例の昼《ひ》の御座《おまし》のそばの四間《よま》、心ことにしつらひ、薫《たき》物《もの》の香《か》も心ことにて、入れたるに、一尺ばかりなる檜扇《ひあふぎ》を浮き織りたる衣《きぬ》に、青裏《あをうら》の二衣《ふたつぎぬ》に紅《くれなゐ》の袴《はかま》、いづれもなべてならずこはきを、いと着《き》しつけざりけるにや、かうこひしりかかうこなどのやうに、後《うし》ろに多く高々《たかだか》と見えて、顔のやうもいとたわやかに、目も鼻もあざやかにて、美々《びび》しげなる人かなと見ゆれども、姫君《ひめぎみ》などは言ひぬべくもなし。肥《こ》えらかに、高く、太く、色白くなどありて、内裏《だいり》などの女房《にようばう》にて、大極殿《だいごくでん》の行幸《ぎやうかう》の儀式など

に、一《いち》の内侍《ないし》などにて、髪上げて、御剣《ぎよけん》の役などを勤めさせたくぞ見えはべりし。

「はや参りぬ」と奏《そう》せしかば、御所は菊《きく》を織りたる薄色《うすいろ》の御直衣《なほし》に御大口《おほくち》にて、入らせたまふ。百歩《ひやくぶ》の外《ほか》といふほどなる御匂《にほ》ひ、御屏風《びやうぶ》のこなたまで、いとこちたし。御物語などあるに、いと御答《いら》へがちなるも、御心に合はずやと思ひやられてをかしきに、御寝《よる》になりぬ。例《れい》の、ほど近く上臥《うへぶ》ししたるに、西園寺《さいをんじ》の大納言《だいなごん》、明り障子《しやうじ》の外《と》、長押《なげし》の下《しも》に御宿直《とのゐ》したるに、いたく更けぬ先に、はや何事も果てぬるにや、いとあさましきほどのことなり。

さて、いつしかあらはへ出《い》でさせおはしまして召すに、参りたれば、「玉川《たまがは》の里《さと》」とうけたまはるぞ、よそも悲しき。深き鐘だに打たぬ先に帰されぬ。御心地《ここち》わびしくて、御衣《おんぞ》召し替へなどして、小供御《こくご》だに参らで、「ここあそこ打て」などとて、御寝《よる》になりぬ。雨おびたたしく降れば、帰るさの袖《そで》の上《うへ》も思ひやられて。

まことや、明けゆくほどに、「資行《すけゆき》が申し入れし人は何とさぶらひしそら」と申す。「げにつやつや忘れて。見てまゐれ」と仰せあり。起き出でて見れば、はや日さし出づるほどなり。

角《すみ》の御所《ごしょ》の釣殿《つりどの》の前に、いと破《やぶ》れたる車、夜《よ》もすがら雨に濡《ぬ》れにけるもしるく、濡れしほたれて見ゆ。あなあさましとおぼえて、「寄せよ」と言ふに、供《とも》の人、門《もん》の下《した》よりただ今《いま》出でてさし寄す。見れば、練貫《ねりぬき》の柳の二つ、花の絵描《か》きそそきたりけるとおぼしきが、車漏《も》りて、水にみな濡れて、裏の花、表《おもて》へとほり、練貫の二小袖《ふたつこそで》へうつり、さま悪《あ》しきほどなり。夜もすがら泣き明かしける袖の涙も、髪は、漏《も》りにやあらむ、また涙にや、洗ひたるさまなり。「この有様《ありさま》なかなかにはべり」とて、降《お》りず。まことに苦々《にがにが》しき心地《ここち》して、「わがもとにいまだ新しき衣《きぬ》のはべるを着て、参りたまへ。今宵《こよひ》しも大事のことありて」など言へども、泣くよりほかのことなくて、手をすりて、「帰せ」と言ふさまもわびし。夜もはや昼になれば、「まことに、また何とかはせむ」にて、帰しぬ。

このよしを申すに、「いとあさましかりけることかな」とて、やがて文《ふみ》遣はす。御返事《かへりごと》はなくて、「浅茅《あさぢ》が末《すゑ》にまどふささがに」と書きたる硯《すずり》の蓋《ふた》に、縹《はなだ》の薄様《うすやう》に包みたる物ばかり据《す》ゑて参る。御覧ぜらるれば、「君にぞまどふ」と、だみたる薄様に髪をいささか切りて包みて、

数ならぬ身の世《よ》語《がた》りを思ふにもなほ悔《くや》しきは夢の通《かよ》ひ路《ぢ》

かくばかりにて、ことなることなし。

「出家《しゆけ》などしけるにや。いとあへなきことなり」とて、たびたび尋ね仰せられしかども、つひに行《ゆ》き方《がた》知らずなりはべりき。年多く積もりて後《のち》、河《かは》内国更荒寺《ちのくにさらじ》といふ寺に、五百戒《かい》の尼《に》衆《しゆ》にておはしけるよし聞き伝へしこそ、まことの道の御しるべ、憂《う》きはうれしかりけむと推《お》しはかられしか。

三 女楽《おんながく》の顚《てん》末《まつ》

さて、作者に恋い焦がれる有明《ありあけ》の月《つき》は、あの夜の後も、作者の叔父善勝寺隆顕《ぜんしようじたかあき》を介して作者と逢瀬《おうせ》を持つが、作者のつれない態度に悲観し、呪《のろ》いの起請文《きしようもん》をよこす。建治《けんじ》三年(一二七七)二月、御所で、『源氏物語』の六条院《ろくじよういん》での女楽を模した催しが行われること

となった。作者は明石《あかし》の上《うえ》に扮《ふん》して琵琶《びわ》を弾くことになったが、母方の祖父四条隆親《しじょうたかちか》が、新参女房である自分の娘を女三《おんなさん》の宮《みや》の役に押し込んだと聞き、いやな予感がする。

早くも酒宴が始まりなどして、こちらに女房が順にすわって、めいめいの楽器を前に置き、思い思いの敷物などを敷き、『源氏物語』の若菜《わかな》の巻だったかに記す本文のままに手はずを決められて、時刻になって、主の御所様（後深草院）は六条院（光源氏）の役となり、新院（亀山院）は夕霧大将の役となり、殿の中納言中将（鷹司兼忠《たかつかさかねただ》）や洞院《とういん》の三位中将（公守《きんもり》か）などをであろうか、笛や篳篥《ひちりき》の役で階下へ召されるはずということで、まず女房の座を、すっかりきちんと設けて、並んですわった。

両院は、あちらの裏でお酒盛りがあって、酒宴半ばになって、こちらへお入りになられるという手はずのところへ、兵部卿《ひょうぶきょう》隆親が参って、女房の座はどうかといって見られたが、「この席次の有様は悪い。女三の宮役は、文台《ぶんだい》（小机）の御前である。今、明石の上を演じる人（作者）にとってこちらは叔母《おば》に当る。あちらは姪《めい》である。上座にすわるべき人である。わたくし隆親は、故大納言《だいなごん》雅忠《まさただ》よりは上位だった。どうしてその娘が下座にすわるべきだろうか。すわり直せ、すわり直せ」と声高に言ったので、善勝寺隆顕や西園寺実兼《さねかね》が参って、「これは御所様の格別の仰せでございますのに」と言うけれども、「何であれ、そんなことがあってよいものか」と言われるうえは、いったんはそう言ったものの、そう抗弁する人もないので、そして御所様はあちらにいらっしゃるので、誰《だれ》かお告げ申しあげてもかいのないことなので、わたしは座を下へ降ろされた。

出《い》だし車《ぐるま》の時の誇らしさ（以前の御八講の時は作者は叔母より上位に遇された）も今さらのように思い出されて、ひどく悲しい。姪・叔母という関係には、どうしてよるべきであろうか。身分の低い者の腹に宿る人も多くいるのである。それでも、やれ叔母だ、やれ祖母だといって、大事に捧《ささ》げておかなくてはならないのだろうか。これは何事であろう。総じて興ざめのすることであった。これほど面目まるつぶれのことに立ち交じってもかいがないと思って、わたしはこの座を立った。局《つぼね》へ下がって、「もし御所様からお尋ねがあったならば、この手紙を差し上げよ」と言い残して、伏見の小林という所、そこは乳母の母で、宣陽門院《せんようもんいん》（後白河院皇女覲子内親王）に伊予殿《いよどの》といって仕えていた女房で、女院がお亡くなりになった際、尼となって、即成院《そくじょういん》（京都市伏見区にあった寺）の女院のお墓近くに奉仕している人の所だが、そこへ尋ねて行った。御所様に差し上げる手紙には、白い薄様《うすよう》に琵琶の第一絃を二つに切って包んで、

数ならぬ憂《う》き身を知れば四つの緒もこの世のほかに思ひ切りつつ

――物の数でもない憂《う》いわが身のことはよくわかっておりますので、琵琶の道もこの世ではわたしにかかわりないことと思いあきらめました

と書き置いて、「お尋ねがあったならば、都へ出ましたと申しあげよ」と言い置いて出ました。

そうこうしているうちに、酒宴も半ば過ぎて、両院がお約束どおりお入りになると、明石の上の役の琵琶弾きがいない。事の有様をお尋ねになるので、東《ひがし》の御方《おんかた》（玄輝門院《げんきもんいん》愔子）はありのままに申された。御所様はお聞きになって、「道理だよ、あが子が座を立ったのは、もっともだ」と言われて、局をお尋ねになると、「これを差し上げて、もはや都へ出ました。きっと御所様からお召しがあるであろうが、そうしたならば差し上げよということで、お手紙がございます」と申したので、拍子抜けして、奇妙なことであるということで、すべて気まずい雰囲気になってしまい、わたしの、「数ならぬ」の歌を新院も御覧になって、「たいそう心憎いことです。今夜の女楽を演奏するのもおもしろみのないことでしょう。この歌を頂いて帰りましょう」とおっしゃって、お帰りに

なったということである。このうえは今参り（隆親の娘）が箏《そう》の琴を弾くこともかなわない。めいめい、「兵部卿は正気の沙汰《さた》ではない。老人のひがみか。あが子の振舞いは心憎かった」など申してすんでしまった。

すでに九献《くこん》始まりなどして、こなたに女房《にようばう》、しだいに居《ゐ》て、心々の楽器《がくき》前に置き、思ひ思ひの褥《しとね》など、若菜《わかな》の巻《まき》にやしるし文《ふみ》のままに定め置かれて、時なりて、主《あるじ》の院《ゐん》は六条院に代り、新院は大将《だいしやう》に代り、殿の中納言中将・洞院《とうゐん》の三位中将《さんみのちゆうじやう》にや、笛・篳篥《ひちりき》に階下へ召さるべきとて、まづ女房の座、みなしたためて並び居《ゐ》て、あなた裏にて御酒盛《さかもり》ありて、半《なか》ばになりて、こなたへ入らせたまふべきにてあるところへ、兵部卿《ひやうぶきやう》参りて、女房の座いかにとて見らるるが、「このやう悪《わろ》し。まねばるる女三《をんなさん》の宮《みや》、文台《ぶんだい》の御前《まへ》なり。今まねぶ人の、これは叔母《をば》なり。あれは姪《めひ》なり。上《うへ》に居《ゐ》るべき人なり。隆親《たかちか》、故大納言には上首《じやうしゆ》なりき。何事に下《しも》に居《ゐ》るべきぞ。居直《ゐなほ》れ、居直れ」と声高《こゑだか》に言ひければ、善勝寺《ぜんしようじ》・西園寺《さいをんじ》参りて、「これは別勅《べつちよく》にてさぶらふものを」と言へども、「何《なに》とてあれ、さるべきことかは」と言は

るるうへは、一旦《いつたん》こそあれ、さのみ言ふ人もなければ、御所はあなたに渡らせたまふに、誰《たれ》か告げまゐらせむも詮《せん》なければ、座を下《しも》へ降ろされぬ。出《い》だし車《ぐるま》のこと今さら思ひ出《い》だされて、いと悲し。姪・叔母には、なじかよるべき。あやしの者の腹に宿《やど》る人も多かり。それも、叔母は、祖母《うば》はとて、捧《ささ》げおくべきか。こは何事ぞ。すべてすさまじかりつることなり。これほど面目《めんぼく》なからむことに交《ま》じろひて詮《せん》なしと思ひて、この座を立つ。局《つぼね》へすべりて、「御尋ねあらば、消息《せうそく》を参らせよ」と言ひ置きて、小林《こばやし》といふは御姆《はは》が母、宣陽門院《せんやうもんゐん》に、伊予殿《いよどの》といひける女房、おくれまゐらせてさま変へて、即成院《そくじやうゐん》の御墓《はか》近くさぶらふ所へ尋ね行く。参らせおく消息に、白き薄様《うすやう》に琵琶《びは》の一《いち》の緒《を》を二つに切りて包みて、

数ならぬ憂《う》き身を知れば四つの緒もこの世のほかに思ひ切りつつ

と書き置きて、「御尋ねあらば、都へ出ではべりぬと申せ」と申し置きて、出ではべりぬ。

さるほどに、九献《くこん》半ば過ぎて、御約束のままに入らせたまふに、明石《あかし》の

上《うへ》の代りの琵琶なし。事のやうを御尋ねあるに、東《ひんがし》の御方《かた》、ありのままに申さる。聞かせおはしまして、「ことわりや、あが子が立ちけること、そのいはれあり」とて、局を尋ねらるるに、「これを参らせて、はや都へ出でぬ。さだめて召しあらば参らせよとて、消息こそさぶらへ」と申しけるほどに、あへなく不思議なりとて、よろづに苦々《にがにが》しくなりて、今の歌《うた》を新院も御覧ぜられて、「いとやさしくこそはべれ。今宵《こよひ》の女楽《をんながく》はあいなくはべるべし。この歌を賜はりて帰るべし」とて申させたまひて、還御《くわんぎよ》なりにけり。このうへは今参《いままゐ》り、琴《こと》弾くに及ばず。面々《めんめん》に、「兵部卿うつつなし。老いのひがみか。あが子がしやう、やさしく」など申して過ぎぬ。

四 近衛《このえ》の大殿《おおいどの》のこと

八月、後深草院の伏見《ふしみ》御所で、院の後見役である近衛の大殿を招いて遊宴が催された。伏見殿内の筒井《つつい》の御所で、作者は近衛の大殿から長年の思いを告白された。後深草院は知ってか知らずか、作者を近衛の大殿のもとへ行かせ、作者は心ならずも逢瀬《おうせ》をもつ。

翌朝はまだ夜のうちに、「還御《かんぎょ》」と言って大騒ぎするので、あのお方（近衛の大殿）と起き別れたが、「憂きから残る（つらいものが残る）」と言いそうな様子であるのに、わたしは御所様の御車の後部に同乗したが、西園寺《さいおんじ》の大納言《だいなごん》（実兼《さねかぬ》＝雪の曙《あけぼの》）も御車に乗る。清水《きよみず》の橋（五条橋）の上までは、皆、御所様の御車に続いて車を走らせていたが、御幸《みゆき》は京極《きようごく》から北へなるのに、残りの車は西へと走らせるので、別れる時は、何となく名残惜しいように、大殿の車の影をつい見送ってしまいましたのは、これはいつからの心の習いなのだろうかと、わが心ながらわけがわからない気がしました。

今朝は夜の中《うち》に、「還御《くわんぎよ》」とてひしめけば、起き別れぬるも、「憂きから残る」と言ひぬべきに、これは御車の後《しり》に参りたるに、西園寺《さいをんじ》も御車に参る。清水《きよみづ》の橋の上《うへ》までは、みな御車をやりつづけたりしに、京極《きやうごく》より御幸《ごかう》は北へなるに、残りは西へやり、別れし折は、何となくなごり惜しきやうに、車の影《かげ》の見られはべりしこそ、こはいつよりのならはしぞと、わが心ながらおぼつかなくはべりしか。

巻　三

弘安四年（一二八一）〜八年
作者二十四〜二十八歳
後深草院三十九〜四十三歳

一　有明《ありあけ》の月《つき》とのことを院に告白

御所様（後深草院）をはじめ人々との間柄もたいそう面倒な具合になってゆくにつけても、いったいいつまで同じように物思いにふけっているのだろうかとばかり、つまらなく感じられるので、「み吉野の山のあなたに宿もがな世の憂き時のかくれがにせむ」（古今集）と歌われた世捨人《よすてびと》の住まいだけが慕わしく思われるけれども、それも意のままにならないなどと思うのも、やはりこの世を捨てがたいからであろうと、われとわが身を恨んで寝た夜の夢にまで御所様から遠ざかり申しあげることになるであろうという運命が見えたが、その悪い夢をどのようにして変えさせようかと思うのもかいなくて過ごした。弘安《こうあん》四年二月も半ばになると、たいていの花もようやく咲きはじめる気配を見せて、梅のよい匂《にお》いが薫《かお》る風が吹いてくるのも物足りない心地がして、心細さも悲しさも、いつよりもまさって、愚痴《ぐち》を紛らわしようもない。

御所様が女房を召すお声が聞こえたので、何事かと思って参上したところ、御前には人もいない。御所様は御湯殿の上（女房の詰所）にお一人《ひとり》で立っていらっしゃるのであった。「この頃《ごろ》は、女房たちが里住みで、あまりにも寂しい心地がするのに、そなたはいつも局《つぼね》にこもりがちなのは、どこの男に心ひかれているからか」などとおっしゃるのも、例のお癖が始まったと煩わしく思われる時に、有明の月（性助法親王《しょうじょほっしんのう》）が参上されたと奏聞がある。

世の中いとわづらはしきやうになりゆくにつけても、いつまで同じながめをとのみ、あぢきなければ、山のあなたの住《す》まひのみ願はしけれども、心にまかせぬなど思ふも、なほ捨てがたきにこそと、我《われ》ながら身を恨《うら》み寝《ね》の夢にさへ遠ざかりたてまつるべきことの見えつるも、いかに違《ちが》へむと思ふもかひなくて、如月《きさらぎ》も半《なか》ばになれば、大方《おほかた》の花もやうやう気色《けしき》づきて、

梅《うめ》が香匂《かにほ》ふ風訪れたるも飽《あ》かぬ心地《ここち》して、いつよりも心細さも、悲しさも、かこつ方《かた》なき。

人《ひと》召す音の聞こゆれば、何事にかと思ひて参りたるに、御前《まへ》には人もなし。御湯殿《おゆどの》の上に一人《ひとり》立たせたまひたるほどなり。「このほどは、人々の里住みにて、余りに寂しき心地するに、常に局がちなるは、いづれの方《かた》ざまに引く心にか」など仰《おほ》せらるるも、例《れい》のとむつかしきに、有明《ありあけ》の月《つき》御参りのよし奏《そう》す。

有明《ありあけ》の月《つき》は作者に、逢《あ》えぬつらさを語る。それを襖《ふすま》の向こうで後深草院が聞いていた。

御所様がお部屋にお入りになられたので、有明の月はさりげない様子を取りつくろわれたけれども、絞りきれないほどのお涙はそれを包み隠すお袖《そで》に残っているので、御所様はそれをどのようにお見とがめになるだろうかとはらはらしたが、灯をともす時分に有明の月がお帰りになった後、格別しめやかで、ほかに女房もいない宵《よい》のことなので、わたしが御足などをおもみ申しあげてお寝《やす》みになりながら、「それにしても、まったく意外なことを聞いたものだなあ。これはいったい、どういうことだったのだろうか。あの方（弟、有明の月）とは、まだ幼くていらっしゃった時からお互いに疎遠な間柄でないこととお思い申しあげ、あの方がこのような色恋の道に踏み入ろうとは思いも及ばないことと思うのに」と、くどくどとおっしゃるので、「そのようなことはありません」と申してもかいのないことなので、二人が最初に出逢《であ》った時のことから、月の光の下で別れたことまで、少しの偽りもなく申しあげたところ、「本当に不思議なそなたとのご縁であるなあ。しかしながら、それほどに思いあまられて、隆顕《たかあき》（作者の母方の叔父）に手引きをおさせになったのを、すげなく申したということだが、そのお恨みの結果も、どう考えてもよくないことであろう。昔の例にも、このような恋の思いは人の区別なく生ずることだ。柿本《かきのもと》の僧正は、染殿《そめどの》の后《きさき》（文徳《もんとく》天皇皇后《こうごう》）に物《もの》の怪《け》となって取《と》り憑《つ》き、多くの仏菩薩《ぶつぼさつ》が力を尽くしてお救いしようとなさったが結局、后はこのために身を滅してしまわれたということだ。それに対して志賀寺《しがでら》の聖《ひじり》は、京極《きょうごく》の御息所《みやすんどころ》（宇多《うだ》上皇妃）が『ゆらぐ玉の緒《お》（「よしさらばまことの道にしるべして我をいざなへゆらぐ玉の緒」という歌）』とやさしいお心をおかけになったので、聖はただちに一念の妄執を改めたのだ。この方（有明の月）のご様子はいい加減ではない。その辺をのみこんでお相手申しあげよ。わたしが仲立ちを試みたとしても、他の人はまったく気づくまい。この修法の間はこの方が伺候《しこう》なさるだろうから、そのような機会があったならば、常日頃《つねひごろ》のそなたへの恨みをお忘れになるように計らおう。このような勤行《ごんぎょう》の折だけに、そういうことはよくないことのようだけれども、わたしには深く思うわけがある。差し支えないことだ」と懇切におっしゃって、「何事も、わたしはそなたに対して隠し隔てする気がないので、このように計らうのだよ。どうしたら、この方の深い心の恨みも晴れるだろうか」などおっしゃるのを伺うにつけても、どうしてつらくないことがあろうか。

「人より先にそなたを見初《みそ》めて、多くの年を送ってきたので、何事につけてもいい加減でなくいとしく思われるのだが、どういうわけか、わたしの思いどおりにならないことばかりで、誠意を見せられないのは本当に悔しいことだ。わたしの新枕《にいまくら》はそなたの亡き母、典侍大《すけだい》に習ったので、何かにつけて人知れず彼女のことを慕わしく思っていたのだが、まだその思いを口にしてもかいのない年齢のような気がして、何かと世間に遠慮して明け暮れしているうちに、典侍大は冬忠《ふゆただ》や雅忠《まさただ》などが夫だという顔をするので、わたしはみっともないことに、隙《すき》をうかがったのだったよ。そなたが典侍大のお腹の中にいた折も、生れるのが待ち遠しく、早く早くと、人々の手に抱かれていた時から、世話をしつけていたのだ」と、昔のことまで話してお聞かせになるので、人のせいでなく自分のことで、哀れさもこらえられないままその夜も明けると、「今日から御修法が始まるであろう」ということで、御祈禱《ごきとう》の御壇所《だんしょ》の設営を次々に大騒ぎするにつけ、人知れず心の中は物思いに沈みがちな気分なので、顔色もどうかと、我ながらはた目も気になってつらいのに、早くも「阿闍梨《あじゃり》様（有明の月）のご参上」と言うのを聞きながら、素知らぬ様子で御所様の御前に侍《はべ》っているにつけ、御所様のお心の中《うち》を想像すると、ひどくつらい。

入《い》らせたまひぬれば、さりげなきよしにもてなしたまへれども、絞《しぼ》りもあへざりつる御涙は包む袂《たもと》に残りあれば、いかが御覧じ咎《とが》むらむとあさましきに、灯ともすほどに還御《くわんぎょ》なりぬる後《のち》、ことさらしめやかに、人なき宵《よひ》のことなるに、御足《あし》など参りて、御殿籠《とのごも》りつつ、「さて、思ひのほかなりつることを聞きつるかな。されば、いかなりけることにか。いはけなかりし御ほどより、かたみにおろかならぬ御事に思ひまゐらせ、かやうの道には思ひかけぬことと思ふに」と、うちくどき仰《おほ》せらるれば、「さることとなし」と申すとも、かひあるべきことしあらねば、相見《あひみ》しことの初めより、別れし月の影まで、つゆ曇りなく申したりしかば、「まことに不思議なりける御契《ちぎ》りかな。さりながら、さほどにおぼしめし余りて、隆顕《たかあき》に道芝《みちしば》させられけるを、情けなく申したりけるも、御恨みの末《すゑ》も、かへすがへすよしなかるべし。昔の例《ためし》にも、かかる思ひは人を分かぬことなり。柿本《かきのもと》の僧正《そうじやう》、染殿《そめどの》の后《きさき》の物《もの》の怪《け》にて、あまた仏菩薩《ぶつぼさつ》の力尽くしたまふといへども、つひにはこれに身を捨てたまひにけるにこそ。志賀寺《しがでら》の聖《ひじり》には、『ゆらぐ玉の緒《を》』と情けを残したまひしかば、すなはち一念の妄執《まうしふ》を改めたりき。この御気色《みけしき》、なほざりならぬことなり。心得てあひしらひ申せ。我《われ》試みたらば、つゆ人は知るまじ。このほど伺候《しこう》したまふべきに、さやうのついであらば、日ごろの恨みを忘れたまふやうに計らふべし。さやうの勤めの折からは、悪《あ》しかるべきに似たれども、我《われ》深く思ふ子細《しさい》あり。苦しかるまじきことなり」とねんごろに仰せられて、「何事にも、我に隔《へだ》つる心のなきにより、かやうに計らひ言ふぞ。いかがなどは、かへすがへす心の恨みも晴《は》るる」などうけたまはるにつけても、いかでかわびしからざらむ。

二　雪《ゆき》の曙《あけぼの》との仲、冷えゆく

「人より先に見初《みそ》めて、あまたの年を過ぎぬれば、何事につけてもなほざりならずおぼゆれども、何《なに》とやらむ、わが心にもかなはぬことのみにて、心の色の見えぬこそいと口惜《くちを》しけれ。わが新枕《にひまくら》は故典侍大《こすけだい》にしも習ひたりしかば、とにかくに人知れずおぼえしを、いまだ言ふかひなきほどの心地《ここち》して、よろづ世の中つつましくて明け暮れしほどに、冬忠《ふゆただ》・雅忠《まさただ》などに主《ぬし》づかれて、隙《ひま》をこそ人悪《ひとわろ》くうかがひしか。腹の中にありし折も、心もとなく、いつかいつかと、手の内なりしより、さばくりつけてありし」など、昔の古事《ふるごと》さへ言ひ知らせたまへば、人やりならず、あはれも忍びがたくて明けぬるに、「今日《けふ》より御修法《みしほ》始まるべし」とて、御壇所《だんしよ》いしいしひしめくにも、人知れず心中には物思はしき心地すれば、顔の色もいかがと、我ながらよその人目もわびしきに、すでに、「御参り」と言ふにも、つれなく御前にはべるにも、御心の内、いとわびし。

その後、後深草院は作者と有明《ありあけ》の月《つき》（性助法親王《しょうじょほっしんのう》）の仲を取り持つ。作者は戸惑いながらも有明の月に惹《ひ》かれるようになり、彼の子を身ごもった。一方、雪の曙は……。

それにしても、あれほど、新枕《にいまくら》の人と言ってもよいくらいお互いに浅からぬ愛情を抱いていた人、雪の曙（西園寺実兼《さいおんじさねかね》）は、いつぞや伏見《ふしみ》での近衛《このえ》の大殿《おおいどの》（鷹司兼平《たかつかさかねひら》）との夢のような情事の後は、それを恨んで訪れも間遠にばかりなってゆくにつけても、それももっともなことながら絶えない物思いの種であったが、五月の初め、いつもの亡き母の跡を弔う日なので、一時、里住みをしていると、あちら（雪の曙）から、

憂《う》しと思ふ心に似たるねやあると尋ぬるほどに濡《ぬ》るる袖《そで》かな

――あなたのことをつらいと思うわたしの心に似た、涅《うき》（沼地）に這《は》う長いあやめの根があるかと探し求めるうちに、水に――涙に――濡《ぬ》れてしまいました

こまごまと書き続けて、「里住みの間、わたしのことを見とがめる人がいないのならば、自身で出向いて行って、立ったままでもお話ししたい」とある。返事には、ただ、

「憂きねをば心のほかにかけそへていつも袂《たもと》の乾く間《ま》ぞなき

——涅《うき》に這うあやめの根を軒に掛けるのではありませんが、心ならずも声をあげて泣くことが加わって、わたしの袂《たもと》はいつも涙に乾く間もありません

どのような世にも二人の仲は変るまいと思《おも》い初《そ》めましたのに」などと書きながらも、本当に詮《せん》ない気持がしたけれども、あの方はひどく夜更けの時分にいらっしゃった。つらかったことのあれこれをまだ話しだしもしないうちに、周囲が騒然とする。「三条京極、富小路《とみのこうじ》のあたりに、火事が起こった」と言ううちに、こうしてもいられないので、あのお方は急いで院の御所に参上した。そうこうしているうちに春の短夜はまもなく明けてゆくので、わたしの所へ戻ることもできない。すっかり明るくなった時分に、あの方は、「二人の仲が浅くなってゆくのがおのずとわかる今宵の邪魔立てで、これからのことも予想されて、つらく思われるよ」とあって、

絶えぬるか人の心の忘れ水あひも思はぬ中の契りに

——存在も忘れられた流れのように、二人の仲は絶えてしまうのでしょうか。あなたはわ

たしのことを忘れてしまって、こちらが思うようにわたしのことを思ってはくれないで

本当に、今宵の邪魔立てこそは、偶然の出来事ではあるまいと思い当ることがあって、

契りこそさても絶えけめ涙川《なみだがは》心の末はいつも乾かじ

――二人の契りはそのように絶えたでしょうが、わたしの心の末に流れる涙の川はいつも乾くことがないでしょう

さても、さしも新枕《にひまくら》ともいひぬべく、かたみに浅からざりし心ざしの人、ありし伏見《ふしみ》の夢の恨みより後《のち》は、間遠《まどほ》にのみなりゆくにつけても、ことわりながら絶えせぬ物思ひなるに、五月《さつき》の初め、例《れい》の昔の跡弔《と》ふ日なれば、あやめの草のかりそめに、里住《さとず》みしたるに、彼《かれ》より、

憂《う》しと思ふ心に似たるねやあると尋ぬるほどに濡《ぬ》るる袖《そで》かな

こまやかに書き書きて、「里居《さとゐ》のほどの関守《せきもり》なくは、自《みづか》ら立ちながら」とあり。返事《かへりごと》には、ただ、

「憂きねをば心のほかにかけそへていつも袂《たもと》の乾く間《ま》ぞなき

いかなる世にもと思《おも》ひ初《そ》めしものを」など書きつつも、げによしなき心地《ここち》せしかど、いたう更《ふ》かしておはしたり。

憂《う》かりしことの節々《ふしぶし》をいまだうち出《い》でぬほどに、世の中ひしめく。「三条京極、富小路《とみのこうぢ》のほどに、火出《い》で来《き》たり」と言ふほどに、かくてあるべきことならで、急ぎ参りぬ。さるほどに、短夜《みじかよ》はほどなく明けゆけば、立ち帰るにも及ばず。明け放るるほどに、「浅くなりゆく契り知らるる今宵《こよひ》の蘆分《あしわ》け、行《ゆ》く末《すゑ》知られて、心憂《こころう》くこそ」とて、

絶えぬるか人の心の忘れ水あひも思はぬ中《なか》の契りに

げに、今宵《こよひ》しもの障《さは》りは、ただごとにはあらじと、思ひ知らるることありて、

契りこそさても絶えけめ涙川《なみだがは》心の末はいつも乾かじ

三 後《ご》深《ふか》草《くさ》院《いん》と有《あり》明《あけ》の月《つき》の狭《はざ》間《ま》で

七月、後深草院は作者の懐妊を有明の月（性助法親王《しょうじょほっしんのう》）に知らせる機会をつくった。

その頃《ころ》、真言《しんごん》の教義の御講義ということが始まって、人々などにお尋ねになられた折に、有明の月が院参《いんざん》なさり、四、五日ご伺候《しこう》なさることがあった。法文《ほうもん》のご論議などが終って、お酒を少々あがられる。わたしがご陪膳《はいぜん》に仕えていると、御所様が、「ところで、広く調べ、深く学問するにつけ、男女の愛欲こそは罪のないことです。逃れがたい契りこそは、どうしようもないことです。さればこそ、昔にもその例が多くあります。浄蔵《じょうぞう》と呼ばれた行者は、陸《み》奥国《ちのくに》の女と宿縁があるということを聞き知って、その女を殺害しようとしたけれども、どうにもできず、その女のために堕落した。染殿《そめどの》の后《きさき》は志賀《しが》寺《でら》の上人《しょうにん》に、『われをいざなへ』とも言った。この恋慕の思いに堪えかねて、青き鬼（情欲に身を焦がした姿をたとえる）ともなるし、望夫石《ぼうふせき》（中国で、従軍して帰らぬ夫を恋う妻が石と化したもの）という石も、恋ゆえに女が石になった姿である。あるいは畜類や獣《けもの》と契るのも、皆前世《ぜんせ》の業の報いである。人間がしようとしてできることではない」などとおっしゃるのも、わたし一人のことをおっしゃっていられるようについ聞いてしまって、冷や汗も涙も一緒に流れる心地がするのだが、それほど仰々しくない様子で、皆が退出した。有明の月も出ようとなさるのを、「夜更けで静かだから、ゆっくりと法文についてでもお話ししましょう」などと申して、お引き止め申されたが、わたしは何となく厄介な感じがして、御前を立った。それ以後のお言葉は知らぬままに、わたしは退出した。

そのころ、真言《しんごん》の御談義《だんぎ》といふこと始まりて、人々に御尋ねなどありしついでに、御参りありて、四、五日御伺候《しこう》あることとあり。法文《ほふもん》の御談義ども果てて、九献《くこん》ちと参る。御陪膳《はいぜん》にさぶらふに、「さても、広く尋ね、深く学《がく》するにつきては、男女《をとこをんな》のことこそ罪なきことにはべれ。逃《のが》れがたからざらむ契りぞ、力《ちから》なきこととなる。されば、昔も例《ためし》多くはべり。浄蔵《じやうざう》といひし行者《ぎやうじや》は、陸奥国《みちのくに》なる女に契りあることを聞き得《え》て、害《がい》せむとせしかども、かなはで、それに堕《お》ちにき。染殿《そめどの》の后《きさき》は志賀寺《しがでら》の聖《ひじり》に、『我《われ》をいざなへ』

とも言ひき。この思ひに堪《た》へずして、青き鬼《おに》ともなり、望夫石《ばうふせき》といふ石も、恋ゆゑなれる姿《すがた》なり。もしは畜類・獣《けだもの》に契るも、皆前業《ぜんごふ》の果たす所なり。人はたすべきにあらず」など仰せらるるも、我一人《われひとり》聞き咎《とが》めらるる心地《ここち》して、汗も涙も流れ添ふ心地するに、いたくことごとしからぬ仕儀にて、誰《たれ》もまかり出《い》でぬ。有明《ありあけ》の月《つき》も出でなむとしたまふを、「深き夜《よ》の静かなるにこそ、心のどかなる法文《ほふもん》をも」など申して、止《とど》めまゐらせらるるが、何となくむつかしくて、御前《まへ》を立ちぬ。その後《のち》の御言《こと》の葉《は》は知らで、すべりぬ。

後深草院は有明の月に懐妊の事を告げる。作者は事情を確かめに有明の月のもとに参る。

有明の月はいつもの忍び逢《あ》いする場所へおいでになって、「つらいことはうれしいことのきっかけとなることもあろうかと思うのは、あまりにも痛切に思う心の中《うち》ゆえと、我ながらあわれだよ」などとおっしゃるのも、かつて有明の月と絶交を決心した時の彼の面影を思うと、やはり有明の月との契りを逃れたいと思うものの、明日はこの御講義も最終日なので、今宵《こよい》限りのお名残惜しさを、さすがに思わないでもない。それが自然の情なのであろうが、一晩中お袖《そで》にかかる涙もやりきれないほどなので、わが身はついにはどうなってゆくのかともわからないのに、かの御所様のお言葉を先ほど伺ったのと少しも違わず語って、「かえって御所様に二人の仲を知られた今となっては、あなたに逢《あ》える機会もあるであろうと思うにつけ、並々ならぬあなたへの愛情の深さも知られるよ。懐妊という思いもかけぬことまでもあるということだから、この世だけでないあなたとの宿縁も、どうしていい加減なことがあろうか。『生れてくる子もひたすらわたしが慈しみ育てよう』という御所様のお言葉を承ったうれしさも、感動も、このうえない。だから、いつ生れるのか待ち遠しい心地がする」などと、泣いたり笑ったりしてお話しになるうちに、夜明けかと思われるので、起き別れて出てくると、「またいつ、夕暮れに逢える折があるだろうか」とむせび泣かれる様子に、わたしも本当にとお思い申しあげ、

わが袖《そで》の涙に宿《やど》る有明《ありあけ》の明けても同じ面影《おもかげ》もがな

――わたしの袖の涙に宿る有明の月と同じく、夜が明けてもあなた様の御面影を袖にお宿ししたいものです

などと思われたのは、わたしにも有明の月を思う心が生れたからであろうか。これが、逃れられぬ契りとかいうのであろうなどと思い続け、そのまま臥《ふ》していると、御所様からのお使いがある。「今宵はそなたを待ちながら、むなしい床《とこ》に身を横たえたまま夜を明かしたよ」とおっしゃって、まだご寝所にいらっしゃるのであった。

「たった今、有明の月との別れの名残り惜しさにひたるそなたに、後朝《きぬぎぬ》の空は無情にも明けるなあ」などとおっしゃるのも、何とも申しあげるべき言葉がないにつけ、悩みのない人が世間には多いのにどうしてわたしはこんなに悩まなければならないのかと思って、涙がこぼれるのを、御所様はどういうふうに誤解なさるのか、「不愉快だ。せめて別れた後に見るまた寝《ね》の夢の中だけでも心安らかに逢いたいなどと思うのか」など、とんでもない方に誤解なさったご様子で、いつもよりもひどく面倒なことを伺うので、やはり思ったとおりだ、結局は頼りにならないわが身の行く末だろうなどと思って、いっそう涙ばかりがこぼれるのに加えて、御所様が「ただひたすらに阿闍梨《あじゃり》との別れのお名残を慕って、わたしが使いをやって呼んだことを不愉快だと思っている」というお言葉をきっかけにお起きになったのも面倒なので、局《つぼね》へ退いた。

例《れい》の方《かた》ざまへ立ち出《い》でたまひつつ、「憂《う》きはうれしき方《かた》もやと思ふこそ、せめて思ひ余る心の中《うち》、我ながらあはれに」など仰《おほ》せらるるも、憂かりしままの月影は、なほなほ逃《のが》るる心ざしながら、明日《あす》はこの御談義結願《けちぐわん》なれば、今宵《こよひ》ばかりの御なごり、さすがに思はぬにしもなきならひなれば、夜《よ》もすがらかかる御袖《そで》の涙も所せければ、何となりゆくべき身の果てともおぼえぬに、かかる仰《おほ》せ言《ごと》をつゆ違《たが》はず語りつつ、「なかなか、かくては便《たよ》りもと思ふこそ、げになべてならぬ心の色も知らるれ。不思議なることさへあるなれば、この世一つならぬ契りも、いかでかおろかなるべき。『一《ひと》筋《すぢ》に我撫《われな》でおほさむ』とうけたまはりつるうれしさも、あはれさも、限りなく。さるから、いつしか心もとなき心地《ここち》するこそ」など、泣きみ笑ひみ語らひたまふほどに、明けぬるにやと聞こゆれば、起き別れつつ出《い》づるに、「またいつの暮れをか」と思ひむせびたまひたるさま、我もげにと思ひたてまつるこそ、

わが袖《そで》の涙に宿《やど》る有明《ありあけ》の明けても同じ面影《おもかげ》もがな

などおぼえしは、我も通ふ心の出で来《き》けるにや。これ、逃《のが》れぬ契りとかやならむなど思ひ続け、さながらうち臥《ふ》したるに、御使《つかひ》あり。「今宵《こよひ》待つ心地《ここち》して、空《むな》しき床《とこ》に臥《ふ》し明かしつる」とて、いまだ夜《よ》の御座《おまし》におはしますなりけり。

「ただ今《いま》しも、飽《あ》かぬなごりも、後朝《きぬぎぬ》の空は心なく」など仰せあるも、何と申すべき言《こと》の葉《は》なきにつけても、しからぬ人のみこそ世には多きに、いかなればなど思ふに、涙のこぼれぬるを、いかなる方《かた》におぼしめしなすにか、「心づきなく、また寝《ね》の夢をだに心やすくもなど思ふにや」など、あらぬ筋《すぢ》におぼしめしたりげにて、常よりもよにわづらはしげなることどもをうけたまはるにぞ、さればよ、思ひつることなり、つひにはかばかしかるまじき身の行く末をなど、いとど涙のみこぼるるに添へては、「ただ一《ひと》筋《すぢ》に御なごりを慕ひつつ、わが御使《つかひ》を心づきなく思ひたる」といふ御端《はし》にて起きたまひぬるもむつかしければ、局《つぼね》へすべりぬ。

四

新たな誕生と死

十月、後深草・亀山両院の母后である大宮院の快気祝いが、嵯峨《さが》の大井殿《おおいどの》で執り行われた。その夜、酔い過ごして寝入ってしまった御深草院の傍らの屏風《びょうぶ》の陰で、亀山院は身重の作者と関係をもつのであった。そして作者の出産の日が近づいてきた。

そうこうしているうちに十月の末になると、いつもよりも気分も悪くうっとうしいので、心細く悲しいのに、御所様からのご指示で兵部卿《ひょうぶきょう》（作者の母方の祖父四条隆親《しじょうたかちか》）が出産の世話をしているのも、露のようにはかないこの身の置き所もないようで、いったいどうなるだろうかと思っているうちに、ひどく夜も更けた時分、こっそりと世間を忍んだ車の音がして、門を叩《たた》く者がいる。「富小路殿《とみのこうじどの》（後深草院御所）から、京極殿《きょうごくどの》の御局《つぼね》（作者の父方の叔母）のおいでですよ」と言う。

解《げ》せない心地がするけれども、門を開けたところ、網代車《あじろぐるま》にたいそう目立たぬお姿をして、御所様がいらっしゃったのであった。思いがけないことなので、ひどく驚き茫然《ぼうぜん》としていると、「特に話をしておかなくてはならないことがあって」とおっしゃって、こまごまとお話しになる。「ところで、この人（有明の月）とのことは世間に知れ渡ってしまったよ。わたしの身に覚えのないことまで噂《うわさ》されていろいろ妙なふうに誤解されていると聞くのがまったくつまらなく思われるのだが、このほど、そなたとは別に私の子を身ごもっていて気がかりだったある女性が、今宵《こよい》死産をしたと聞いたのだが、『決して口外するな』と言ってまだお産はすんでいないということにしてあるのだ。ちょうど今にもそなたが出産する子をあちらへやって、ここの子は死産したことにせよ。そうすることで、このことについての噂は、人の取《と》り沙汰《ざた》も少しは静まるだろう。いやになるほどに、噂を聞くのがつらいので、このように計らったのだよ」とおっしゃって、夜明けを告げる鶏の声に起こされてお帰りになられたのも、浅からぬご配慮はうれしいものの、まるで昔物語みたいで、わが子をよその子として聞くであろうその宿縁というのも、わたしにとってはつらかったことの多い関係で子までなし、しかもその子を手放すことが重なった宿縁を悲しく思っていると、早くも御所様からお手紙がある。「今宵の訪《とぶら》いはめったにないこととて忘れがたくて」と、懇切にお書きになって、

荒れにけるむぐらの宿《やど》の板庇《いたびさし》さすが離れぬ心地《ここち》こそすれ

――むぐらが生い茂って荒れてしまったそなたの隠れ忍んでいる宿にさしかけた板廂《いたびさし》、そのようにさすがにそなたとは離れられない心地がするよ

とあるのも、いつまで続くことかと心細く思われて、

あはれとて訪《と》はるることもいつまでと思へば悲し庭の蓬生《よもぎふ》

――庭に蓬《よもぎ》の生い茂ったこのあばら屋に住むわたしのことを、かわいそうだとお尋ねくださいますこともいつまで続くことやらと思うと悲しく思われます

かかるほどに、神無月《かんなづき》の末になれば、常よりも心地《ここち》も悩ましくわづらはしければ、心細く悲しきに、御所よりの御沙汰《さた》にて、兵部卿《ひやうぶきやう》その沙汰したるも、露のわが身の置き所いかがと思ひたるに、いといたう更《ふ》くるほどに、忍びたる車の音して、門叩《かどたた》く。「富小路殿《とみのこうぢどの》より、京極殿《きやうごくどの》の御局《つぼね》の御渡りぞ」と言ふ。

いと心得ぬ心地《ここち》すれど、開けたるに、網代車《あじろぐるま》にいたうやつしつつ、入《い》らせおはしましたり。思ひよらぬことなれば、あさましくあきれたる心地す

るに、「さして言ふべきことありて」とて、こまやかに語らひたまひつつ、「さても、この有明《ありあけ》のこと、世に隠れなくこそなりぬれ。わが濡《ぬ》れ衣《ぎぬ》さへ、さまざまをかしき節《ふし》に取りなさるると聞くが、よによしなくおぼゆる時に、このほど異方《ことかた》に心もとなかりつる人、彼《か》の今宵《こよひ》亡くて生れたると聞くを、『あなかま』とて、いまださなきよしにてあるぞ。ただ今《いま》もこれより出《い》で来たらむをあれへやりて、ここのを亡きになせ。さてぞこの名は、すこし人の物言ひぐさも鎮《しづ》まらむずる。すさまじく、聞くことのわびしさに、かく計《はか》らひたるぞ」とて、明けゆく鳥の声におどろかされて帰りたまひぬるも、浅からぬ御心ざしはうれしきものから、昔物語めきて、よそに聞かむ契りも、憂《う》かりし節《ふし》のただにてもなくて、度《たび》重なる契りも悲しく思ひ居《ゐ》たるに、いつしか文《ふみ》あり。「今宵《こよひ》の仕儀《しぎ》は珍《めづら》かなりつるも、忘れがたくて」と、こまやかにて、

荒れにけるむぐらの宿《やど》の板庇《いたびさし》さすが離れぬ心地《ここち》こそすれ

とあるも、いつまでと心細くて、

―　あはれとて訪《と》はるることもいつまでと思へば悲し庭の蓬生《よもぎふ》

十一月六日、作者は有明《ありあけ》の月の子を出産し、院に渡す。十三日の深夜、有明の月が訪れ、水入らずで過ごす翌日、有明の月は、鴛鴦《おしどり》に化して作者の体に入る夢を見る。その後、十八日に有明の月は流行病《はやりやまい》に倒れ、二十一日、有明の月より作者に手紙が届く。

「この世で対面したのを、あれが最後だとも思わなかったのに、このような病魔に捕えられて、死んでしまうであろう命よりも、さまざま思い残すことが特に罪深く思われる。見た夢（鴛鴦となる夢）もどのようなことを意味しているのだろうか」と書き続けて、最後に、

身はかくて思ひ消えなむ煙《けぶり》だにそなたの空になびきだにせば

――この身はこうして恋の思いの火に焼かれて消えてしまうだろうが、茶毘《だび》の煙だけでもそなたのいる空になびけば、それで満足だ

とあるのを見る気持は、どうしていい加減なことがあろうか。本当に、いつかの暁《あかつき》が最後なのだろうかと思うのも悲しいので、

「思ひ消えむ煙の末《するゑ》をそれとだに長らへばこそ跡をだに見め
――恋の思いにあなたは消えるだろうといわれますが、そのあとの煙の行く末をそれと確かめることも、わたしが生き長らえていればできるでしょうが

お見舞の方々などでお取込みの最中は、くどくど申しあげるのもかえっていけませんでしょうか」と書いて、思っているありたけの言葉も書かずにおいてしまいましたのも、そうは言ってもまさかこれが最後だとは思わないうちに、十一月二十五日だったか、お亡くなりになったと聞いた時は、夢の中で夢を見るよりもなお何が何だかわからない状態となって、すべて何と言うこともできないのは、愛執の因《いん》となった自身が我ながら罪深い。

「見果てぬ夢」と愚痴《ぐち》をおっしゃり、「悲しさ残る」とお詠《よ》みになった面影をはじめ、あのつらかった別れのままであったならば、このように物思いもしなかったであろうと思うと、よりによって今宵《こよい》は村雨《むらさめ》が降りそそいで、雲の様子さえ普通ではないので、おしなべて空を眺めるにつけ、しみじみと悲しい。「そなたの空に」とあった有明の月の筆の跡はむなしく文《ふ》箱《ばこ》の底に残っており、生前の時のままのあの方の移り香はわずかに

手枕《たまくら》に名残多くとどまっているように思われたので、「これを機に出家して真《まこと》の道に入ってもいい、それが前々からのわたしの希望なのだから」と思うことさえ、世間の人の口の端《は》も恐ろしいので、そんなことをしたら、あのお方が、亡き後までも、つまらない浮き名をおとどめになることになるだろうかと思うと、それさえできないのが悔しい。

「この世にて対面《たいめん》ありしを、限りとも思はざりしに、かかる病《やまひ》に取り籠《こ》められて、はかなくなりなむ命よりも、思ひ置くことどもこそ罪《つみ》深けれ。見しむばたまの夢もいかなることにか」と書き書きて、奥《おく》に、

　身はかくて思ひ消えなむ煙《けぶり》だにそなたの空になびきだにせば

とあるを見る心地《ここち》、いかでかおろかならむ。げに、ありし暁《あかつき》を限りにやと思ふも悲しければ、

　「思ひ消えむ煙の末《すゑ》をそれとだに長らへばこそ跡をだに見め

ことしげき御中《なか》はなかなかにや」とて、思ふほどの言《こと》の葉《は》もさながら残し

はべりしも、さすがこれを限りとは思はざりしほどに、十一月二十五日にや、はかなくなりたまひぬと聞きしは、夢に夢見るよりもなほたどられ、すべて何と言ふべき方《かた》もなきぞ、我ながら罪《つみ》深き。

「見果てぬ夢」とかこちたまひし、「悲しさ残る」とありし面影《おもかげ》よりうち始め、憂《う》かりしままの別れなりせば、かくは物は思はざらましと思ふに、今宵《こよひ》しも村雨《むらさめ》うちそそきて、雲の気色《けしき》さへただならねば、なべて雲居《くもゐ》もあはれに悲し。「そなたの空に」とありし御水茎《みづぐき》は空《むな》しく箱の底に残り、ありしままの御移《うつ》り香《が》はただ手枕《たまくら》になごり多くおぼゆれば、まことの道に入りても、常の願ひなれぱと思ふさへ、人の物言ひも恐ろしければ、亡き御陰《かげ》のあとまでも、よしなき名にや止《とど》めたまはむと思へば、それさへかなはぬぞ口惜《くちを》しき。

五

御所退出

弘安《こうあん》五年（一二八二）三月、作者は有明《ありあけ》の月《つき》の忘れ形見を懐妊していることを知る。四月、後深草院のお召しがあるが、懐妊を理由に断った。その陰で、亀山院との仲が噂《うわさ》になっていた。八月、有明の子の第二子を出産する。年が明け、弘安六年となった。

今年は正月三が日に伺候《しこう》するにつけても、悲しいことばかり数知れずある。特に何事を「この点が悪い」と御所様（後深草院）からお伺いするということはないのだけれども、どういうわけか御所様がわたしに対して隔意《かくい》がおありのような気がするので、世の中もいよいよつまらなく心細いので、今となっては昔のことと言ってもよい人、雪の曙《あけぼの》（西園寺実兼《さいおんじさねかぬ》）だけが、「思ひかねなほ恋路にぞ帰りぬる恨みは末も通らざりけり（悩んでもまた恋路に立ち返ってしまう、あの人が恨めしいと思っても、いつまでも恨みとおすことはできないのだなあ）」（千載集《せんざい》）という古歌のように、絶えず訪れる人であった。

今年は元三《ぐわんさん》にさぶらふにつけても、あはれなることのみ数知らず。何事を、「悪《あ》し」とも、うけたまはることはなけれども、何《なに》とやらむ、御心の隔《へだ》てある心地《ここち》すれば、世の中もいとど物憂《ものう》く、心細きに、今は昔ともいひぬべき人のみぞ、「恨みは末《すゑ》も」とて、絶えず言問《ことと》ふ人にてはありける。（略）

秋の初め、祖父四条隆親《しじょうたかちか》より、「局《つぼね》を片づけて御所を退出せよ」との手紙が届いた。

何ともわけがわからず、御所へその手紙を持って参上して、「兵部卿《ひょうぶきょう》（四条隆親）はこのように申しております。いったい何事でございましょう」と申しあげると、何ともご返事はない。どういうことともわからないまま、玄輝門院《げんきもんいん》（東の御方《おんかた》）——三位《さんみ》殿と申した頃《ころ》のことだったか——このお方に、「いったいどうしたことがございますのでしょうか。このような指図がございましたのを、御所でお伺いいたしましたが、ご返事もございません」と申すと、「わたしも知りません」ということである。

だからと言って「退出いたしません」と言うこともできないから、退出の準備をするのだが、四歳の九月頃から院参《いんざん》しはじめて、時々の里住みの間でさえ気がかりに感じられた御所の内を見るのも今日が最後かと思うと、すべての草木までも目にとどまらぬものはなく、涙にくれておりますと、折も折、わたしのことを恨んでいる人、雪の曙《あけぼの》の参る音がして、「二条殿は局に下がっておられるか」と言われるのも胸に迫って悲しいので、ちょっと顔を出したところ、泣き濡《ぬ》らした袖《そで》の色もよそ目にはっきりしたのだろうか、「いったいどうしたのです」など尋ねられるのも、「問ふにつらさ（尋ねたばかりにつらさがまさるよ）」と思われて、物も言えないので、今朝の手紙を取り出して、「これが心細くて」とだけ言って、局に雪の曙を入れて泣いていると、「いったいどうしたことだろうか」と誰《だれ》もわけがわからない。

年配の女房たちなども見舞い慰めてくださるけれども、何もわかったことはないままに、ただ泣くよりほかのことはなくて暮れてゆくので、御所様のご意向だからこそこうなったのだろうから、また出仕するのも恐れ多い気もしたが、今後はどうしてお目にかかれようかと思うと、これで最後のご尊顔をもう一度拝見しようと思うだけで、心迷いしながら御前に参上すると、御前には公卿《くぎょう》二、三人だけで、何ということないお話をしておられる時であった。

わたしは練薄物《ねりうすもの》の生絹《すずし》の衣に、薄《すすき》に葛《つづら》を青い糸で刺繡《ししゅう》をしたのに、赤色の唐衣《からぎぬ》を着ていたのだが、御所様はそのわたしの方にふと視線を送られて、「今夜はどうした、ご退出になるのか」とおっしゃる。何と申しあげるべき言葉もなくて伺候《しこう》していると、「青葛を手繰《たぐ》りながら尋ねてくる山人ではないが、その衣は、何かの折にまた訪れようとの心か。その青葛はうれしくないなあ」とだけ口ずさまれながら、東二条院の御方へお出かけになるのだろうか、お立ちになられたのは、どうして恨めしくお思い申しあげないでおられようか。

どれほどお思いになろうとも、「そなたに対して隔意《かくい》を抱くことはあるまい」と、長年にわたってお約束なさったのに、どうしてこのようなことになるのだろうかと思うと、すぐにも死んでしまいたいと、一途に思うかいもなくて、車まで待ち受けていたので、これからどこへでも身を隠してしまいたいと思うけれども、事情も知りたくて、二条町小路の兵部卿の家へ行った。

兵部卿は自ら対面して、「いつ死ぬかわからない老いの病だと思う。この頃になってからは特に病気がちで心細いので、そなたのことも、故大納言《だいなごん》（作者の父久我雅忠《こがまさただ》）もいないから気の毒で、善勝寺隆顕《ぜんしょうじたかあき》（隆親の子）のような者さえ亡くなって（没年月は記されていない）、そうでなくても気の毒なところへ、東二条院からこのようにおっしゃられたのを、無理に御所様にお仕えしているのもはばかりがあるだろうと思われるのだ」と言って、手紙を取り出されたのを見ると、「二条は御所様にお仕えして、こちらの御方をないがしろに振る舞うのがおもしろくなく思われるので、ただちにそなたの所に呼び出しておきなさい。故典侍大《こすけだい》（作者の母）もいないから、そなたのほかに指図をすべき人もいないので言うのです」など、東二条院ご自身でいろいろお書きになった手紙である。

「本当に、このうえは無理にお仕えすべきではない」など、退出した後はかえって、気持も慰むようではあったものの、古詩に言うように、本当に秋の夜長の寝覚めには、千声万声の砧《きぬた》の音（絶え間なく聞えてくる布を打つ音）も、わたしの手枕《たまくら》に言問《ことと》うかと悲しく、空を渡って行く雁《かり》の涙も、「鳴きわたる雁の涙や落ちつらむ物思ふ宿の萩《はぎ》の上の露」（古今集）と歌われた萩《はぎ》の上葉《うわば》を尋ねて露となったのかと錯覚される。このように過ごしてその年の末にもなると、旧年を送り新年を迎える準備も何の張り合いがあってしようか、とてもする気にはなれないので、幾年来の宿願で、祇園社《ぎおんしゃ》に千日参籠《さんろう》しなければならなかったのに、今までは万事差し障りが多くてしなかったのだが、思い立って、十一月二日、初めの卯《う》の日で石清水男山八幡宮《いわしみずおとこやまはちまんぐう》の御神楽《かぐら》がある時にまず参詣《さんけい》したが、「榊葉《さかきば》にそのいふ甲斐《かひ》はなけれども神に心をかけぬ間《ま》ぞなき」（新古今集）と詠《よ》んだ人のことも思い出されて、

いつもただ神に頼みをゆふだすきかくるかひなき身をぞ恨むる

——わたしはいつもただ神に頼みをかけ、木綿襷《ゆうだすき》を掛けてお祈りしておりますけれども、
そのかいもない身の不運を恨んでおります

その後、弘安《こうあん》八年（一二八五）春、祖父隆親の姉北山《きたやま》の准后《じゅごう》の九十賀の盛儀に、大宮院（後嵯峨《ごさが》院后《いんきさき》）の女房という資格で参加した作者に、後深草院は帰参するように言うが、作者は応じなかった。

心得ずおぼえて、御所へ持ちて参りて、「かく申してさぶらふ。何事ぞ」と申せば、ともかくも御返事《かへりごと》なし。何とあることともおぼえで、玄輝《げんき》門院《もんゐん》、三位殿《どの》と申す御ころのことにや、「何とあることどものさぶらふやらむ。かくさぶらふを、御所にて案内《あんない》しさぶらへども、御返事さぶらはぬ」と申せば、「我も知らず」とてあり。

さればとて、「出《い》でじ」と言ふべきにあらねば、出でなむとするしたためをするに、四《よ》つといひける長月《ながつき》のころより参り初《そ》めて、時々の里居《さとゐ》のほどだに心もとなくおぼえつる御所の内、今日《けふ》や限りと思へば、よろづの草

木も目止《めとど》まらぬもなく、涙にくれてはべるに、をりふし恨みの人《ひと》参る音して、「下のほどか」と言はるるもあはれに悲しければ、ちとさし出でたるに、泣《な》き濡《ぬ》らしたる袖《そで》の色もよそにしるかりけるにや、「いかなることぞ」など尋ねらるるも、「問ふにつらさ」とかやおぼえて、物も言はれねば、今朝《けさ》の文《ふみ》取り出でて、「これが心細くて」とばかりにて、こなたへ入れて泣き居《ゐ》たるに、「されば、何としたることぞ」と、誰《たれ》も心得ず。

大人《おとな》しき女房《にようばう》たちなども訪《とぶら》ひ仰《おほ》せらるれども、知りたりけることがなきままには、ただ泣くよりほかのことなくて、暮れゆけば、御所《ごしよ》ざまの御気《みけ》色《しき》なればこそかかるらめに、またさし出でむも恐れある心地《ここち》すれども、今より後《のち》はいかにしてかと思へば、今は限りの御面影《おもかげ》も今一度《いまひとたび》見まゐらせむと思ふばかりに、迷ひ出でて御前《まへ》に参りたれば、御前には公卿《くぎやう》二、三人ばかりして、何《なに》となき御物語のほどなり。

練薄物《ねりうすもの》の生絹《すずし》の衣《きぬ》に、薄《すすき》に葛《つづら》を青き糸にて縫物《ぬひもの》にしたるに、赤色の唐衣《からぎぬ》を着たりしに、きと御覧じおこせて、「今宵《こよひ》はいかに御出《い》でか」と仰《おほ》せ言《ごと》あり。何と申すべき言《こと》の葉《は》なくてさぶらふに、「来《く》る山人《やまびと》の便《たよ》りには訪れむとにや。青葛《あをつづら》こそうれしくもなけれ」とばかり御口《くち》ずさみつつ、女院《にようゐん》の御方《かた》へなりぬるにや、立たせおはしましぬるは、いかでか御恨めしくも思ひまゐらせざらむ。

いかばかりおぼしめすことなりとも、「隔てあらじ」とこそ、あまたの年々《としどし》契りたまひしに、などしもかかるらむと思へば、時《とき》の間《ま》に世になき身にもなりなばやと、心一《ひと》つに思ふかひなくて、車さへ待ちつけたれば、これよりいづ方《かた》へも行き隠れなばやと思へども、ことがらもゆかしくて、二《に》条町《でうまち》の兵部卿《ひやうぶきやう》の宿所《すくしよ》へ行きぬ。

自《みづか》ら対面《たいめん》して、「いつとなき老《お》いの病《やまひ》と思ふ。このほどになりては、ことにわづらはしく頼みなければ、御身のやう、故大納言もなければ、心苦しく、善勝寺《ぜんしようじ》ほどの者だに亡くなりて、さらでも心苦しきに、東二条院《ひがしにでうのゐん》よりかく仰せられたるを、しひてさぶらはむもはばかりありぬべきなり」とて、文《ふみ》を取り出でたまひたるを見れば、「院《ゐん》の御方奉公《かたほうこう》して、この御方をばなきがしろにふるまふが、本意《ほい》なくおぼしめさるるに、すみやかにそれに呼び出だして置け。故典侍大《こすけだい》もなければ、そこに計《はか》らふべき人なれば」

など、御自《みづか》らさまざまに書かせたまひたる文なり。

「まことに、この上《うへ》をしひてさぶらふべきにしあらず」など、なかなか出でて後《のち》は、思ひ慰《なぐさ》むよしはすれども、まさに長き夜の寝覚《ねざ》めは、千声万声《せんせいばんせい》の砧《きぬた》の音も、わが手枕《たまくら》に言問《ことと》ふかと悲しく、雲居《くもゐ》を渡る雁《かり》の涙も、物思ふ宿《やど》の萩《はぎ》の上葉《うはば》を尋ねけるかと誤《あやま》たれ、明かし暮して年の末《すゑ》にもなれば、送り迎ふる営《いとな》みも何のいさみにすべきにしあらねば、年頃《としごろ》の宿願《しゆくぐわん》にて、祇園《ぎをん》の社《やしろ》に千日籠《こも》るべきにてあるを、よろづに障《さは》り多くて籠らざりつるを、思ひ立ちて、十一月の二日、初《はじ》めの卯《う》の日《ひ》にて八幡宮《はちまんぐう》御神楽《かぐら》なるにまづ参りたるに、「神に心を」と詠《よ》みける人も思ひ出でられて、

　いつもただ神に頼みをゆふだすきかくるかひなき身をぞ恨むる

巻四

正応二年（一二八九）～五年
作者三十二～三十五歳
後深草院四十七～五十歳

一 東国への旅

正応《しょうおう》二年、すでに尼となっている作者は、東国への旅を思い立つ。

二月の二十日《はつか》過ぎの遅い月の出とともに都を出ましたので、何ということなくすっかり捨ててしまった住みかとはいうものの、再びまた都に帰ってくる日があるだろうなどとのんきに考えられるこの世の習いであろうかと思うと、袖《そで》の涙も今さらながら、「宿《やど》る月さへ濡《ぬ》るるがほにや（袖の涙に映る月影さえも、涙に濡れた顔をしているよ。『古今集』に「あひにあひて物思ふ頃《ころ》のわが袖に宿る月さへ濡るる顔なる」）」という、あの伊勢の古歌そのままであろうかとまで思われるにつけ、我ながら心細く感じられつつ、ここが逢坂《おうさか》の関（近江国《おうみのくに》の逢坂山にあった古関）だと聞くと、「宮も藁屋《わらや》も果てしなく（宮殿に住もうが、藁屋に住もうが、人の望みというものは限りがない。『新古今集』に「世の中はとてもかくても同じこと宮も藁屋も果てしなければ」）」と詠嘆しながら過ごしたという蟬丸《せみまる》（平安時代の伝説上の歌人）の住みかも、今はその跡すらなく、関の清水（逢坂の関付近にあった清水）に映ずるわたしの姿は、旅立ちの第一歩からして、慣れない旅装であるのもたいそう感慨を催されて、そのまま行き過ぎてしまうのもためらわれる。そこに真っ盛りと見える桜がたった一本あるのも、これさえそのまま見捨てにくいのに、田舎《いなか》の人と見えるのが、馬上に四、五人、それもこぎれいな人々が、やはりこの花の下で立ち去りがたい様子であるのも、わたしと同じ心なのだろうかと思われて、

行《ゆ》く人の心をとむる桜かな花や関守《せきもり》逢坂の山

——道行く人の心をとめる桜ですね。この花が、人をとどめて調べる、かつての逢坂山の関守なのでしょうか

など思い続けて、鏡《かがみ》の宿《しゅく》（滋賀県蒲生郡と野洲郡の境にあった宿駅）という所に着いた。夕暮れの時分だったので、遊女たちが男との一夜の契りを求めて歩く有様は、つらい世

の習いだなあと思われて、ひどく悲しい。夜が明けてゆくのを告げる鐘の音に促されて出発するのも、しみじみ悲しいので、

立ち寄りて見るとも知らじ鏡山《かがみやま》心の内に残る面影《おもかげ》

――鏡山に立ち寄って鏡に照らして見るとも、あのお方は知らないでしょう。けれども、わたしの心の内には、なおもあのお方の面影が残っています

如月《きさらぎ》の二十日《はつか》余りの月とともに都を出《い》ではべれば、何《なに》となく捨《す》て果てにし住《す》みかながらも、またと思ふべき世のならひかはと思ふより、袖《そで》の涙も今さら、「宿《やど》る月さへ濡《ぬ》るるがほにや」とまでおぼゆるに、我ながら心弱くおぼえつつ、逢坂《あふさか》の関《せき》と聞けば、「宮も藁屋《わらや》も果てしなく」とながめ過ぐしけむ蟬丸《せみまる》の住みかも跡だにもなく、関《せき》の清水《しみづ》に宿るわが面影《おもかげ》は、出で立つ足元《あしもと》よりうち始め、ならはぬ旅の装《よそほ》ひいとあはれにて、やすらはるるに、いと盛《さか》りと見ゆる桜のただ一木あるも、これさへ見捨てがたきに、田《ゐ》舎人《なかびと》と見ゆるが馬の上《うへ》四、五人、きたなげならぬが、またこの花のもとに

やすらふも、同じ心にやとおぼえて、

行《ゆ》く人の心をとむる桜かな花や関守《せきもり》逢坂の山

など思ひつづけて、鏡《かがみ》の宿《しゅく》といふ所にも着きぬ。暮るるほどなれば、遊女ども契り求めて歩《あり》くさま、憂《う》かりける世のならひかなとおぼえて、いと悲し。明けゆく鐘《かね》の音《おと》に勧《すす》められて出で立つも、あはれに悲しきに、

立ち寄りて見るとも知らじ鏡山《かがみやま》心の内に残る面影《おもかげ》

作者は東海道を下り熱田社《あつたしゃ》・三島社《みしま》などに詣《もう》で、江の島に立ち寄った後、鎌倉へ向かう。

夜が明けたので鎌倉へ入ったが、極楽寺《ごくらくじ》という寺へ参詣《さんけい》して、見ると、僧の振舞いは都と違わない。懐かしく感じられて見ながら、化粧坂《けわいざか》（鎌倉市の扇谷《おうぎがやつ》から梶原《かじわら》に出る坂）という山を越えて鎌倉の方を眺めると、東山から京を見るのとは打って変って、まるで階段などのように家々が重なっていて、あたかも袋の中に物を入れたようにごちゃごちゃと住んでいる有様は、ああみじめたらしいと、しだいに思われて、心惹《ひ》かれる気

もしない。

由比《ゆい》の浜という所へ出て見わたすと、大きな鳥居がある。若宮《わかみや》（鶴岡八幡宮《つるがおかはちまんぐう》）のお社《やしろ》が遥かにお見えになったので、八幡の御神は、「他の氏《うじ》よりは源氏の者を守護しよう」とお誓いになったとかいうことであるのに、そしてわたしは因縁《いんねん》あってこそ、その八幡の御神に守られてしかるべき家（久我《こが》家は村上源氏）に生れたのであろうに、いったいどのような前生《ぜんしょう》の報いでこのような有様なのであろうかと思うのだが、そうそう、父の後生《ごしょう》の生所《しょうじょ》が極楽であるように祈誓《きせい》申した際、「今生《こんじょう》のそなたの果報に代える」というご託宣《たくせん》を伺ったので、お恨み申しあげるわけではなく、乞食《こつじき》をして歩くとしてもそれを嘆いてはならないのだ。また、小野小町《おののこまち》も衣通姫《そとおりひめ》（允恭《いんぎょう》天皇の后《きさき》の妹とされる美女）の流れを引く女性であるといっても、簀《あじか》（竹籠《たけかご》）を肘《ひじ》に掛け、蓑《みの》を腰に巻いて、その身の果てはみじめな有様であったが、わたしほど物思うと書き置いたであろうかなどと思い続けて、まずお社へ参詣する。若宮の鎮座まします場所の有様は、男山《おとこやま》（石清水八幡宮）の景色よりも、海の眺望がきく点は、見どころがあると言えるだろう。大名たちが、浄衣《じょうえ》などではなくて、色とりどりの直垂《ひたたれ》で参詣し、退出しているのも、男山と様子が変っている。

明くれば鎌倉《かまくら》へ入るに、極楽寺《ごくらくじ》といふ寺へ参りて見れば、僧のふるまひ都に違《たが》はず。なつかしくおぼえて見つつ、化粧坂《けはひざか》といふ山を越えて鎌倉の方《かた》を見れば、東山《ひんがしやま》にて京を見るには引《ひ》き違《たが》へて、階《きざはし》などのやうに重々《ぢゆうぢゆう》に、袋の中に物を入れたるやうに住まひたる、あなものわびしと、やうやう見えて、心留《とど》まりぬべき心地《ここち》もせず。

由比《ゆひ》の浜《はま》といふ所へ出《い》でて見れば、大きなる鳥居《とりゐ》あり。若宮《わかみや》の御社遥《みやしろはる》かに見えたまへば、「他の氏《うぢ》よりは」とかや誓《ちか》ひたまふなるに、契りありてこそさるべき家にと生《うま》れけめに、いかなる報《むく》いならむと思ふほどに、まことや、父の生所《しやうじよ》を祈誓《きせい》申したりし折、「今生《こんじやう》の果報《くわほう》に代《か》ゆる」とうけたまはりしかば、恨み申すにてはなけれども、袖《そで》を広げむをも嘆くべからず。また小野小町《をののこまち》も衣通姫《そとほりひめ》が流れといへども、簣《あじか》を肘《ひぢ》にかけ、蓑《みの》を腰に巻きても身の果《は》てはありしかども、我ばかり物思ふとや書き置きしなど思ひつづけても、まづ御社《みやしろ》へ参りぬ。所のさまは男山《をとこやま》の気色《けしき》よりも、海見《み》はるかしたるは、見所《みどころ》ありとも言ひぬべし。大名《だいみやう》ども、浄衣《じやうえ》などにはあらで、色々の直垂《ひたたれ》にて参る、出づるも、やう変りたる。

二 鎌倉将軍の交替

そうこうしているうちに、それから幾日もたたないのに、「鎌倉に事件が起こるだろう」と人々がささやく。「誰《だれ》の身の上だろうか」と言ううちに、「将軍（後嵯峨《ごさが》天皇皇子の宗尊《むねたか》親王の子、惟康《これやす》親王）が上洛《じょうらく》される（将軍を廃されて京に送られる。九月十四日のこと）のであろう」という噂《うわさ》が流れるやいなや、「将軍がたった今、御所をお出になる」と言うので様子を見ると、ひどく粗末な張輿《はりごし》（略式の輿）を対《たい》の屋《や》の端へ寄せてある。丹後二郎《たんごのじろう》判官《ほうがん》（二《に》階堂《かいどう》左衛門尉《さえもんのじょう》行貞《ゆきさだ》）という者であろうか、その男が上から指令されて将軍をお乗せしようとするところへ、相模守《さがみのかみ》北条貞時《ほうじょうさだとき》の使いということで、平二郎左衛門《へいじろうざえもん》宗綱《むねつな》がやってきた。その後、先例（罪人を護送する時のしきたり）であるということで、「御輿《みこし》を逆さまに寄せよ」と言う。またここには、将軍がまだ御輿にすらお乗りにならないうちに、寝殿《しんでん》には小舎人《こどねり》という身分の低い者たちが、わら沓《ぐつ》を履いたまま御殿に登って、御簾《みす》を引き下ろしなどするのも、ひどくお気の毒で正視できない。

そうこうしているうちに、御輿がお出になったので、女房たちは、めいめい輿に乗るなどということもなく、衣で顔をおおうでもなく、「御所様はどこへお出《い》でになられたのですか」などと言って、泣く泣く出る者もいる。大名などで将軍に親しい感情を抱いていると思われる者は、若侍《わかざむらい》などを連れて、暮れてゆくうちにお見送り申しあげるのだろうかと思われるのもいる。人々が思い思い、心々に将軍と別れる有様は、何とも言いようもない。

さるほどに、幾《いく》ほどの日数《ひかず》も隔たらぬに、「鎌倉《かまくら》に事出《い》で来《く》べし」とささやく。「誰《た》が上《うへ》ならむ」と言ふほどに、「将軍都《みやこ》へ上《のぼ》りたまふべし」と言ふほどこそあれ、「ただ今《いま》御所を出でたまふ」と言ふを見れば、いとあやしげなる張輿《はりごし》を対《たい》の屋《や》のつまへ寄す。丹後《たんご》の二郎判官《じらうはうぐわん》といひしやらむ、奉《ぶ》行《ぎやう》して渡したてまつるところへ、相模守《さがみのかみ》の使《つかひ》とて、平二郎左衛門出《い》で来《き》たり。その後《のち》、先例《せんれい》なりとて、「御《み》輿《こし》さかさまに寄すべし」と言ふ。またこここには、いまだ御輿にだに召さぬ先に、寝殿《しんでん》には小舎人《こどねり》といふ者の卑しげなるが、わらうづ履《は》きながら上《うへ》へ昇《のぼ》りて、御簾《みす》引き落としなどするも、いと目も当てられず。

さるほどに、御輿出《い》でさせたまひぬれば、面々《めんめん》に女房《にょうばう》たちは、輿などいふこともなく、物をうち被《かづ》くまでもなく、「御所はいづくへ入らせおはしましぬるぞ」など言ひて、泣く泣く出づるもあり。大名など心寄せあると見ゆるは、若党《わかたう》など具《ぐ》せさせて、暮れゆくほどに送りたてまつるにやと見ゆるもあり。思ひ思ひ心々に別れゆく有様は言はむ方《かた》なし。（略）

次の鎌倉将軍として、後深草院皇子久明《ひさあきら》親王が鎌倉に下向《げこう》すると決まった。世間は新将軍を迎える準備に賑《にぎ》わう。そんな中、作者は執権北条氏《ほうじょうし》側より、新将軍の入る御所のしつらえについて助言を求められ、調度品の配置などを指図した。

いよいよ将軍がお着きの日になると、若宮小路《わかみやこうじ》（鶴岡八幡宮への参道、若宮大路）は場所もないくらい混み合っている。足柄《あしがら》の関までお迎えの人々のうちの先陣は、早くも通り過ぎたということで、二、三十騎、四、五十騎と、物々しく過ぎるうちに、早くもここへ差しかかられるということで、召次《めしつぎ》（雑事を務める者）ふうの姿に直垂《ひたたれ》を着た者が――小舎人《こどねり》というそうだが――二十人ばかり走っていった。その後に大名たちが、思い思いの直垂姿で、それぞれ群れをなして、五、六町（五、六〇〇メートル）も続いたという感じで通り過ぎた後、将軍は女郎花《おみなえし》の浮織物《うきおりもの》の御下衣《したぎぬ》であろうか、それをお召しになって、御輿《みこし》の御簾《みす》は上げられてあった。その後ろに飯沼新左衛門《いいぬましんざえもん》は、木賊色《とくさいろ》の狩衣《かりぎぬ》で供奉《ぐぶ》していた。物々しい有様だった。

御所には、相模守《さがみのかみ》北条貞時《さだとき》、足利貞氏《あしかがさだうじ》（尊氏《たかうじ》の父）をはじめ、皆しかるべき人々は狩《かり》衣《ぎぬ》姿である。将軍のお乗りになるお馬を引いてくるなどの儀式は、立派に見える。三日目は、山内《やまのうち》（鎌倉市山ノ内）という相模守殿の山荘へ将軍がいらっしゃるということで、すばらしいことと噂《うわさ》しているのを見聞きするにつけ、宮中の昔のことも思い出されて、感慨無量である。

すでに将軍《しやうぐん》御着《つ》きの日になりぬれば、若宮小路《わかみやこうぢ》は所もなく立ち重なりたり。御関迎《せきむか》への人々、はや先陣《せんぢん》は進みたりとて、二、三十、四、五十騎、ゆゆしげにて過ぐるほどに、はやこれへとて、召次《めしつぎ》など体《てい》なる姿に直垂《ひたたれ》着たる者、小舎人《こどねり》とぞいふなる二十人ばかり走りたり。その後《のち》大名ども、思ひ思ひの直垂に、うち群《む》れうち群れ、五、六町《ちやう》にもつづきぬとおぼえて過

ぎぬる後《のち》、女郎花《をみなへし》の浮織物《うきおりもの》の御下衣《したぎぬ》にや召して、御輿《みこし》の御簾《すだれ》上げられたり。後《のち》に飯沼《いひぬま》の新左衛門《しんざゑもん》、木賊《とくさ》の狩衣《かりぎぬ》にて供奉《ぐぶ》したり。ゆゆしかりしことどもなり。

御所《ごしょ》には、当国司《たうこくし》、足利《あしかが》より、みなさるべき人々は布衣《ほうい》なり。御馬引《ひ》かれなどする儀式、めでたく見ゆ。三日に当る日は、山内《やまのうち》といふ相模殿《さがみどの》の山荘《さんさう》へ御入《いり》などとて、めでたく聞こゆることどもを見聞《みき》くにも、雲居《くもゐ》の昔の御事も思ひ出《い》でられて、あはれなり。

三 石清水八幡宮《いわしみずはちまんぐう》での再会

作者は正応《しょうおう》三年（一二九〇）、善光寺《ぜんこうじ》や武蔵野《むさしの》を旅していったん帰洛《きらく》、春日《かすが》大社や大和《やまと》の古寺をめぐる。年明けて正応四年二月、大和から帰洛の途中、立ち寄った石清水八幡宮で、後深草院の一行と行き会った。

歳月がたっても、心の中《うち》にお忘れすることはなかったけれども、いつぞやの年、もうこれでおしまいと思いあきらめた時、京極殿《きょうごくどの》（作者の叔母）の局《つぼね》より参上したのを、御所様にお目にかかるこの世での最後と思ったのに、苔《こけ》の袂《たもと》・苔の衣《ころも》（僧衣）を身にまとい、霜や雪や霰《あられ》にすっかりしおれてしまっているこの身の有様は、いったい誰《だれ》が見てわたしとわかるだろうと思っていたのに、誰がわたしのことを見て気づいたのだろうかと不思議に思っていたが、それでもなお御所様ご自身からお召しいただいたとは思いもよらないで、女房たちの中にもしやと見とがめる人などがあって、誰かの見間違いかということで尋ねられるのであろうなどと考えていると、北面《ほくめん》の武士が一人走ってきて、「早く参るように」と言う。何とも逃れようもないので、北の端にある御妻戸《つまど》の縁《えん》に伺うと、「そこではかえって人の見る目につきやすい。内に入れ」とおっしゃるお声は、年月がたったとはいうものの昔のままお変りでないので、これはまあどうしたことだろうと思うと胸がどきどきして、少しも身動きできないのだが、「早く、早く」と促されるのを承ると、かえって恐れ多いので、参上した。

「よくもまあ、見忘れることがなく、歳月は隔たったけれども、そなたを忘れなかったわたしの情愛の深さは、よくよくわかってくれ」などということから始まって、昔や今のこと、移り変るこの世の習いをやるせなくお思いになっておられるなど、あれこれ伺っているうちに、寝ないのに明けてゆく短夜のこととて、まもなく明け方の空になったので、「ご参籠《さんろう》の間は必ずそなたもこもって、またゆっくりした気分で逢《あ》おう」などとおっしゃるのを承って、御所様はその場をお立ちになろうとした際に、お肌にお召しになられた御小袖《こそで》三枚をお脱ぎになって、「秘密の形見だぞ。体から離すなよ」とおっしゃってくださった、その時のわたしの心の中《うち》は、今までのこともこれから先のことも、来世で闇《やみ》に迷うこともすべて忘れて、悲しさも感きわまる思いも、何とも言葉で申しあげようもないのに、人目について体裁が悪くなるほどに夜は明けてしまったので、「では、また」とおっしゃって、戸を引き立てていらっしゃったあとのお名残惜しさは、御あとが懐かしくにおい、おそば近く伺候《しこう》していたための御移り香も、墨染《すみぞめ》の袂《たもと》に残りとどまっている心地がして、人の見る目にも怪しく、目につきやすいので、御形見の御小袖を墨染の衣《ころも》の下に重《かさ》ね着《ぎ》するのも、具合が悪く悲しいものの、こう心の中で思っていた。

重ねしも昔になりぬ恋衣《こひごろも》今は涙に墨染《すみぞめ》の袖《そで》

――恋衣の袖を重ねて睦《むつ》び合ったのも昔になってしまいました。今は墨染の袖を涙に濡《ぬ》らしていますむなしく残る御所様の御面影を、袖の涙に残してその場を立ちましたのも、夢の中で夢を見ているような心地がして、今日だけでも、何とかもう一度ゆっくりお目にかかる機会でもないだろうか、などとお思い申しあげながら、「わたしのみじめな姿がお目にとまったことも思いもよらないことだ。こうなったのも半ばは、ふがいないわたし自身の誤りともお思いになられるであろう。あまり軽々しくとどまっていて、いかにも再度のお言葉を掛けていただくのをお待ち申しあげているといった様子であるのも、思慮のないことになるであろう」などと、われとわが心を戒めて、都へ出たわたしの心中を、そのまま推量してほしい。

せめて御所様が御宮めぐりをなさる様子だけでも、もう一度よそながら拝見しようと思い、墨染の袂では御所様がお見つけになられるであろうと思って、頂いた御小袖を上に着て、女房の中に交じって拝見すると、御法衣をまとわれたお姿も昔とは変っておられるのもしみじみとした感じがするが、階《きざはし》をお上《のぼ》りになるに際しては、中納言藤原資高《すけたか》が——侍従《じじゅう》の宰相《さいしょう》と申した頃《ころ》であったか——お手をお引き申しあげて、いらっしゃった。「そなたもわたしと同じ墨染の袂で、懐かしく思われる」など、昨夜はいろいろおっしゃるのを承って、わたしが幼かった時のことまで、さまざまおっしゃったことさえ、そのまま耳の底に残りとどまり、御面影は袖の涙に宿って、御山を出まして、北の方角の都へと向ったけれども、わたしの魂はそのまま御山にとどまっているような心地がしながら帰ったのだった。

年月《としつき》は心の内に忘るる御事はなかりしかども、一年《ひととせ》今はと思ひ捨てし折、京極殿《きやうごくどの》の局《つぼね》より参りたりしをこそ、この世の限りとは思ひしに、苔《こけ》の袂《たもと》・苔の衣《ころも》、霜《しも》・雪・霰《あられ》にしをれ果てたる身の有様は、誰《たれ》かは見知らむと思ひつるに、誰か見知りけむなど思ひて、なほ御所よりの御事とは思ひよりまゐらせで、女房《にようばう》たちの中に、あやしと見る人などのありて、ひが目《め》にやとて問はるるにこそ、など案じ居《ゐ》たるほどに、北面《ほくめん》の下﨟《げらふ》一人走りて、「とく」と言ふなり。何《なに》と逃《のが》るべきやうもなければ、北の端《はし》なる御妻戸《つまど》の縁《えん》にさぶらへば、「なかなか人の見るも目立《めだ》たし。内へ入《い》れ」と仰《おほ》せある御声は、さすが昔ながらに変らせおはしまさねば、こはいかなりつることぞと思ふより、胸つぶれてすこしも動かれぬを、「とくとく」とうけたまはれば、なかなかにて参りぬ。

「ゆゆしく見忘られぬにて、年月《としつき》隔《へだ》たりぬれども、忘れざりつる心の色は思ひ知れ」などより始めて、昔今《むかしいま》のことども、移り変る世のならひあぢきなくおぼしめさるるなど、さまざまうけたまはりしほどに、寝《ね》ぬに明けゆく短夜《みじかよ》は、ほどなく明けゆく空になれば、「御籠《こも》りのほどはかならず籠りて、またも心静かに」などうけたまはりて、立ちたまふとて、御肌《はだ》に召されたる御小袖《こそで》を三つ脱《ぬ》がせおはしまして、「人知れぬ形見《かたみ》ぞ。身を放つなよ」とて賜《たま》はせし、心の内は、来《こ》し方行《かたゆ》く末《すゑ》のことも、来《こ》む世の闇《やみ》もよろづ思ひ忘れて、悲しさもあはれさも、何と申しやる方《かた》なきに、はしたなく明けぬれば、「さらばよ」とて引き立てさせおはしましぬる御なごりは、御跡なつかしく匂《にほ》ひ、近きほどの御移《うつ》り香《が》も、墨染《すみぞめ》の袂《たもと》に留《とど》まりぬる心地《ここち》して、人目《ひとめ》あやしく目立たしければ、御形見の御小袖を墨染の衣《ころも》の下《した》に重ぬるも、便《びん》なく悲しきものから、

重ねしも昔になりぬ恋衣《こひごろも》今は涙に墨染《すみぞめ》の袖

空《むな》しく残る御面影《おもかげ》を袖の涙に残して立ちはべるも、夢に夢見る心地《ここち》して、

今日《けふ》ばかりも、いかで今一度《いまひとたび》ものどかなる御ついでもや、など思ひまゐらせながら、「憂《う》き面影も思ひよらず。なからは、力《ちから》なき身の誤《あやま》りともおぼしめされぬべし。余りにうちつけに止《とど》まりて、またの御言《こと》の葉《は》を待ちまゐらせがほならむも、思ふ所なきにもなりぬべし」など、心に心を戒《いまし》めて、都へ出《い》づる心の中、さながら推《お》しはかるべし。

御宮巡《みやめぐ》りをまれ、今一度《いまひとたび》よそながら見まゐらせむと思ひて、墨染の袂《たもと》は御覧じもぞつけらるると思ひて、賜はりたりし御小袖を上《うへ》に着て、女房《にようばう》の中に混《ま》じりて見まゐらするに、御裘代《きうたい》の姿も昔には変りたるも、あはれにおぼえさせおはしますに、階《きざはし》昇らせおはしますとては、資高《すけたか》の中納言、侍従《じじゆう》の宰相《さいしやう》と申ししころにや、御手を引きまゐらせて、入らせおはします。「同じ袂なつかしく」など、さまざまうけたまはりて、いはけなかりし世のことまで、数々仰《おほ》せありつるさへ、さながら耳の底に留《とど》まり、御面影は袖の涙に宿《やど》りて、御山《おやま》を出ではべりて、都へと、北へはうち向けども、わが魂《たましひ》はさながら御山に留《とど》まりぬる心地して帰りぬ。

四　伏見《ふしみ》御所での語らい

さて、思いもかけなかった男山《おとこやま》（石清水八幡宮《いわしみずはちまんぐう》）での御所様（後深草院）とのめぐり逢《あ》いは、この世のほかまでもお忘れ申しあげることは到底あるまいと思われたが、御所様は縁ある人を通じて、たびたびわたしの古い住所をもお尋ねくださったけれども、何と思い立つべきでもないから、しみじみとかたじけなく思われたものの、お目にもかからず、むなしく月日を重ねて、翌年正応《しょうおう》五年（一二九二）の九月の頃《ころ》にもなった。

伏見《ふしみ》の御所に御所様がいらした機会に、総じてのんびりしていて、他人が知る機会もないであろうという由をたびたび言われるので、御所を訪れようと思《おも》い初《そ》め申しあげたきまり悪さは、御所様のお言葉ももっともだと思ったのだろうか、人目を忍びつつ、下《しも》の御所の付近に参った。御所様のご意向を知らせにきた人が出てきて案内をするのも、事改まった感じがしておかしかったが、出御《しゅつぎょ》をお待ち申しあげる間、九体堂《くたいどう》（九体の阿《あ》弥陀仏《みだぶつ》を安置した仏堂）の高欄《こうらん》に出て見渡すと、世を憂しという宇治川《うじがわ》の川波も、わたしの袖《そで》の涙の湊《みなと》に寄る心地がして、「月ばかりこそよると見えしか（波ばかりが寄ると見えたよ。『金葉集』の「有明の月も明石の浦風に波ばかりこそ寄ると見えしか」の波を月と誤った）」とかいう古歌まで思い続けていると、御所様は初夜《しょや》（午後八時頃）の時刻を過ぎる時分においでになられた。

隈《くま》なく照らし出す月光に、以前拝見したのとは打って変られた御面影は、わたしの目に映っても涙に曇るような心地がして、まだ幼くて明け暮れ御所様のお膝《ひざ》のもとにいた昔から、もう二人の間はおしまいだと思いあきらめた時のことまで、数々の思い出話をお伺いするにつけても、自分自身の昔のことながら、どうして感慨も深くないことがあろうか。「憂《う》き世の中に住んでいる限りは、やはり愁《うれ》えることばかりあるだろうに、どうして、こうだとも言わないで月日を過ごすのだ」などおっしゃるのを伺うにつけても、「このようにして世を過ごしている恨みのほかは、何事を思いましょうか。この嘆き、この思いは、いったい御所様以外の誰《だれ》に愚痴《ぐち》を言ったら慰められるのでしょうか」と思うけれども、言葉にすべきではないので、ただつくづくと御所様のお言葉を承っていると、音羽山《おとわやま》の鹿《しか》の声は、さも涙を誘うように悲しげに聞こえ、即成就院《そくじょうじゅいん》（伏見区深草にあった寺）の暁《あかつき》の鐘は、明けゆく空を知らせるかのようである。

鹿《しか》の音《ね》にまたうち添へて鐘の音《おと》の涙言問《ことと》ふ暁の空

——鹿の声にまた打ち添えて鳴る鐘の音が、なぜ涙を流しているのかと尋ねるかのように聞こえる暁の空よ

と、心の中《うち》でつぶやくだけで終りました。

さても、思ひかけざりし男山《をとこやま》の御ついでは、この世のほかまで忘れたてまつるべしともおぼえぬに、一つゆかりある人して、たびたび古き住《す》みかをも御尋ねあれども、何《なに》と思ひ立つべきにてもなければ、あはれにかたじけなくおぼえさせおはしませども、空《むな》しく月日《つきひ》を重ねて、またの年《とし》の長月《ながつき》のころにもなりぬ。

伏見《ふしみ》の御所《ごしょ》に御渡《わた》りのついで、大方《おほかた》も御心静《しづ》かにて、人知るべき便宜《びんぎ》ならぬよしをたびたび言はるれば、思《おも》ひ初《そ》めまゐらせし心悪《こころわろ》さは、げにとや思ひけむ、忍びつつ下《しも》の御所の御あたり近く参りぬ。しるべせし人出《い》で来《き》て案内《あんない》するも、ことさらびたる心地《ここち》してをかしけれども、出御《しゅつぎょ》待ちまゐら

するほど、九体堂《くたいだう》の高欄《かうらん》に出でて見渡せば、世を宇治川《うぢがは》の川波も袖《そで》の湊《みなと》に寄る心地して、「月ばかりこそよると見えしか」と言ひけむ古言《ふること》まで思ひつづくるに、初夜《しよや》過ぐるほどに出でさせおはしましたり。

隈《くま》なき月の影に、見しにもあらぬ御面影《おもかげ》は、映《うつ》るも曇《くも》る心地して、いまだ二葉《ふたば》にて明け暮れ御膝《ひざ》のもとにありし昔より、今はと思ひ果てし世のことまで、数々うけたまはり出づるも、わが古事《ふること》ながら、などかあはれも深からざらむ。「憂《う》き世の中に住まむ限りは、さすがに憂《うれ》ふることのみこそあるらむに、などやかくとも言はで月日を過ぐす」などうけたまはるにも、「かくて世に経《ふ》る恨みのほかは、何事か思ひはべらむ。その嘆き、この思ひは、誰《たれ》に憂へてか慰むべき」と思へども、申し表《あらは》すべき言《こと》の葉《は》ならねば、つくづくとうけたまはり居《ゐ》たるに、音羽《おとは》の山《やま》の鹿《しか》の音《ね》は涙をすすめがほに聞こえ、即成院《そくじやうゐん》の暁《あかつき》の鐘《かね》は明けゆく空を知らせがほなり。

鹿《しか》の音《ね》にまたうち添へて鐘の音《おと》の涙言問《ことと》ふ暁の空

心の内ばかりにてやみはべりぬ。(略)

作者と後深草院は、秋の夜長を語り明かす。御所を退いた後、多くの男たちと契りを交わしたであろうと問いただす院に対し、作者はきっぱりと言う。

「生き長らえまいと思いましたが、まだ四十にすらなっておりませんから、将来は存じませんが、今日という月日のただ今までは、古い人とも新しい知り合いの人とも、そのようなことはございません。もし偽りを申しましたならば、わたしが頼みとする一乗《いちじょう》の法である『法華経《ほけきょう》』の転読《てんどく》二千日に及び、如法写経《にょほうしゃきょう》の勤行《ごんぎょう》として自《みずか》ら筆をとって幾たびも写経した功徳《くどく》も、そのまま三途《さんず》の川の土産《みやげ》となって希望はむなしくなり、そのうえ弥《み》勒菩薩《ろくぼさつ》が世に出《い》でたもう竜華《りゅうげ》の雲のたなびく暁《あかつき》の空を見ないで、無間《むげん》地獄の住みかで永《えい》劫《ごう》罪の消えぬ身となることでございましょう」と申した時、御所様はどのようにお思いになられたのか、しばらく何もおっしゃることもなくて、少しして、「何につけ、人がこうと思い込む心はよくないものである。本当に、そなたが生みの母に先立たれ父に死別した後は、わたしだけが育てなければならないと思ったのに、事態が違っていったことも、まったく二人の因縁《いんねん》は浅かったからであろうとわたしは思っていたが、そなたがこのようにまで心に深くわたしのことを思ってくれていたのをまるで知らずに過ごしてきたのを、八幡《はちまん》大菩薩（八幡神の尊称）が初めてお知らせになる機縁を作ってくだされたからこそ、石清水八幡宮がある男山の御山《おやま》でそなたを見つけたのであろう」などおっしゃるうちに、西に傾いた月は山の端《は》にかかって沈む。そして東の空に出た朝日は、だんだん光をさしはじめるまでになっていた。

尼となった姿もおしなべて遠慮されるので、急いで退出します時にも、「きっと近いうちに、もう一度逢《あ》おう」とおっしゃるお声は、冥途への道のしるべになるであろうかと思われて帰りましたが、御所様が伏見の御所からお帰りになった後、思いもかけなかった方面からお尋ねがあって、お心のこもったお見舞をご配慮されたことは、たいそうかたじけない。思いがけずお言葉をかけていただくだけでも、ほんのわずかのお情けでも、どうしてうれしくないことがあろうか。ましてや、親身にご配慮くださったご情愛の深さは、他人が知るはずもないことまでもご心配くださったので、この上なくかたじけなく思われました。

昔から何事も、絶えて、人目にも「これはまあ」などと思われるような、御所様のわたしに対するご待遇もなく、「これこそわが身の誉《ほま》れだ」などと言うべき思い出はありませんでしたが、御所様のお心の中ではどういうわけか、ああ、このようなわたしをいとおしむお気持がお起こりになったのだなと、過ぎた昔も今さらながら思い出されて、何となく忘れがとうございます。

「長らへじとこそ思ひはべれども、いまだ四十《よそぢ》にだに満ちはべらねば、行《ゆ》く末《すゑ》は知りはべらず、今日《けふ》の月日のただ今《いま》までは、古きにも新しきにも、さやうのことはべらず。もし偽《いつは》りにても申しはべらば、わが頼む一乗法華《いちじようほつけ》の転読《てんどく》二千日に及び、如法写経《によほふしやきやう》の勧め自《みづか》ら筆を取りてあまた度《たび》、これさながら三途《さんづ》のつとぞとなりて、望む所空《むな》しく、なほし竜華《りゆうげ》の雲の暁《あかつき》の空を見ずして、生涯無間《むけん》の住みか消えせぬ身となりはべるべし」と申す折、いかがおぼしめしけむ、しばし物も仰《おほ》せらるることもなくて、ややありて、「何《なに》にも、人の思ひ染《し》むる心はよしなきものなり。まことに、母におくれ、父に別れにし後《のち》は、我のみはぐくむべき心地《ここち》せしに、事の違《ちが》ひもてゆきしことも、げに浅かりける契りにこそと思ふに、かくまで深く思ひそめけるを知らずがほにて過ぐしけるを、大菩薩《だいぼさつ》知らせ初《そ》めたまひにけるにこそ、御山《おやま》にてしも見出《みい》でけめ」など仰せあるほどに、西に傾《かたぶ》く月は、山の端《は》を

かけて入《い》る。東《ひんがし》に出づる朝日影《あさひかげ》は、やうやう光さし出づるまでになりにけり。

ことやうなる姿もなべてつつましければ、急ぎ出ではべりしにも、「かならず近きほどに、今一度《いまいちど》よ」とうけたまはりし御声《こゑ》、あらざらむ道のしるべにやとおぼえて帰りはべりしに、還御《くわんぎよ》の後《のち》、思ひかけぬあたりより、御尋ねありて、まことしき御訪《とぶら》ひおぼしめしよりける、いとかたじけなし。思ひかけぬ御言《こと》の葉《は》にかかるだに、露の御情けも、いかでかうれしからざらむ。いはんや、まことしくおぼしめしよりける御心の色、人知るべきことならぬさへ、置き所なくぞおぼえはべりし。

昔より何事もうち絶えて、人目《ひとめ》にも、「こはいかに」などおぼゆる御もてなしもなく、「これこそ」など言ふべき思ひ出ではべらざりしかども、御心一つには、何《なに》とやらむ、あはれはかかる御気のせさせおはしましたりしぞかしなど、過ぎにし方《かた》も今さらにて、何となく忘れがたくぞはべる。

とはずがたりの風景 ◇2◇

石《いわ》清《し》水《みず》八《はち》幡《まん》宮《ぐう》

桂川《かつらがわ》と宇治《うじ》川と木津《きづ》川が合流する広々とした京の南郊にこんもりと横たわる、標高一四〇mほどの男山《おとこやま》。豊かな自然林がいにしえのまま鬱蒼《うっそう》として、山上に鎮座する石清水八幡宮の社殿をとりかこむ。この八幡宮は貞観《じょうがん》二年（八六〇）に奈良大安寺の僧、行教《ぎょうきょう》が九州の宇佐《うさ》八幡宮を勧請《かんじょう》したことに始まり、祭神は宇佐と同じく、応神《おうじん》天皇、神功《じんぐう》皇后、比咩《ひめ》大神《おおかみ》。清和天皇が創建の勅令を出したことから皇室の信仰が篤《あつ》く、天元二年（九七九）の円融天皇の参詣《さんけい》に始まってたびたび天皇の行幸を仰いだ。永承元年（一〇四六）に武官 源《みなもとの》頼信《よりのぶ》が当社の加護を願って願文を納めて以来、八幡神は源氏の氏神《うじがみ》となり、全国の源氏が八幡神を勧請していく。源頼朝《よりとも》が鎌倉に勧請した鶴岡《つるがおか》八幡宮もそのひとつである。

作者二条の出自である久我《こが》氏は村上源氏《むらかみげんじ》の嫡流であったため、彼女も折々石清水を参拝した。出家後の東国の旅で鶴岡八幡宮に詣《もう》でた折は、さすらいの我が身を改めてかえりみている。この旅の帰路にも石清水に詣でたところ、出家後はじめて後深草院と再会した。彼女が登った猪鼻坂《いのはなさか》は急勾配《きゅうこうばい》で知られた当時の表参道で、現在はその南に整備された七曲りの坂からゆったりと参拝できる。長い参道の果てに見える丈高い楼門は、二条が院の使いに声をかけられた場所。現在の社殿は江戸時代の再建だが、丈高くそびえる檜皮葺《ひわだぶき》の屋根は品よく反りあがり、武運長久の神の威厳をいまに誇っている。

巻五

乾元元年（一三〇二）～嘉元四年（一三〇六）
作者四十五～四十九歳
後深草院六十～六十二歳没

一 後《ご》深《ふか》草《くさ》院《いん》の崩御

乾元《かんげん》元年、西国への旅を志す作者は、安芸《あき》の厳島《いつくしま》、土佐の足摺岬《あしずりみさき》、讃岐《さぬき》の白峰《しろみね》や松山に赴いた。帰洛《きらく》の途中、備後《びんご》の和知《わち》に立ち寄った折、その主のために襖絵《ふすまえ》を描いたことが禍《わざわ》いして土地の豪族兄弟の争いに巻き込まれたが、鎌倉で旧知であった広沢入道のおかげで危機を脱した。その翌年二月には、備中の吉備津宮《きびつのみや》に詣《もう》でて帰洛、その後、奈良に住んでいた。嘉元《かげん》二年一月、東二条院《ひがしにじょういん》が崩御した。そしてその夏、後深草院が熱病に倒れた。

「法皇（後深草院）が御日瘧《ひおこり》（発作を起こす熱病）におなりになった。発作はたいへんひどい」と申し、「お亡くなりになりそうだ」などと申すのを聞くと、想像するすべもなく、せめてもう一度この世でのお姿を拝見したいのに、しないで終ってしまいそうなことの悲しさなどを思う。あまりにも悲しくて、七月一日から石清水八幡宮《いわしみずはちまんぐう》に参籠《さんろう》して、摂社武内社《たけうち》のお千度詣《もう》でをして、このたびのご病気がお命に別状のないことをお祈り申しあげると、五日の夢に、日食といって、外へ出てはならないと言う。

またご病気のご様子も承ることができようかなどと思い続けて、西園寺《さいおんじ》（実兼《さねかぬ》の邸《やしき》。京都市北区金閣寺町）へ出向いて、「昔、御所にお仕えしていた者です。入道殿（実兼＝雪の曙）にちょっとお目にかかりとうございます」と取次を請《こ》うと、墨染《すみぞめ》の袂《たもと》を嫌ってであろうか、すぐに申し入れる人もいない。せめてもと手紙を書いて持っていたのを「お目にかけていただきたい」と言っても、すぐには取り次いでくれる人もない。

夜が更けた時分に、春王《しゅんおう》という侍《さぶらい》が一人出てきて、手紙を取り次いだ。入道殿は取次を通して「ひどく年をとったせいであろうか（実兼は五十六歳）、すぐには思い出せません。明後日頃《あさってごろ》、必ず立ち寄るように」とおっしゃる。何となくうれしくて、十日の夜、また立ち寄ったところ、「法皇のご病悩が、すでにご臨終近くでいらっしゃるということで、京へお出になられた」と言うので、今さらながら目の前が真っ暗になる心地がして、右近《うこん》の馬場を過ぎて行く時にも、北野《きたの》（京都市上京区の北野天満宮）、平野《ひらの》（京都市北区の平野神社）のお社《やしろ》を伏し拝んで、「わたしの命に代えて、御所様のお命をお助けくださいませ」とお祈り申しました。この願いがもし成就して、わたしが露と消えたならば、御所様のお命ゆえにそうなったとも御所様はご存じなされないであろうなどと、哀れに思い続けられて、

君ゆゑに我先立《われさきだ》たばおのづから夢には見えよ跡の白露《しらつゆ》

——わが君をお救いするためにわたしが先立ったならば、おのずとわが君の夢に現れて告げてくれ、死んだ跡の白露よ

昼は一日中このことを思って暮し、夜は夜通し嘆き明かすうちに、十四日の夜、また北山の西園寺へ思い立って参りますと、この夜は入道殿が出てお会いくださった。昔のことを、あれこれとおっしゃって、「ご病気の有様は、まったく望みないご様子でいらっしゃる」などとお話しになるのを聞くと、どうしていい加減に思われよう。「もう一度、何とかしてお目にかかりたい」とお願い申そうかと思っては参ったけれども、どう申したらよいかわからないでいると、入道殿は「わたしが命じたということを語って、

御所へ参上するがよい」と言われるにつけても、袖《そで》の涙も人目に怪しまれるほどなので、立ち返ると、鳥辺野《とりべの》（京都市東山区にあった葬送地）を弔う人が、内野《うちの》（平安時代に大内裏のあった千本通付近）を隙《すき》もなく行き違うさまも、「いつかわが身も（いつかわが身もそのように野辺送りされるのであろうか）」と哀れに思われる。

あだし野の草葉《くさば》の露の跡とふと行《ゆ》き交《か》ふ人もあはれいつまで

――あだし野の草葉の露と消えた亡き跡を弔おうと行き来する人も、ああ、いつまで生き長らえているのであろうか

十五日の夜、二条京極より御所へ参って、入道殿をお尋ね申しあげて、まるで夢のように御所様を拝見する。

十六日の昼頃だったであろうか、「もはやお隠れになられた」と言う。覚悟していたことではあるが、もはや崩御されたとすっかりお伺いした時の気持は、愚痴《ぐち》をこぼしようもなく、悲しさも哀れさも晴らしようもなくて、御所へ参ると、一方では、御修法《みずほう》の壇を壊して出る僧もいる。あちこちに人は行き来するけれども、しめやかに、特に物音もなく、南殿（院の御所の正殿）の灯籠《とうろう》も消されてしまっている。

「御日瘧《ひおこり》にならせたまふ。いしいし」と申し、「御大事出《い》で来《く》べき」など申すを聞くに、思ひやる方《かた》もなく、今一度《いまひとたび》この世ながらの御面影《おもかげ》を見まゐらせずなりなむことの悲しさなど思ひよる。余りに悲しくて、七月一日より八幡《やはた》に籠《こも》りて、武内《たけうち》の御千度をして、この度別《べち》の御事なからむことを申すに、五日の夢に、日食《につしよく》と言ひて、あらはへ出《い》でじと言ふ。（ここで紙が切られていて、その後から続ける旨、注記あり）めす。また御病《やまひ》の御やうもうけたまはるなど思ひつづけて、西園寺《さいをんじ》へまかりて、「昔、御所《ごしよ》ざまにはべりし者なり。ちと見参《げざん》に入りはべらむ」と案内《あんない》すれば、墨染《すみぞめ》の袂《たもと》を嫌ふにや、きと申し入《い》るる人もなし。せめてのことに、文《ふみ》を書きて持ちたりしを、「見参に入れよ」と言ふだにも、きとは取り上ぐる人もなし。

夜更《よふ》くるほどになりて、春王《しゅんわう》といふ侍一人《さぶらひひとり》出で来て、文《ふみ》取り上げぬ。「年の積もりにや、きともおぼえはべらず。明後日《あさて》ばかり、かならず立ち寄れ」と仰《おほ》せらる。何《なに》となくうれしくて、十日の夜、また立ち寄りたれば、「法皇《ほふわう》御悩《なや》み、すでにておはしますとて、京へ出でたまひぬ」と言へば、今さらなる心地《ここち》もかき暗《くら》す心地して、右近《うこん》の馬場《ばば》を過ぎゆくとても、北野《きたの》、平野《ひらの》を伏《ふ》し拝《をが》みても、「わが命に転《てん》じ代《か》へたまへ」とぞ申しはべりし。この願《ぐわん》もし成就《じやうじゆ》して、我《われ》もし露と消えなば、御ゆゑかくなりぬとも知られたてまつるまじきこそなど、あはれに思ひつづけられて、

　君ゆゑに我先立《われさきだ》たばおのづから夢には見えよ跡の白露《しらつゆ》

昼は日暮し思ひ暮し、夜《よ》は夜《よ》もすがら嘆き明かすほどに、十四日夜、また北山へ思ひ立ちてはべれば、今宵《こよひ》は入道殿《にふだうどの》出で会ひたまひたる。昔のこと、何《なに》くれ仰せられて、「御悩《なや》みのさま、むげに頼みなくおはします」など語りたまふを聞けば、いかでかおろかにおぼえさせたまはむ。「今一度《いまいちど》、いかがして」とや申すと思ひては参りたりつれども、何とあるべしともおぼえずはべるに、「仰せられ出《い》だしたりしこと語りて、参れかし」と言はるるにつけても、袖《そで》の涙も人目あやしければ、立ち帰りはべれば、鳥辺野《とりべの》の空《むな》しき跡訪《と》ふ人、内野《うちの》には所もなく行《ゆ》き違《ちが》ふさま、「いつかわが身も」とあはれなり。

　あだし野の草葉《くさば》の露の跡とふと行《ゆ》き交《か》ふ人もあはれいつまで

十五夜、二条京極《にでうきやうごく》より参りて、入道殿を尋ね申して、夢《ゆめ》やうに見まゐらする。

十六日の昼《ひる》つ方《かた》にや、「はや御事切《ことき》れたまひぬ」と言ふ。思《おも》ひ設《もう》けたりつる心地ながら、今はと聞き果てまゐらせぬる心地は、かこつ方《かた》なく、悲しさもあはれさも思ひやる方《かた》なくて、御所《ごしよ》へ参りたれば、かたへには、御修法の壇壊《こぼ》ちて出づる方《かた》もあり。あなたこなたに人は行《ゆ》き違《ちが》へども、しめじめと、ことさら音もなく、南殿《なんでん》の灯籠《とうろ》も消《け》たれにけり。（略）

夜も明けたので、立ち帰っても、やはり平静な気持になれそうもなかったので、中納言平仲兼《なかかぬ》に縁のある人がご葬送奉行と聞いたので、縁のある女房を知っておりましたのでその人を尋ねて行って、「お棺を遠くからなりと、もう一度見せてください」と申したけれども、それはできないと申したので、心の晴らしようもなくて、どんな隙《すき》にでもしかるべき機会がないかと思う。試しに女房の衣をかぶって、一日中、御所にたたずんでみたがかなわず、もはや御格子《みこうし》を下ろす時分になって、お棺がお入りになったのだろ

うか、御簾《みす》の隙間《すきま》からそっとたたずみ寄ってみると、灯《ひ》の光だけが見えて、あれがそうであろうかと思われましたのも、目の前も暗くなり、心も乱れておりますうちに、「用意がととのった」といって御車をお寄せして、すでにお出になられるので、持明院殿《じみょういんどの》の御所様（後深草院の皇子、伏見院。母は玄輝門院《げんきもんいん》）が門までお出になって、帰ってお入りになる時、御直衣《のうし》のお袖《そで》でお涙をお払いになったご様子は、さぞかしと悲しく拝見した。

そのまま京極面《きょうごくおもて》から出て御車の後ろについて参ったが、一日中、御所におりましたのに「用意ができた」といって御車が寄せられたのであわててしまい、履《は》いていたものもどこへ行ってしまったのか、はだしで走り降りたままでついていくうちに、御車は五条東京極を西の方へと走らせまわすうちに、大路に立ててあった竹に、御車が引っかかって、御車の簾《すだれ》の片方が落ちそうだというので、御車副《みくるまぞい》（牛車に付き添う従者）が上《のぼ》ってお直しするうち、つくづくと見ると、山科《やましな》の中将入道資行《すけゆき》（二一〇頁参照）がそばに立っておられた。墨染《すみぞめ》の袖《そで》も絞るばかりの様子は、さぞかしと悲しい。

ここでやめようやめようと思うけれども、引き返す心地もしないので、車の後について参るうちに、履物《はきもの》は履かず、足は痛いので、そっと行くうちに、皆人には遅れてしまった。藤《ふじ》の森《もり》（京都市伏見区にある藤森神社の森か）というあたりだったか、一人の男に会ったので、「ご葬列は先にいらっしゃったでしょうか」と聞くと、「稲荷《いなり》大社の御前をお通りになれないので、どこへとやらにおいでになったから、こちらは人もおりますまい。夜はもはや寅《とら》の刻（午前四時頃《ごろ》）になりました。どのようにしていらっしゃることができましょう。どこへいらっしゃるお方ですか。危ないですよ。お送りしましょう」と言う。

むなしく帰ることが悲しくて、泣く泣くなおも一人で参るうちに、夜が明けた時分であろうか、ご葬儀の事が終って、むなしい煙の末だけを拝見した心の中《うち》といったら、今まで（今こうして書いている時まで）この世に生きていられるだろうなどと思っただろうか。

夜も明けぬれば、立ち帰りても、なほのどまるべき心地《ここち》もせねば、平中《へいちゆう》納言《なごん》のゆかりある人、御葬送奉行《さうそうぶぎやう》と聞きしに、ゆかりある女房《にようばう》を知りたることはべりしを尋ねゆきて、「御棺《くわん》を遠《とほ》なりとも今一度《いまいちど》見せたまへ」と申ししかども、かなひがたきよし申ししかば、思ひやる方《かた》なくて、いかなる

隙《ひま》にても、さりぬべきことやと思ふ。試《こころ》みに女房の衣《きぬ》をかづきて、日暮し御所《ごしよ》にたたずめどもかなはぬに、すでに御格子《みかうし》参るほどになりて、御棺の入《い》らせたまひしやらむ、御簾《みす》の透《とほ》りよりやはらたたずみ寄りて、灯《ひ》の光ばかり、さにやとおぼえさせおはしまししも、目も昏《く》れ、心もまどひてはべりしほどに、「事《こと》なりぬ」とて、御車《みくるま》寄せまゐらせて、すでに出《い》でさせおはしますに、持明院殿《ぢみやうゐんどの》の御所、門《もん》まで出でさせおはしまして、帰り入らせおはしますとて、御直衣《なほし》の御袖《そで》にて御涙を払はせおはしまし御氣色《みけしき》、さこそと悲しく見まゐらせて、やがて京極面《きやうごくおもて》より出でて御車の後《しり》に参るに、日暮し御所にさぶらひつるが、「事なりぬ」とて御車の寄りしに、あわてて、履《は》きたりし物もいづ方《かた》へか行きぬらむ、はだしにて走《はし》り降《お》りたるままにて参りしほどに、五条京極《ごでうきやうごく》を西へやりまはすに、大路《おほち》に立てたりし竹に御車をやりかけて、御車の簾《すだれ》かたかた落ちぬべしとて、御車副《みくるまぞひ》登りて直しまゐらするほど、つくづくと見れば、山科《やましな》の中将入道そばに立たれたり。墨染《すみぞめ》の袖《そで》も絞《しぼ》るばかりなる氣色、さこそと悲し。

ここよりや、止《と》まる止まると思へども、立ち帰るべき心地もせねば、しだいに参るほどに、物は履《は》かず、足は痛《いた》くて、やはらづつ行くほどに、皆《みな》人《ひと》には追ひ遅れぬ。藤《ふぢ》の森《もり》といふほどにや、男一人《をとこひとり》会ひたるに、「御幸先《さき》立《だ》たせおはしましぬるにか」と言へば、「稲荷《いなり》の御前《おまへ》をば御通りあるまじきほどに、いづ方《かた》へとやらむ参らせおはしましてしかば、こなたは人もさぶらふまじ。夜ははや寅《とら》になりぬ。いかにして行きたまふべきぞ。いづくへ行きたまふ人ぞ。過《あやま》ちすな。送らむ」と言ふ。

空《むな》しく帰らむことの悲しさに、泣く泣く一人《ひとり》なほ参るほどに、夜の明けしほどにや、事果《ことは》てて空しき煙《けぶり》の末ばかりを見まゐらせし心の中、今まで世に長らふべしとや思ひけむ。

二 遊義門院《ゆうぎもんいん》との再会

その年の八月、作者は父雅忠《まさただ》の三十三回忌を営むが、その前年に撰進《せんしん》された『新後撰《しんごせん》和歌集』に父の詠が漏れたことを悲しみ、夢想に従って柿本人麻呂《かきのもとのひとまろ》影供《えいぐ》（歌聖人麻呂の肖像を祀《まつ》って供養する会）を行う。嘉元《かげん》三年（一三〇五）九月、亀山院《かめやまいん》が崩御した。嘉元四年三月、石清水八幡宮《いわしみずはちまんぐう》に参詣《さんけい》した作者は、後深草院《ごふかくさいん》と東二条院《ひがしにじょういん》との間の姫君、遊義門院の御幸《ごこう》に行き合せた。

お社《やしろ》に参ると、あのお方が女院様《にょういん》（遊義門院）であろうかと思われるお後ろ姿を拝見するやいなや、袖《そで》の涙は包み隠すことができず、立ち去ることもならない気持でおりますと、ご参拝も終ったのであろうか、お立ちになって、「そなたはどこから参った者ですか」と仰《おお》せられるので、過ぎた昔からお話し申したかったけれども、ただ、「奈良の方からでございます」と申しあげる。「法華寺《ほっけじ》（奈良市法華寺町にある尼寺）から来たのですか」などと仰せられるけれども、涙ばかりこぼれるのも変だとお思いになるだろうかと思って、言葉少なで引き返しましょうとするけれども、やはり悲しく思われておそば近くおりますと、はやお帰りになられる。

お名残惜しさも何ともしようがないので、お下《お》りになられる階段が高くて、女院様がよくはお下りになられないのをしおに、「わたしの肩をお踏みになって、お下りくださいませ」と申しあげて、おそば近く参ったのを、不思議そうに御覧になったので、「まだご幼少でいらっしゃいました昔は、おそば近くお仕え申しあげましたのに、お見忘れでいらっしゃいますか」と申しあげると、いっそう涙もどうしようもないほどあふれ出ましたので、女院様もご懇切にお尋ねくださって、「これからはいつでも尋ねておいで」などとおっしゃられたので、熊野で見た夢（前年、熊野の那智《なち》権現《ごんげん》に籠《こも》った折に、後深草院と遊義門院の夢を見た）も思い合わされ、亡き御所様の御幸《みゆき》と同じ時に参詣《さんけい》し合せたのもこの石清水八幡宮のお社だったと思い出すと、隠れた信心がむなしくないことを喜ぶにつけても、ただわが心を知るものは涙ばかりである。

御社《みやしろ》に参りたれば、さにやとおぼえさせおはします御後《うし》ろを見まゐらするより、袖《そで》の涙は包まれず、立《た》ち退《の》くべき心地《ここち》もせではべるに、御所作《しよさ》果てぬるにや、立たせおはしまして、「いづくより参りたる者ぞ」と仰《おほ》せあれば、過ぎにし昔より語り申さまほしけれども、「奈良《なら》の方《かた》よりにてさぶらふ」と申す。「法華寺《ほつけじ》よりか」など仰せあれども、涙のみこぼるるも、あやしとやおぼしめされむと思ひて、言葉《ことば》ずくなにて立ち帰りはべらむとするも、なほ悲しくおぼえてさぶらふに、すでに還御《くわんぎよ》なる。

御なごりもせん方《かた》なきに、下《お》りさせおはします所の高きとて、え下《お》りさせおはしまさざりしついでにて、「肩を踏ませおはしまして、下りさせおはしませ」とて、御そば近く参りたるを、あやしげに御覧ぜられしかば、「いまだ御幼《をさな》くはべりし昔は、馴《な》れつかうまつりしに、御覧じ忘れにけるにや」と申し出《い》でしかば、いとど涙も所《ところ》せくはべりしかば、御所《ごしょ》ざまにもねんごろに御尋ねありて、「今は常に申せ」など仰せありしかば、見し夢も思ひ合せられ、過ぎにし御所に参り会ひまししもこの御社《みやしろ》ぞかしと思ひ出づれば、隠れたる信《しん》の空《むな》しからぬを喜びても、ただ心を知るものは涙ばかりなり。

三　跋《ばつ》

後深草院崩御の後は、わたしが愚痴《ぐち》をこぼしたくなるようなこともすっかりなくなってしまった心地がしておりまして、去年の嘉元《かげん》三年（一三〇五）の三月八日、柿本人《かきのもとのひ》麻呂《とまろ》の御影供《みえいぐ》を勤行《ごんぎょう》したが、今年の同じ月日に、遊義門院の石清水《いわしみず》御幸《ごこう》に参り合せたのも不思議で、那智《なち》で夢に見た御深草院の御面影も、現実のことのように思い合されて、それはそうと宿願の結果はどのようになってゆくのであろうかと気がかりで、それでも長い年月にわたる信心からいっても、むなしいことはあるまいと思い続けられて、わたしのこれまでの人生の有様を一人で思っているのも飽き足らない気がしますうえに、修行の志も、西行の修行の仕方が、うらやましく感じられて思い立ったのだから、その思いを無駄にすまいという心だけで、このようなつまらないことを書き続けておいたのでございます。後々《のちのち》までのわたし自身の形見にしようとまでは思っておりません。

深草《ふかくさ》の御門《みかど》は御隠れの後《のち》、かこつべき御事どもも跡《あと》絶え果てたる心地してはべりしに、去年《こぞ》の三月八日、人丸《ひとまる》の御影供《みえいぐ》を勤めたりしに、今年《ことし》の同じ月日、御幸に参り会ひたるも不思議に、見しむばたまの御面影《おもかげ》も、うつつに思ひ合せられて、さても宿願《しゆくぐわん》の行《ゆ》く末《すゑ》いかがなりゆかむとおぼつかなく、年月《としつき》の心の信《しん》も、さすが空《むな》しからずやと思ひつづけて、身の有様を一人《ひとり》思ひ居《ゐ》たるも飽かずおぼえはべるうへ、修行《しゆぎやう》の心ざしも、西行《さいぎやう》が修行のしき、うらやましくおぼえてこそ思ひ立ちしかば、その思ひを空《むな》しくなさじばかりに、かやうのいたづらごとをつづけ置きはべるこそ。後《のち》の形見《かたみ》とまではおぼえはべらぬ。

とはずがたりの風景 ③

深草北陵《ふかくさのきたのみささぎ》

夕《ゆふ》されば野辺《のべ》の秋風身《み》にしみて鶉《うづら》鳴くなり深草の里

『千載《せんざい》集』に載る藤原俊成《しゅんぜい》の詠《よ》んだこの歌から、京都伏見《ふしみ》の深草の里の名を聞くと、冷たい秋風が脳裏を吹き抜けてゆく。この地は弥《や》生《よい》時代の大規模集落が発見され、『日本書紀』にもその名が確認できるほど早くから開けていたが、平安時代には都の南郊として寺院も多く営まれ、皇室、貴族の葬送も行われてきた。草深き里――その地名には、愛しいひとを手探りで探すような、喪失のイメージがつきまとう。嘉元《かげん》二年(一三〇四)に崩御した後深草院は、『公衡公《きんひらこう》記《き》』(西園寺《さいおんじ》公衡の日記)によると「深草経親卿山庄之傍山」なるところで火葬され、翌年この地に落慶された法華堂に納骨された。この小堂が現在の深草北陵である。後深草院の納骨ののち、後陽成《ごようぜい》天皇までの計十二人の天皇が葬られたため、深草十二帝陵とも称される。一代一陵墓ではなく小堂に合葬する様式が生まれたのは、この頃から皇室の威力が弱まっていたことを示していよう。

二条富小路の御所から葬列を追いかけた二条は、裸足《はだし》で走りつづけ、やがて夜明け近い森のなかで見失った。その「藤《ふじ》の森」とは現在の藤森神社のあたりで、かつては夜になると恐ろしい闇《やみ》をたたえる深い森だった。ここから二条が火葬地にたどり着いたときは、すでに「空しき煙」のみが夜明けの空に立ち上って、彼女の心を支配しつづけた男がこの世から消えたことを静かに告げていた。

解説

歌人紀貫之《きのつらゆき》の日記――『土佐《とさ》日記』

有名な古典の多くが、書写を重ねることによって原本から隔たった写本しか残っていないのに対して、『土佐日記』の場合は、原本の姿をかなり忠実に再現できる写本が残っている。藤原定家《ふじわらのていか》の時代には、貫之自筆の『土佐日記』は、後白河《ごしらかわ》法皇が建立した蓮華王院《れんげおういん》（現在の三十三間堂）宝蔵に所蔵されていた。定家はこの原本を書写し、さらに定家の子為家《ためいえ》も原本を忠実に書写している（巻頭の「写本をよむ」「書をよむ」参照）。この為家本は昭和五十年代に出現して話題となった。蓮華王院宝蔵にあった本はやがて足利将軍家の手に渡ったが、その後の行方はわかっていない。貫之自筆の『土佐日記』は、権力者の垂涎《すいぜん》の的でもあったのだろう。『土佐日記』は高名な歌人の日記として珍重されたのである。

歌人として活躍し、『古今和歌集』の撰者《せんじや》として文学史に名を残すことになった貫之だが、官人としては恵まれているとはいえず、土佐守《とさのかみ》として赴任した延長八年（九三〇）には六十歳をこえていたと見られる。この日記は、貫之の実際の土佐からの帰京の旅が執筆の契機になっていると考えられるが、単に旅の記録を目的としたものではないことは、「はじめに」でもふれた通りである。この日記では、紀貫之という「作者」と、日記を執筆していることになっている「筆者」を区別して考える必要がある。冒頭部分に「男もすなる日記といふものを、女もしてみむとてするなり」とあるように、筆者は女性ということになっているからだ。しかし、この女性が国司一行の中のどのような人物であるかは、明らかではない。国司の侍女のような女性と考えるしかないだろう。

それでは、貫之が「筆者」を女性にした意図は何だったのだろうか。当時の日記は、男性貴族が漢文で書き記すものであり、その内容も公務の記録などが多かった。貫之にとってもそのような日記はなじみ深いものであったはずである。貫之は、慣れ親しんだ器に新しいものを盛り込むためには、女性の文字とされた平仮名を用いることが効果的だと判断したのだろう。平仮名を使えば、個人的な感慨を書くことも、多くの和歌を書き記すことも可能になる。「女性仮託」は、貫之が属している男性官人の世界から離れ、一私人として、時にはユーモアをこめて自在に筆を走らせるために選ばれた手段だったのである。『土佐日記』が書かれたことによって、それまで公的な世界のものだった「日記」というジャンルに、新たな可能性が生れることになった。

冒頭部に限らず、『土佐日記』にはいくつもの「仕掛け」が隠されている。土佐で亡くなった幼子の死を悼《いた》む親の悲しみは、作品中で繰り返し記されていて、これこそがこの作品の執筆動機であるかのように見える。しかし、この幼子の死についても、虚構である可能性が指摘されており、それ自体を書くことが目的ではなく、歌人としての貫之を支えてきた醍醐《だいご》天皇や藤原兼輔《かねすけ》などの庇護《ひご》者を失った悲しみを象徴的に表現するための方法だったとも論じられている。

もう一つの「仕掛け」は、「船路なれど馬のはなむけす」といった言葉遊びである。随所にみられる駄洒落《だじゃれ》のような言葉遊びは、まじめくさった公的な世界から距離をとるための手段でもあっただろうし、歌人ならではの言葉に対するこだわりの表明でもあっただろう。また、この日記には多くの歌が含まれるが、『古今集』的な歌をさまざまな場に応じて配することも、貫之がこの日記にほどこした仕掛けと考えられる。そう考えると、『土佐日記』が旅の記であるにもかかわらず、風景描写が類型的で、和歌が詠《よ》まれた事情説明にしかなっていない部分が多いことも納得できよう。貫之がほどこしたさまざまな仕掛けに注意を向けると、『土佐日記』は複雑な色合いを帯びた作品に見えてくるはずである。

権力者の妻の日記――『蜻蛉日記《かげろうにっき》』

『蜻蛉日記』は、十世紀に政治の表舞台で活躍した上流貴族の私生活を、女性の視点からかいま見ることができる日記である。『蜻蛉日記』の作者は倫寧女《ともやすのむすめ》とも道綱母《みちつなのはは》とも呼ばれ、平安時代の多くの女性作家がそうであるように本名は不明である。父の藤原倫寧は陸奥守《むつのかみ》や伊勢守《いせのかみ》などを歴任した中流貴族であり、その娘と摂関家の御曹司《おんぞうし》である藤原兼家《かねいえ》との結婚は、まさに「玉《たま》の輿《こし》」といえるものだった。兼家は右大臣師輔《もろすけ》の三男で、兄兼通《かねみち》との確執で一時不遇であったものの、最終的には摂政太政大臣に至っている。道綱母との結婚前に既に妻となっていた藤原時姫《ときひめ》との間には道隆《みちたか》・道兼《みちかね》・道長《みちなが》・超子《ちょうし》・詮子《せんし》が生れ、この子供たちが摂関家の全盛期を築いた。しかし道綱母は時姫のような幸運に恵まれず、不安定な立場を嘆き続けることになる。

日記の中心となっているのは、兼家との結婚生活とそれにまつわる苦悩である。通ってくる男を待つ立場では、どんな時にも心安らぐことがない。夫の愛を奪う女性が出現すれば、苦悩は極限にまで達する。しかし、この作品は、みずからを救済するためだけに堪え難《がた》い苦悩を書きつづったものではなかった。作者は序文の中で「人にもあらぬ身の上まで書き日記《にき》して、めづらしきさまにもありなむ、天下《てんげ》の人の品《しな》高きやと問はむためしにもせよかし」と、執筆意図を明らかにしている。作り事にすぎない「古物語《ふるものがたり》」に対抗して、高い身分の人との結婚がどのようなものであるか、実際のありさまを記そうというのである。ここで注意したいのは、彼女がそれを読者に対して「ためし（＝参照すべき例）」として示そうとしていることだ。作者みずからがこの作品を「日記」と名付けているのは、書かれたことを「ためし」として後世の人々に示すという男性貴族の漢文日記の伝統を受けつつ、虚構の物語とは異なる「事実」を書き記すという姿勢を表明するためだった。この時代の「日記」は個人的なものではなく、公的な世界に向かって開かれ、他人に読まれることを前提としていた。作者がどのような読者を想定していたのかは書かれていないが、おそらくは日ごろ物語に慣れ親しみ、それを人生の指針にもしていたような女性たちだったろう。夢見がちな彼女たちに、憧《あこが》れの貴公子との結婚の実態を見せようというのである。

『蜻蛉日記』の文体は巻によって大きく変化する。上巻では、兼家との贈答歌をつらねることによって二人の関係を描き出しているが、中巻になると石山詣《いしやまもうで》などの寺社参詣《さんけい》の記事を中心に、散文の量が増えてくる。下巻になると、日付が記されることも増え、題材も養女迎えや養女をめぐる求婚話のてんまつ、道綱と女性との和歌の贈答などに広がりを見せている。こうした文体の変化から、作者が執筆する過程で自らの表現を模索していたことがうかがわれるのである。

また、忘れてはならないのが和歌の役割である。『土佐日記』にも多くの和歌が記されているが、『蜻蛉日記』の和歌は、兼家に思いを訴える手段であり、本来なら身分に隔たりのある兼家の縁者たちと対等な立場で交流する手段でもあった。また、時には人には言えない思いが、ため息のような独詠歌となることもあった。道綱母は貫之のように公の場で活躍する専門歌人でこそなかったが、自らの和歌の才には頼むところがあったはずである。この日記には、その和歌をまとまった形で、和歌にこめられた思いとともに書き残しておきたいという意図もあっただろう。この時代には、日常生活の中でやりとりされる和歌、特に上流貴族が恋の場で贈答する歌に関心が高まっており、『蜻蛉日記』はそうした当時の人々の関心にも応《こた》えるものであった。

国学者たちが平安時代の和文の作品に注目するようになった江戸時代にも、無名の女性作家の自伝であるこの作品の評価は、『土佐日記』に比べると高いとはいえなかった。近代になってから『蜻蛉日記』は、一夫多妻制のもとで苦しむ女性の自伝として関心を寄せられるようなり、私小説にも通じる作品として高く評価されるようになったのである。不実な夫の役割を演じさせられている兼家ではあるが、『蜻蛉日記』から浮かび上がる兼家像は、意外なほど魅力的ではないだろうか。

院の思い人の物語的な日記――『とはずがたり』

『土佐日記』や『蜻蛉日記』とは異なり、『とはずがたり』は近代になってその存在が知られるようになった作品である。国文学者の山岸徳平が、宮内省の図書寮（現在の宮内庁書陵部）にひっそりと眠っていたこの作品を発見して世に紹介したのは、昭和十三年のことだった。今では『後宮《こうきゅう》』というタイトルで漫画にもなり、英語やドイツ語などにも翻訳されているこの作品は、知られざる古典だったのである。そしてこの作品を読んだ人々を驚かせたのは、後深草院《ごふかくさいん》の寵愛《ちょうあい》を受けながら、「雪の曙《あけぼの》」と名付けられた貴族や「有明《ありあけ》の月」と名付けられた高僧とも関係を持ち、それぞれの子を生むという作者の秘め事が、物語的な朧化《ろうか》をほどこされてはいるものの、赤裸々に記されていることであった。

作者の後深草院二条《にじょう》は、その名が示すように、鎌倉時代末期、二条という女房名で後深草院に仕えた女性である。彼女は四歳の時に後深草院の宮廷に上がり、十四歳を迎えた頃《ころ》に院の寵愛を受けるようになった。『とはずがたり』は、二条が何の心の準備もないまま院と結ばれる場面から始まっている。

『とはずがたり』前半部分（巻一〜三）の舞台となった当時の宮廷はどのような状況にあったのだろうか。承久《じょうきゅう》の乱で後鳥羽院《ごとばいん》の倒幕の企てが挫折《ざせつ》したのち、幕府は朝廷に対して優位に立ち、皇位継承にも幕府の意向が反映されるようになっていた。幕府では源氏の将軍が絶え、北条《ほうじょう》氏が実権を握っていたが、貴種の将軍を必要とした北条氏は、後深草院の兄弟の宗尊《むねたか》親王、宗尊親王の子の惟康《これやす》親王、後深草院の皇子の久明《ひさあきら》親王を次々と将軍に迎えた。二条は巻四で鎌倉に下った際に、将軍交代劇を目撃している。一方、朝廷では二十七年にわたって院政をしいてきた後嵯峨院《ごさがいん》の死後、同母兄弟である後深草院と亀山院《かめやまいん》の間に対立が生れていた。両者の対立は、二条の立場にも影響を及ぼすことになる。幕府の調停により後深草院の子孫（持明院《じみょういん》統）と亀山院の子孫（大覚寺《だいかくじ》統）が交互に帝位につくことになり、対立はいったん収まったものの、この「両統迭立《てつりつ》」の取り決めは後世に南北朝の対立をもたらす原因となった。

　次に二条の出自と二条を取り巻く男性たちについてふれておきたい。二条は後深草院の正式な妃《きさき》ではなく、上級の女房として院に仕えながら寵愛を受けるという立場にあった。後深草院の后《きさき》であった東二条院《ひがしにじょういん》は、寵愛厚い二条を敵視し、ついには彼女を宮廷から追放してしまう。二条の父の久我《こが》雅忠《まさただ》は、文人として知られる村上天皇の皇子・具平《ともひら》親王を祖とする村上源氏の家系に生れた。雅忠自身は大納言で終ったが、雅忠の父通光《みちてる》は太政大臣にまでなっており、和歌にも優れていた。二条は父方の血統をことに誇りにしており、自分は「源氏」であるという意識を強く持っていた。

　二条を取り巻く男性の中で、最も重要なのはやはり後深草院であろう。宮廷を追われて出家した後も、まず思いだされるのは院であり、跋文《ばつぶん》にも院の死去後は語るべきことがなくなってしまったと書かれているからである。後半部分は石清水《いわしみず》八幡宮《はちまんぐう》での後深草院との再会と、後深草院の葬列を追う場面が山場になるように構成されている。

作品中で「雪の曙」と呼ばれ、二条が後深草院の寵愛を受けるようになった後に、秘密の恋人となった男性は、後深草院の側近であった西園寺実兼《さいおんじさねかね》と考えられている。鎌倉時代に勢力を拡大した西園寺家に生まれた実兼は、朝廷と幕府の連絡役である関東申次《もうしつぎ》という職につき幕府の信任も厚く、最終的には太政大臣にまでなった。二条に対して細やかな心づかいを見せる「雪の曙」と政治家実兼を重ね合わせるのは、少々難しいかもしれない。

二条に狂おしく執着する「有明の月」が誰《だれ》にあたるのかについては諸説あるが、現在では後深草院の異母弟の性助法親王《しょうじょほっしんのう》をあてるのが通説になっている。性助法親王は、五歳の時に仁和寺《にんなじ》に入ったのち、十一歳で出家しており、仏道一筋に生きてきた高僧である。二条は、「有明の月」の激しい執着ぶりに嫌悪感を覚えながらも、のちには運命的な結びつきだったと考えるようになり、はかなくこの世を去った彼の死を悼《いた》む。

前半部と趣が異なるのが後半部（巻四～五）の旅の記であり、中世になって盛んになった紀行文学を作者が意識していたと考えられる。『とはずがたり』はその内容から前半部ばかりに目を奪われがちであるが、作者が長年書きたいと思っていたのは、後半部のような紀行文だったと考えられる。巻一に、九歳の時に「西行が修行の記」を見て、出家をしたのち旅をしながら歌を詠む生活に憧れ、「かかる修行の記を書き記して、亡からむ後《のち》の形見にもせばや」と思ったと書かれているからである。出家生活は二条に行動の自由を与えた。中世には新たに建立される尼寺も増え、諸国を遍歴する尼たちも存在したから、出家は、女性とって新しい生活を始めるための選択肢のひとつにもなっていたのだろう。

尼となった二条は、正応二年（一二八九）に鎌倉まで旅をしている。鎌倉では、新しく将軍となった後深草院皇子久明親王を迎えるための準備の手伝いを執権の北条貞時《さだとき》から依頼され、貞時の側近である平頼綱《たいらのよりつな》の次男資宗《すけむね》と和歌を詠み交わしたりもしている。この後の二条の旅は東国だけではなく西国にもおよび、厳島《いつくしま》神社や土佐の足摺岬《あしずりみさき》まで足を運んでいる。伊勢神宮参拝の折には、禰宜《ねぎ》たちと和歌の贈答もしており、彼女が和歌という手段を使って土地の有力者たちと交流したことがうかがわれる。

『蜻蛉日記』の旅が都の周辺の寺社参詣に限られていたことを思うと、二条の行動半径の広さには目を見張るものがある。遠方への旅といえば地方官として赴任する父親に同行する旅しかなかった平安時代の貴族女性とは違って、二条の旅は自らの意志によるものであった。また、二条は自らの旅を西行の事跡と重ね合わせつつ、修行の一環ととらえており、旅の意味自体も変質したことがうかがわれる。

『とはずがたり』は、現在の文学史では「日記文学」のジャンルに入れられている。自伝的回想録という点では『蜻蛉日記』に通じるところがあるが、『蜻蛉日記』に比べると半生を物語的に構成しようとする意識が強く、そのために史実と齟齬《そご》する箇所があることも指摘されている。

前半部分で、二条を中心とする複雑な人間関係を描いていくための手がかりとなっているのは『源氏物語』である。二条と後深草院の関係は、光源氏と紫の上の関係に擬されている。後深草院は、女房勤めをしていた二条の母に性の手ほどきを受けて以来、彼女を恋い慕い、その娘である二条の成長を心待ちにしていたと作中で語っている。これは光源氏が父の后である藤壺《ふじつぼ》を愛し、その身代わりとして姪《めい》にあたる紫の上の成長を待って妻に迎える経緯と一致している。二条に激しく執着し、あっけない死をとげる有明の月は、光源氏の正妻である女三《おんなさん》の宮《みや》に恋して破滅の道をたどる柏木《かしわぎ》に擬されている。

二条がみずから『源氏物語』の世界を生きたのか、執筆時に物語的な潤色が施されたのかは判別しがたいが、前者だとすれば、『源氏物語』は『とはずがたり』を物語的に構成するための単なる手段ではなく、二条の生そのものをかたどるものだったことになる。彼女が「源氏」としての強い矜持《きょうじ》を持っていたことも思い起こされる。また、当時の宮廷での『源氏物語』愛好も影響していよう。巻二の六条院の女楽《おんながく》を演じる場面に見られるように、宮廷人たちは『源氏物語』を演じることによって王朝の盛時の時空に生きようとしたのである。二条の中でも、王朝の盛時への回顧と中世という時代を生きる新しい力とがせめぎあっていたのだろうか。

（吉野瑞恵）

蜻蛉日記 人物関係図

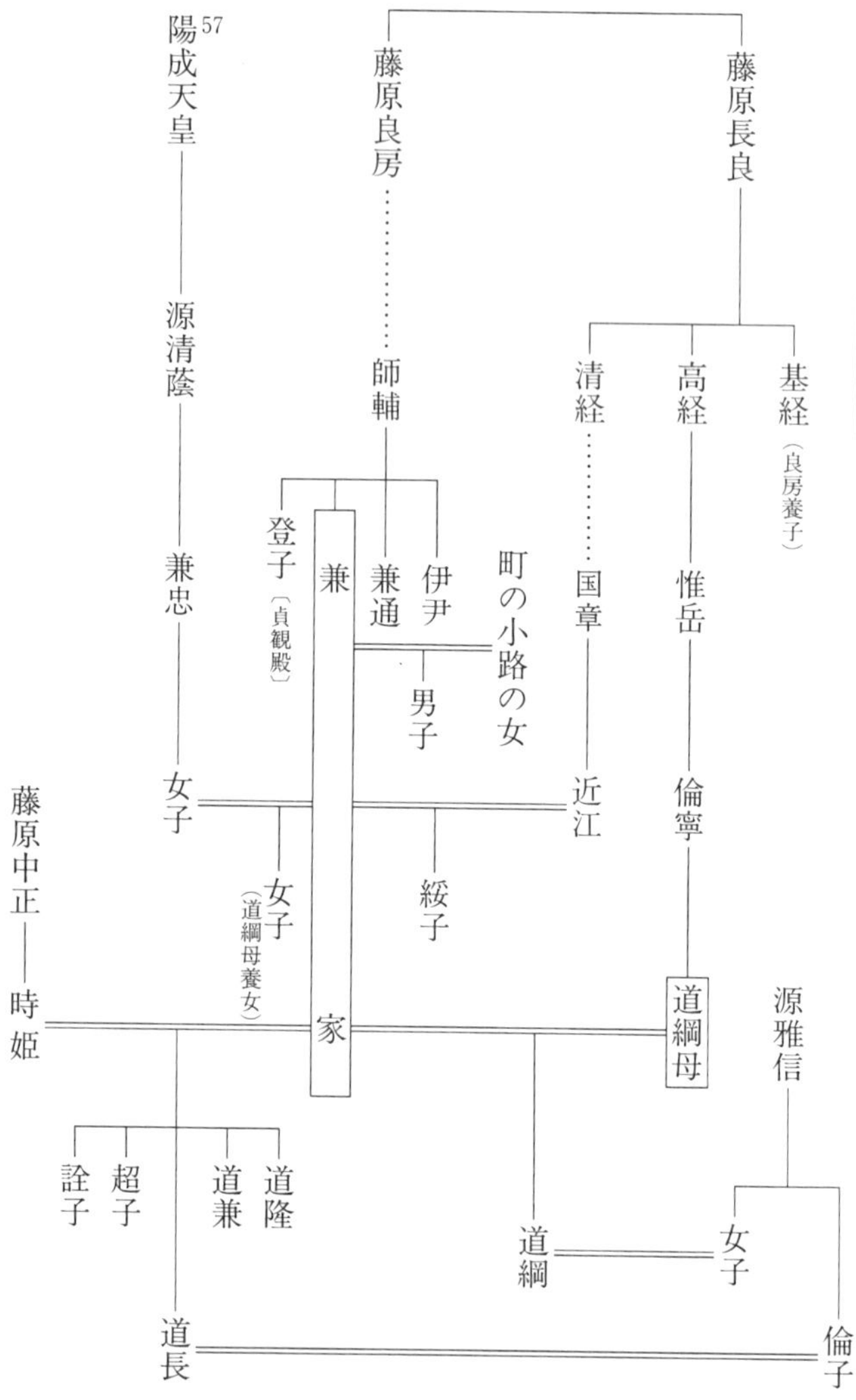

藤原長良
基経（良房養子）
高経
清経
惟岳
国章
倫寧
近江
道綱母
藤原良房
師輔
伊尹
兼通
兼家
登子（貞観殿）
町の小路の女
男子
綏子
女子（道綱母養女）
陽成天皇57
源清蔭
兼忠
女子
藤原中正
時姫
道隆
道兼
超子
詮子
道長
道綱
源雅信
女子
倫子

とはずがたり　人物関係図

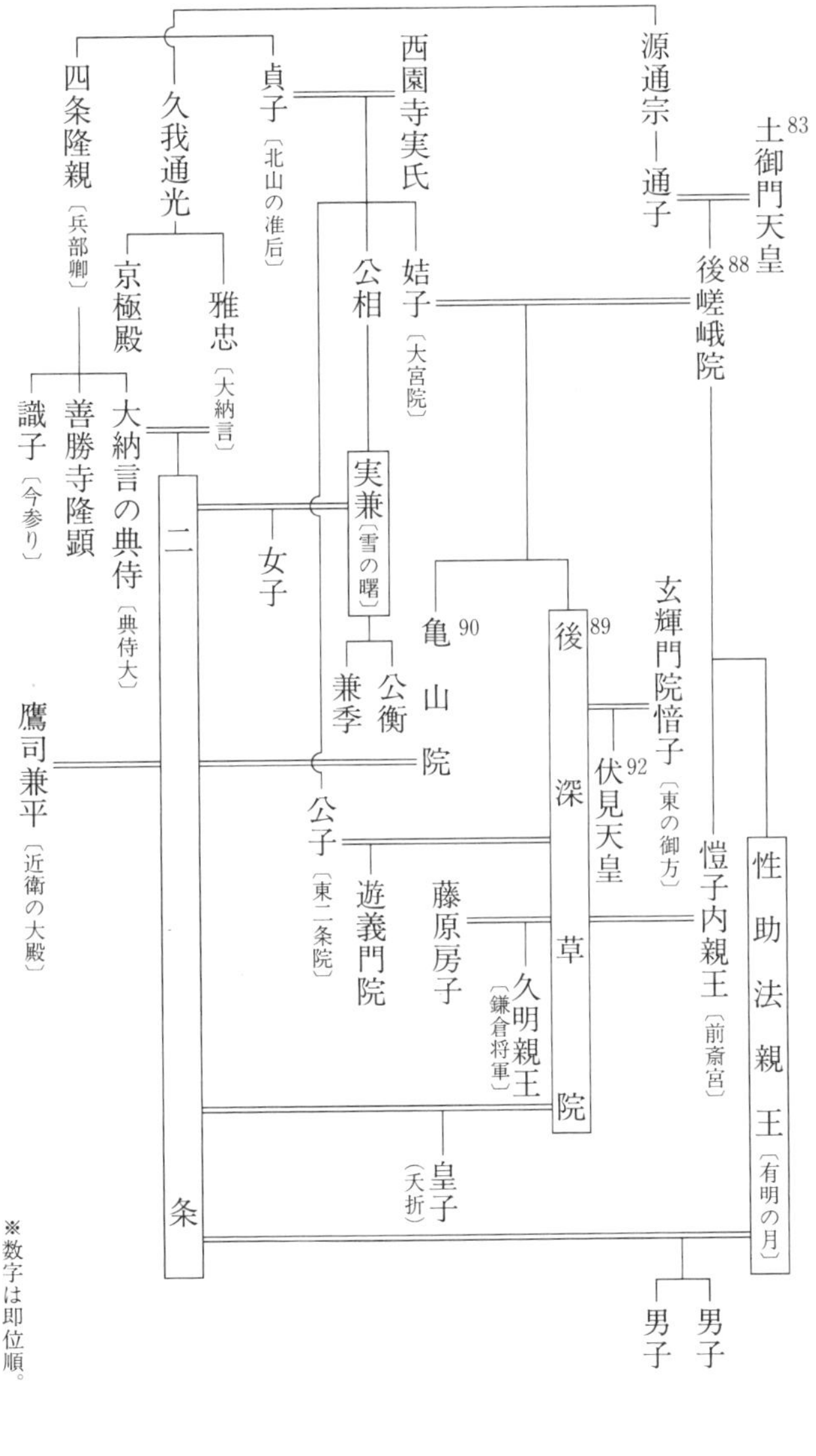

源通宗
通子
土御門天皇 83
後嵯峨院 88
西園寺実氏
貞子〔北山の准后〕
姞子〔大宮院〕
公相
実兼〔雪の曙〕
公衡
兼季
女子
四条隆親〔兵部卿〕
久我通光
京極殿
雅忠〔大納言〕
大納言の典侍〔典侍大〕
善勝寺隆顕
識子〔今参り〕
二条
亀山院 90
後深草院 89
玄輝門院愔子〔東の御方〕
伏見天皇 92
公子〔東二条院〕
遊義門院
藤原房子
久明親王〔鎌倉将軍〕
愷子内親王〔前斎宮〕
性助法親王〔有明の月〕
鷹司兼平〔近衛の大殿〕
皇子〔夭折〕
男子
男子

※数字は即位順。

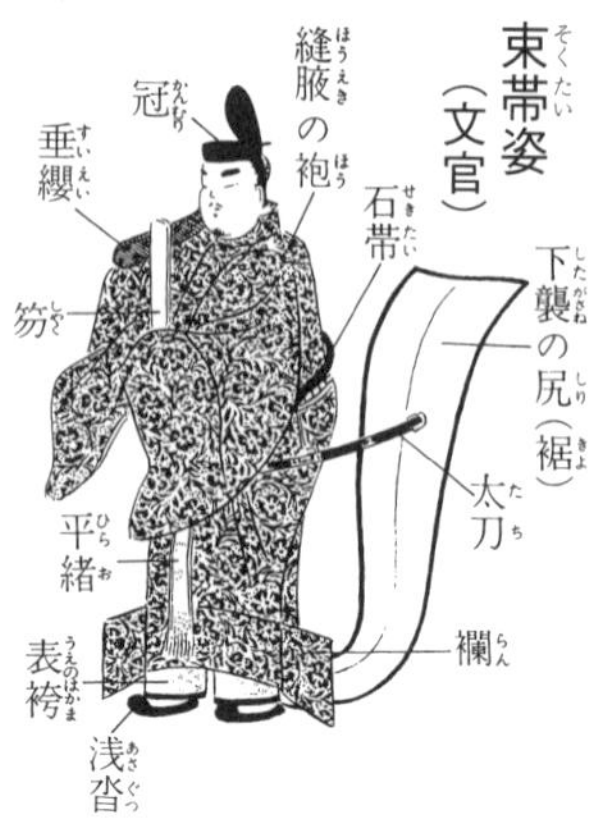

束帯《そくたい》姿（文官）

束帯《そくたい》姿（武官）

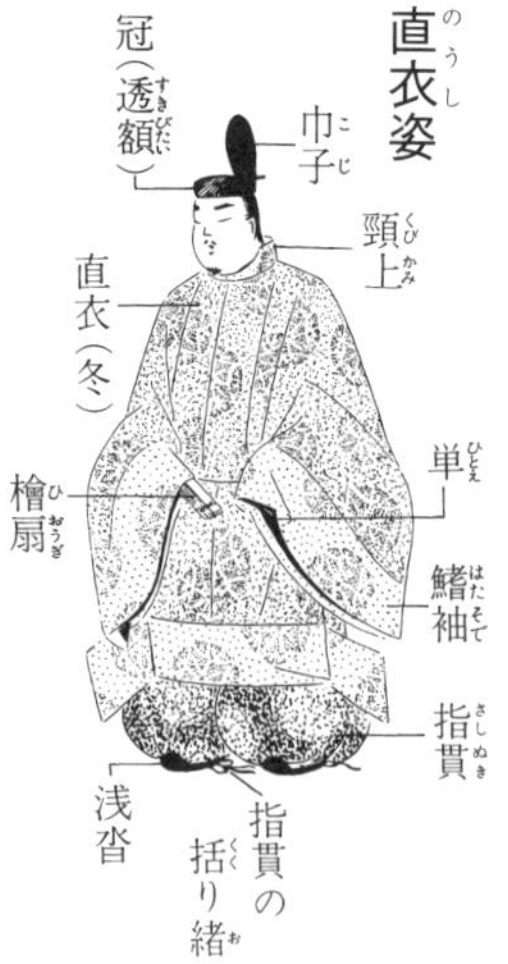

直衣《のうし》姿

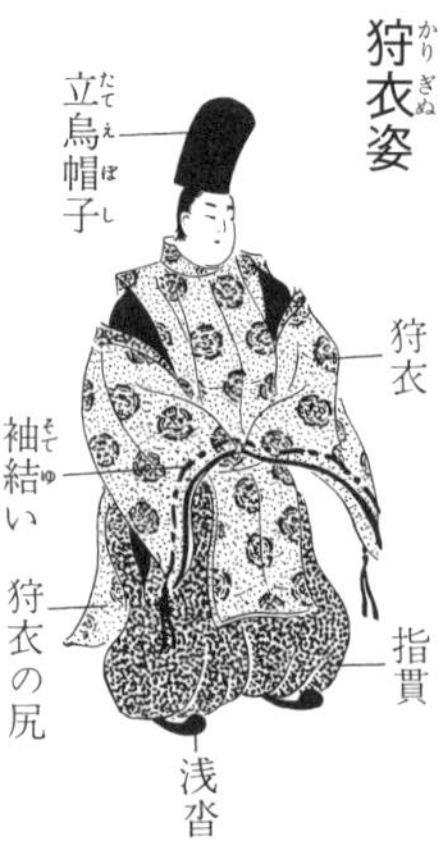

狩衣《かりぎぬ》姿

女房装束《にょうぼうそうぞく》姿

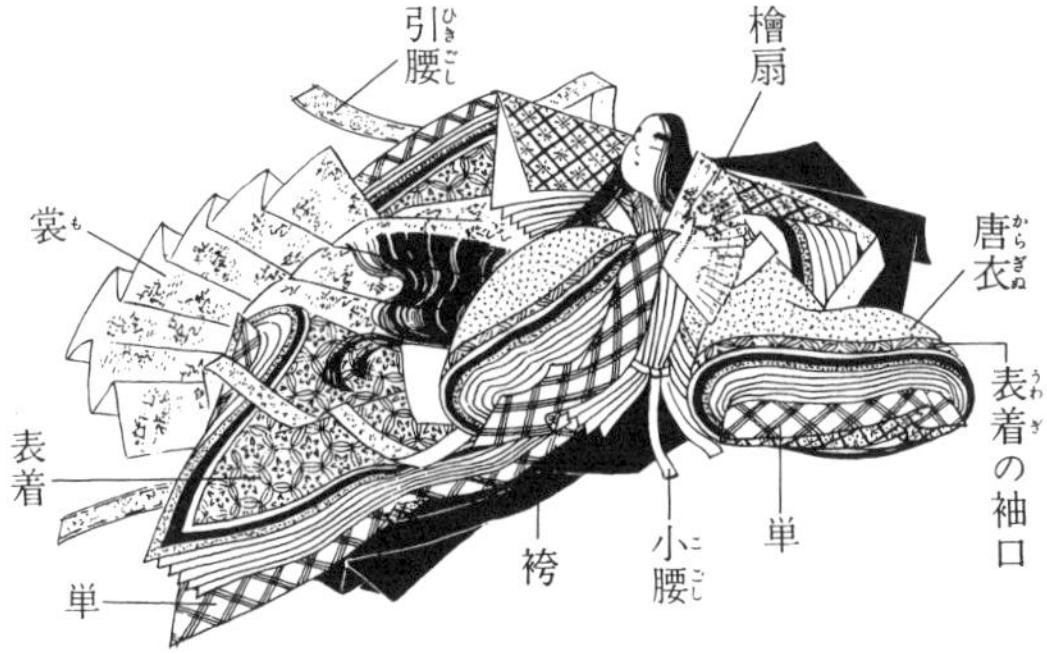

袙姿《あこめすがた》

壺装束《つぼそうぞく》姿

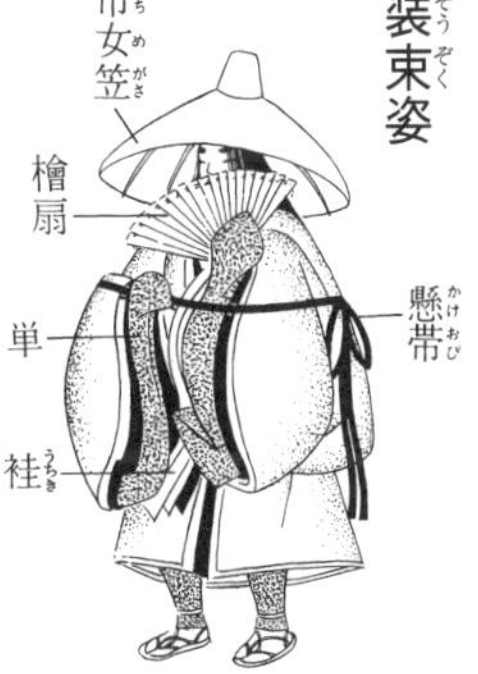

小袿《こうちき》姿

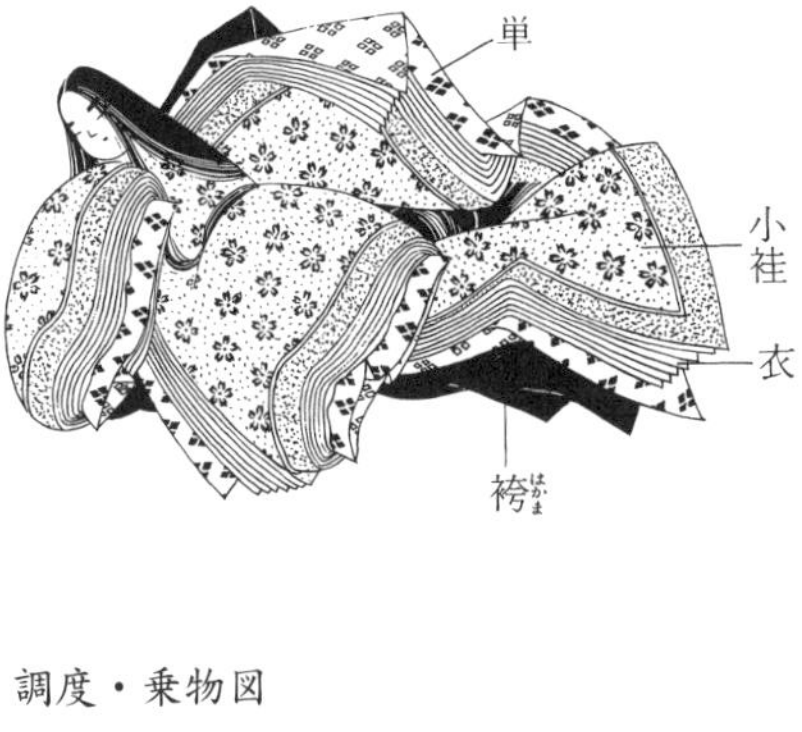

建具・調度類

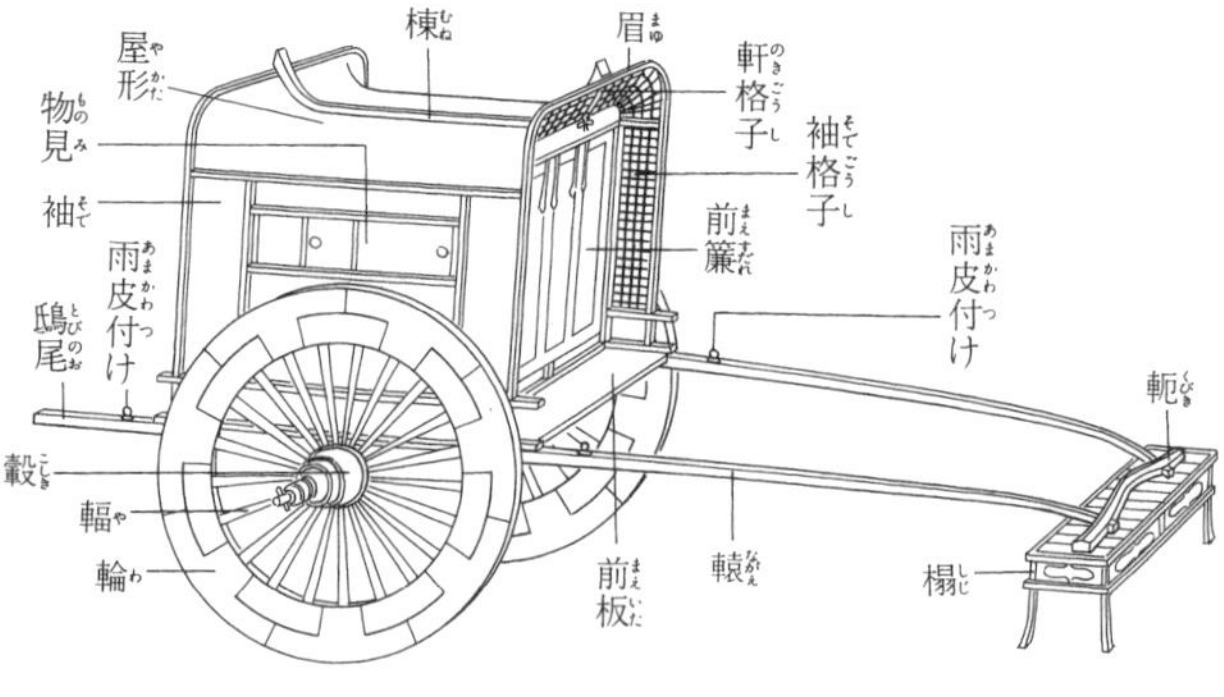

牛車《ぎっしゃ》—網代車《あじろぐるま》—

校訂・訳者紹介

菊地靖彦――きくち・やすひこ

一九三六年、茨城県生れ。東北大学卒。平安文学専攻。主著『古今的世界の研究』『古今集以後における貫之』ほか。二〇〇一年逝去。

木村正中――きむら・まさのり

一九二六年、東京都生れ。東京大学卒。平安文学専攻。主著『論集日記文学』（編著）『土佐日記 貫之集』『講座 源氏物語の世界（全九巻）』（共編著）ほか。二〇〇三年逝去。

伊牟田経久――いむた・つねひさ

一九三一年、鹿児島県生れ。東京教育大学卒。国語学専攻。鹿児島大学名誉教授。主著『かげろふ日記総索引』（共編）『「大石兵六夢物語」のすべて』ほか。

久保田 淳――くぼた・じゅん

一九三三年、東京都生れ。東京大学卒、同大学院博士課程修了。中世文学専攻。東京大学名誉教授。主著『藤原定家とその時代』『中世文学の時空』『久保田淳著作選集』ほか。

日本の古典をよむ⑦

土佐日記・蜻蛉日記 とはずがたり

二〇〇八年一一月一日 第一版第一刷発行

校訂・訳者 菊地靖彦・木村正中・伊牟田経久
久保田 淳

発行者 蔵 敏則

発行所 株式会社 小学館
〒一〇一-八〇〇一
東京都千代田区一ツ橋二-三-一
電話 編集 〇三-三二三〇-五一一八
販売 〇三-五二八一-三五五五

印刷所 凸版印刷株式会社

製本所 牧製本印刷株式会社

ISBN978-4-09-362177-9